エマソン 自己から世界へ

Ralph Waldo EMERSON

南雲堂

堀内正規

エマソン　自己から世界へ

エマソン　自己から世界へ

序

エマソンを読むことの難しさは、一篇のエッセイの論旨や要旨のような論理を辿ることを、テキスト自体が阻んでいる点にある。日々の日誌に書き溜めた、多分にアフォリズム的な文章に内容ごとにインデックスを付け、それらのストックから、書かれた時期を選ばずにピックアップされた断章をつなぐようにして書き上げられる、彼のエッセイの成立過程自体に、それは元来起因するものだ。同じ時代、彼の影響下で散文を書き始めたソローと比べても、エマソンのロジックの線からの逃れ方は際立っている。おそらく元々の彼の資質とでもいうべきものがパラノイア的でなく、いっときごとの充実で完結するような傾向を持っていたのだろう。エマソンが論理的に自己を表すことに不得手であった事情もあるだろうし、半ばはその限界を自覚した上で逆手に取るように、積極的あるいは戦略的に、固定したメッセージを自ら解除する表現を用いていた事情もある。われわれは小説に関して「要するにこの小説の言いたいことは」というような、要旨をまとめる行為をしないだろうが、エマソンの場合、エッセイ形式であるがゆえに、読者は往々にしてストレートな論理的なまとめ方が可能であるかのように勘違いをする。そのため「言いたいことが分らない」と戸惑ったり、逆に粗雑な言い換えによって充分な理解に達したと慢心したりする者があとを絶たなくなる。むしろエマソンのエッセイを読むとは、論理も含めた言葉の〈運動〉そのものを読むことであり、比喩や修辞、文体の変化、声のトーンなどに注意しながら、〈言いたいこと〉と〈言葉のかたち〉との関係を常に思考に繰りこむことでなければならないだろう。つまり、エマソンのよき読者は、自分の視野をいつもメタレベルに置きながら、文の姿に寄り添う者であると言わねばならない。その意味で、詩を読むのと同様の細心さをもって、〈文学的〉に読むことが求められる。あえて言えば、エマソンのテキストは固定したコンセプトに到達することをどこまでも先延ばしながら、コンセプト化（conceptualizing）をしていく〈詩〉なのである。そこでは思想の言葉と文学の言葉の間を常に動き続けることで、パラフレーズできないものに読者の意識を向けていく営みがある。この意味でエマソンのテキストはリゾーム的であり、システム化を目指していそうでそれを拒んでいる。

エマソンの〈主張〉ないしは彼の〈教え〉（doctrine あるいは dogma）を取り出す営みがまったく無効であるわけではない。たとえば二〇〇七年にアメリカのモダン・ライブラリーのシリーズから出された『エマソンのタオ』（*The Tao of Emerson*）。リチャード・グロスマン（Richard

Grossman）が編み上げたこの小著は、見開きの左ページに英訳の『老子』の各セクションを置き、それに呼応する内容になるように、右ページに、詩のように改行をして、エマソンのテキストからの抜粋の文を置いている。そこでは〈老子を読むようにエマソンを読む〉ことが要請されていて、エマソンのテキストのどこからどれを抜粋するかはグロスマンの意志によるため、それは彼のエマソン解釈の一ヴァージョンなのだが、ある意味でとてもすっきりとした〈エマソンの教え〉の提示になっている。たとえば第三節のエマソンのページは私訳すればこうなっている。

たしかなものがあるとしたらそれはただ
　生と移行と活気づけるスピリットだけ。
ただひとつわれわれが飽くことなく
　探し求めたいのは
自分を忘れること、いつもの状態から
　驚き出てしまうこと、
自分の永遠の記憶をうしなって
何かをしてしまうこと、〈いかに〉も〈なぜ〉も
　知らぬ間に

どんな真理も崇高すぎず　明日には
　ささいなものになってしまう。
ひとはみなしっかり落ち着きたいが、
落ち着かないでいる限りでだけ
　ひとには希望が残っている。

貧しい者と低い者には彼らのやり方がある
　思想の最終の事実を言い表すための。
「何もないことこそ幸いだ。悪くなるほど
　それだけ物事はよくなる。」　(Grossman 9)

これらのテキストはすべてエッセイ「円」(“Circles”)から抜き出されたもので、固定したものを認識上の仮想と見て、世界の実相を〈生成〉と見なすエマソンの思想の表明になっている。それはグロスマンがエマソンの思想的なメッセージとして分りやすく取り出せるセンテンスを並べたもので、その意味でとても優れた解釈行為の表現である。全部で八十一のセクションを繰り返し読むことによって、読者はエマソンの〈言いたいこと〉に触れることができる。同一セクションに複数のエッセイから抜かれた文が並ぶこともあり、元のエッセイを読む経験とはまったく異なるとしても、エマソンを現代において使える道具とする意味で、わたしはこの小著を高く評価している。

しかし、本書でわたしがしていることは、こうした方向とは、ほぼ真逆なものである。ほぼ、と言うのは、最終章において、自分なりに、現代におけるエマソンの思想的な可能性を元のエッセイの文脈を外して全体的に探る試みをしているからだ。おそらく思想的に言えば、エマソンの可能性は決してその政治観や経済観には存在しない。アメリカを中心として、エマソンを政治的に救い出そうとする多くの試みがあるが、奴隷制反対論にしても女権運動にしても、反資本主義的な共同体運動にしても、彼の周囲には時代に先駆けるような活動をした人たちがいて、比べればエマソン自身の態度は微温的と言っても過言でないものだった。そうなるにはそうなるだけの、それこそ思想的な姿勢があったと言えるにせよ、専ら彼を政治的な視点から評価しようとする者は、様々な点で失望することになるだろう。アメリカにおけるアメリカ文学研究者や、それに多大な影響を受け続けている日本の多くのアメリカ文学研究者にとって、何よりも関心の中心に存在するものは〈政治的なるもの〉である。だが〈文学〉が〈政治〉によって測られねばならない理由は、本来どこにもない。少なくとも私は、日本の専門研究者たちがアメリカ文学を政治的関心によって読み解く研究の方向性が、日本語の一般読者のアメリカ文学に対する関心と極度にすれ違う様については、疑問を持っている。エマソンについて言えば、たとえ彼の書いたテキストが政治的にも経済学的にもバツであったとしても、それで彼を読む必要も理由もないとは到底思われない。わたしはエマソンを文学的に読んでみた。

〈文学的〉にテキストを読むとは、エマソンに即して言えばどのような態度になるだろうか。わたしは本書において、二つのスタンスを提起していると考えている。一つは、言葉を読むときに、文字通り・字義通りに意味を固定・確定して読まずに、何か言語で言い得ないものを仮に名指そうとする、仮の記号として読む、という態度である。それは同時に、テキストにおける言語記号をコンテキストの中に置いて、言葉同士の関係に着目して読む態度でもある。たとえばエマソンが「一（One）」という単語を用いているとき、それを字義通りに読むならば、われわれは彼の思想が他なるものとの差異を消失させ、全体主義的な統一を目指すものだと考えるように促されるだろう。（「一」という単語それ自体が持つ語義に縛られるからだ。）しかし実際にはエマソンはそれを「自然（Nature）」や「魂（soul）」といった言語記号と置換可能なものとして用いていて、なるべく多くの、それ以前や同時期に彼が書いたテキストを読み、「一」の語が現れる場の言葉の運動をできるだけ視野に収めて読むならば、実は彼にとって中央集権的あるいは全体主義的な思想は問題になっておらず、むしろそれは世界（宇宙）の無限としての性格を言い当てようとした語であったらしいと分ってくる。書かれた言葉の向こうに、書く前の、あるいは書こうとしている最中のエマソンの、言葉以前の感覚がある。それを理解しようとしてわれわれがなすべきは、逆説的に見えるが、実は書かれたテキストに密着し、テキストを読み抜くことなのだ。それは作者であるエマソン自身と彼の使う言葉との関係を、言葉を読む行為を通じて理解する態度だと言っていい。あえて「言葉尻」にこだわる文学批評もあり、たとえばわたしにはすぐにポール・ド・マン(Paul de Man)の偉大な実践が想起されるけれども、エマソン批評に関して言えば、言葉尻に捉われて結果テキストの読みが歪んでいると思われるケースが多い。わたしは本書において、あえて言葉尻に捉われないために言葉の表現にこだわった。この作業には際限がなく、おそらく一生かけて近づいていく種類のことなのだろう。

もう一つ〈文学的〉な態度としてわたしが本書で実践していることは、これは古い作家論的な姿勢であるが、作者(エマソン)の伝記的な側面を重視し、テキストを彼が生きた人生との連関において読み解くという態度である。伝記研究はエマソン研究において小さくない比重を占めていて、たとえばゲイ・ウィルソン・アレン(Gay Wilson Allen)やロバート・D・リチャードソン・ジュニア(Robert D. Richardson Jr.)といった偉大なエマソニアンの仕事を初めとして、本書ではしばしば伝記的研究に多くを負っている。これは、一つには本書第五章「死者の痕跡」の冒頭部にも引いたように、エマソン自身が「人生を真理へと変換すること」、その人がどう生きたかが否応なく入りこんだ文章をよしとしていたことから、自ずと要請される姿勢である。エッセイ「歴史」("History")において、すべての歴史は伝記であると言うエマソンは、見ようによっては事実の一回性を無視して一般法則を重視するあまり(今日から言う)〈歴史〉そのものを無化・否定しているように見えるが、彼の言葉をまず額面通りに読めば、伝記に収斂される歴史を教育(教養)の不可欠のステップとし、過去の個人の歴史を一種の範例、ないしは見本と見なすその主張は、当時としては誰よりも歴史を重視したものだったと言える。つまりエマソンのエッセイをエマソンの「人生」から読むことは、作者の促しによるものだととりあえず言えるだろう。実際のところ、エマソンの「人生」における単独なできごと、と言うよりその単独性は、彼のテキストを裏打ちする布地として、わたしには無視することのできないファクターである。だがそれは誰とも交換不可能なエマソンの生に達するためではなく、そこに着目することが読者にとって使用可能な範例をつくることにつながると考えるからだ。

この態度はエマソンのライフ・ストーリー（物語）を自分なりに想定することになり、あたかも小説の人物のようにエマソンを見なし、その人物性と著作とを、ある意味でドラマ的に結びつけるものになり得る。それが安易なメロドラマに堕していないかどうかは、読者の判断を俟つよりない。よくも悪くもそれはまた〈文学的〉と言われる余地を持つだろう。同時に、もう一つ、わたしにとって無視できなかったのは、エマソンが公けにしたエッセイは、彼がプライベートに書き綴っていた日記に淵源を持っていることだった。そのためにわたしは否応なく日記のテキストを「もう一つのエマソンの著作」として熟読せねばならなかった。エマソンのエッセイは世界中の読者の共有財として自由に読まれ、そこから先にも引用したグロスマンのような使用法も出てくるのだが、ネット上を初めとして世界中を自由に浮遊するエマソンのエッセイを、わたしは日記とともに読むことによって、また伝記的・年譜的な視点を保持することで、重力を返して地上に戻して読むことをしたと言ってもいい。とうに「作者は死んだ」のだから、この態度は批評理論上はナイーブすぎるとの批判を免れない。これを物語との連結に基づく〈小説的＝ロマン的〉な読みだと考えるなら、わたしの読み方は〈文学的〉である他はないだろう。わたしは自分のやり方で、現代の視点から自分の「エマソンの物語」の幾つかのバージョンを tentative にまた仮構的に、作ってみたのだ。

この意味で、二〇一五年十月に、ハーヴァード大学ホートン図書館に収められたエマソンの日記『ジャーナルJ』と『ジャーナルK』の実物を初めて手に取った経験は、わたしには貴重だった。本書でもたびたび引用しているように、エマソンの日記はほとんどすべて、既に一九六〇年代に詳細な学術的手つきによって活字化されており、実物のインクや鉛筆の別、書き直しの跡、エッセイに使用したことを示す線、彼が引用した元の文献の箇所、言及している事柄を誘発した書物とその箇所など、実際に実物を読む以上に詳細に調査し尽されている。だからただ書かれた内容（情報）を読むだけならば全集版を読むに如くはないのだ。だが、本書第七章「エマソンの秘密」においてわたしも詳述しているように、息子ウォルドーを突然に喪った直後の日記『J』には決定的な箇所でページが破られた跡があり、それは実物を見たからと言って論旨が変わるようなものではないが、やはり実際に見るなら「破られている」という一回性の単独な事実そのものに打たれる。そしてこれは実物を見る前に論文を書いていたときには気づけなかった点なのだが、『K』には、その裏表紙の前に一枚の紙片が差し挟まれている。そのことは全集版において記されている。そこには“Dear Waldo”と始まる鉛筆書きの手紙の文言が書かれているのだが、全集版の『K』の注釈ではこの紙に何が書かれていたかは記されていない。その文言は、実は『J』の五五ページの箇所に付された全集版の注に、小さな文字で掲載されているだけなのだ。「いとしいウォルドー、この頃はかぐわしい香りでいっぱいじゃない？　それは空中を音楽のように行き来する花の息。あのお墓はなんて神聖で心地よいのでしょう、この地上で一番きれいな休み場――これからわたしはそこを恐れないどころかいつもいたくなるでしょう　あなたがすっかり立ち去ってしまったときわたしはあの小さな額を見た、おぼろな灯りの中でそれはあまりに美しくあまりにはかなくて、ほとんど消えてしまいそうだった」(*JMN* VIII 164) これは日記全集の編者たちによれば、エマソン家に出入りしていたエリザベス・ホア（亡くなった弟チャールズの許嫁だった女性）の筆跡で、つまりこの死者への手紙はエマソン自身の手になるものではないらしい。しかし実際に『ジャーナルK』を手に取るとき、最後に挟まれているこの紙片の印象は強烈なものである。エマソンは自分では死んだ息子へのこうした直接の呼びかけの文章を書かなかったけれども、亡きウォルドーへの「エリザベスおばさん」からのこの愛情あふれた、おそらくは春に書かれた手紙をずっと手放さず、息子の死の衝撃を見つめて書き記した日記に常にそれを入れて、読み返していたらしいという事実が、そこから浮かんでくる。エッセイ「経験」(“Experience”) において、息子の死はなんらの傷も残さなかったと書いたエマソンが、墓に眠る子どもへの手紙を大切にしていた事実をどう考えるべきだろうか。結局論文には入れられなかったが、わたしはそれを重要視するような姿勢で本書を書いた。

以下、本書の内容と構成について簡単に記しておきたい。本書を形作る各章は、過去にわたしが書き継いできたエマソンに関する論文を（すべてではないが）集めて、並べ替えたものである。書物として編み直すにあたって一部を除いてほとんど手を加えていない。それは一冊の研究書としては不備であるが、その都度全力で書ききったと思える論文に対して、書いた時と同じような高いテンションや密度をもって書き直すことが、自分にはできなかったことによる。

内容的に言えば、わたしにとって一貫して主要な関心であり続けたのは、いわゆる「初期エマソン」、つまり『ネイチャー』（*Nature*）でデビューしてから『エッセイ第二集』（*Essays: Second Series*）までのエマソンだった。本書がカバーする伝記的な時期は更に遡り、最初の妻エレンが結核で亡くなる時期、すなわち一八三一年初頭から、最初の息子ウォルドーの死の乗り越えとして書かれたエッセイ「経験」を仕上げた一八四四年までである。「死者の痕跡」をお読みいただければ理解されると思うが、妻との死別に際してエマソンが考え始めたことがやがてエッセイ「自己信頼」（"Self-Reliance"）にまでつながってくる。第六章「「君の友を君自身から守れ」」の冒頭では「エマソンを裏地から透かして読む」という言い方をしているが、わたしには、エマソンが大切な愛する者の喪失に深く衝撃を受けながら、なおかつ個にこだわらぬ普遍の領域に向けて読者を励ますような言葉を綴り続けたことに、強い関心があった。同じ論文の冒頭で記した通り、「エマソンのエッセイは、大きく言えば〈自己〉（self）の〈世界〉（the world / nature / society）に対する関わりをめぐる言葉の集積として読むことができる」（本書一五三頁）のだが、わたしにはエマソンならではの〈自己〉のかたちが在るように思われた。それを彼の思想として取り出すだけではなく、その思想をときには支えときには疑問に付した、彼の人生との関係において検討してみたかった。この点でエマソンの「初期」の時代が何を措いても優先されねばならなかった。「初期」に集中するもう一つの理由は、殊更に言うまでもなく、同時代も後世も含めて、エマソンが与えた最も大きい影響源は、やはり初期エマソンのテキスト群にこそ存在するからだ。こちらについては詳述する必要はないだろう。エマソン論に初めて着手するとき、人が初期の彼の著作をまず検討するのは、至極自然で当然なことなのである。『エッセイ第二集』刊行後、エマソンは奴隷制反対運動に積極的にコミットしていき、また『代表的人間』(*Representative Men* 一八五〇年）を著し、『イギリスの特徴』(*English Traits* 一八五六年）を公刊した。一八六〇年刊行の『人生のふるまい方』(*The Conducts of Life*) がいわゆる「後期エマソン」の代表作になるが、そこで窺われる mature なエマソンには別の美点があるとしても、まるで自分の生を自分の言葉で独創するような初期の頃の突出した表現も、実人生の苦しみの反映の跡も見出せない。そこには世界を自己の内側から感じ考える、『エッセイ第二集』までの瑞々しさは感じられない。

エマソンの〈自己〉の捉え方という点でわたしがずっとこだわってきたのは、それが近代的なエゴイズムとは別なものを目指した、主体の変容の促しだったということである(1)。エマソンのいう「自己信頼」とは近代的な自我のエゴイズムを徹底的に否定し、逆に自分個人の自我意識を解除して、より大きいもの（たとえば大文字の“Nature”）に拠って立とうとすることである。それはエマソンなりの、当時のエゴイズムを剝き出しにするようなアメリカ社会の個人主義的な風潮への、根本的な批判・抵抗だった。自我の解除を核心とするエマソンの自己のポジショニングの在り方を支えるものは体験であり、その体験は〈身体〉の感覚に基づくものである。わたしには自明に思えるこの点が、なぜ自分と同時代の専門研究者たちによってさえしばしば共有されないのか、わたしはこの点をこのままにしておくことは忍びないと考えた。本書の第二部のタイトルの言葉で言えば、エマソンの自己には、ある独特の〈開かれ〉が存在している。自己は身体感覚において己れを世界に開いて、世界とのネットワークのただなかに入る。それを、〈宗教〉の問題としてではなく、〈宗教性〉の問題として取り出したかった。

第一部はエッセイ「自己信頼」とエッセイ「経験」を中心に扱う二本の論文から成る。前者はほぼ二十年前に書いたいわば「若書き」の論で、現在ならこういう言い方はしないなと少し恥ずかしい気になるが、いまでもエマソンについて真っ先に人に言いたいことがここには簡潔に記されているため、幾分の加筆とともに、いわば本書の原点としてこれを冒頭に置かせていただいた。後者における「経験」の読み方は、いわゆる〈主張〉としてのエマソンの思想内容に対して、文学としての言葉の表現を重視するわたしの態度を、少なくとも結論部分で示していると感じている。「自己信頼」は一八三〇年代前半からの彼の思索の集積としてあり、「経験」は息子ウォルドーの死によってそれまでの思想が試されるものだった。それゆえ本書がカバーするエマソンのキャリアをシンボリックに表現すれば、第一部タイトルの「「自己信頼」から「経験」まで」だということになる。以降に収められるすべての論文は「経験」論のあとに書かれたものだから、両方合わせて、第一部が本書の出発点を画していると言ってもいい。

第二部「自己の開かれ」の二本は、上記の身体感覚に基づく自我の解除というポイントを考察したものである。一本目の「神学部講演」(“The Divinity School Address”)論は、二〇〇一年の〈9・11〉のあと、個別の宗教宗派の教義的な側面を批判しつつも、人間の中の「宗教的」と呼ばれ得る傾向をいかに肯定し得るかに関して、エマソンに即して考えようとして書かれた。繰り返しになるが、〈宗教〉と〈宗教性〉は別のものであり、後者を肯定する視点がわたしの立っている場所である。二本目は『ネイチャー』を身体感覚から論じるもので、内容的に重なる部分も多いが、準拠枠として岩田慶治の著作を用いている点にポイントがある。岩田の著作を真にわたしに教えてくれたのは、山尾三省の著作と吉増剛造さんであった。

第三部「自己の条件」の三本は、既に語ったエマソンの伝記的な側面および日記との関連を前面に押し出している。わたしにとってはどれも強い愛着のある論文である。最初の妻エレンの死の意味と息子ウォルドーの死の影響は、わたしにとって最も考究したかった問題だった。いずれもエマソンの主体に内包された、本人にも充分自覚し切れていなかった結ぼれの在り処を探り、一種の自己の〈閉じ方〉の問題として論じようとしている。第六章では、決して他者と混じり合わない孤島のような状態としてエマソンの主体のかたちを考えようとした。三つの論文は、エマソンの開かれが〈閉じつつ開き、開きつつ閉じる〉ような性質を持っていることを示していると思う。

第四部「自己から世界へ」では、それ以前の論文を踏まえて、現代において、思想的にエマソンの「可能性の中心」がどこにあるかについて、考えてみた。第八章の導入部で、「自己信頼」から「経験」への移行という、わたしのエマソン論の主要な関心があらためて語られているが、再説のようになりつつも自分の主張をより深めて確かめることになった。エマソンの人生と言葉の関係を考察に繰りこむという点で、本論は第三部のアプローチの延長線上にある。エマソンにおいて個を個足らしめる思想的な根拠は「キャラクター」概念であり、それを表現する実践がいかなるものかを検討している。最後の章では、現在自分に考え得る限りで、「初期エマソン」をトータルに全体として捉えて、エマソンの思想をポジティヴに捉え得る角度を示してみた。「身体／力／普遍」という三点を相互に連関した思想的なポイントとして取り出しているが、それ以前に考えてきたことを総括するような性格を持つために、ややredundantな印象を醸し出している。この点で読者にはご容赦をお願いしたい。今日〈同〉の働きとしての「普遍」をポジティヴに取り出すことにはある種の困難が伴う。エマソンが個の自律よりも〈一なるもの〉あるいは〈全なるもの〉への従属を求めているとして批判するクリストファー・ニューフィールド(Christopher Newfield)のような立場には、それなりの理があると言うべきだろう。〈一〉や〈全〉を最大の価値として言挙げする思想は、必ず全体主義的な傾向を帯びる。わたしの立場は、〈一〉

や〈全〉を、つまりはエマソンの中にある個別な存在を〈同〉に取り込む思想的な指標群を、基本的には身体の次元で感じられる効果として（のみ）捉え、それらを仮の言語記号と見なし、「キャラクター」という個別性を担う個の存在を消去せずになおかつ共同なものとしての「普遍」を肯定するところに在る(2)。エマソンにおける「普遍」の思想がいかにエマソンという孤独な個人の生とセットになっているかについては、本書全体を通じて語ったつもりだ。エマソンの伝記的な側面を重視する本書には、すこし詳細にわたる年譜を付けることにした。合わせて参照していただければさいわいである。

注

（1）わたしの「自己」に対する考え方は、『生命のかたち／かたちの生命』で示された木村敏の自己の捉え方に近いものである。木村は第九章「コギトと自己」において「西洋語のセルフやゼルプスト」が「自我」と訳されたことに疑問を呈し、それが対応するラテン語の「エゴ」とは異なる「自己」を措定する。デカルトのコギトを基礎づけていたのは本来は「わたし」に対して「わたし」が現れる感覚であったとし、それは本来は「いまここにわたしが生きている」という「アクチュアルな事実」が「わたし自身に直接に現れて感じとられる「感覚」だ」と言う（木村 162）。エマソンの「自己」もまた、客体として対象化される前のこの現われの感覚の謂いであろう。同書において木村は「内なるもの」を「内なる自然」のことだと見なすテレンバッハを肯定的に引用しながら、「生きているものとしての人間にとっては、内部であり、エンドンである自然が「あいだ」として姿を現している」と語る（木村 207）。この「自然」こそエマソンの「自然」だと言うことができる。

（2）たとえば『ネイチャー』第一章では「詩人」が風景を観て「印象の統一性（integrity）」によってある種の

「財産（property）」を持つと記されている。風景は部分的に見れば「ミラー」や「ロック」や「マニング」によって所有された私有財産としての土地を含むが、詩人だけが風景全体を所有すると言われるわけだが、ここでは詩人が持つ風景は個を越えた〈全〉あるいは〈一〉を意味している。「精神の明確だが最も詩的であるような感覚」（*CW* I 9）と表現されているように、それは、ひとりの人間が感覚を開いたときに内部に瞬間的に生起する感覚的な〈できごと〉ないしは創造行為の記述である。そこで問題になっているのは、やはりエマソンが重視する「知性（intellect）」と共働して動く「魂（soul）」による、賦活し更新する身体上の効果である。瞬間の感覚的できごとである以上、詩人の〈所有〉は実質的には所有概念の相対化を意図して語られている。それでもなお「財産」の比喩の存在自体をエマソンの資本主義的な姿勢の顕われとして読む（エマソンには意地悪な）態度もあり得るが、本書ではこれを採らない。

第一部　「自己信頼」から「経験」まで

第一章　「自己信頼」における運命のかたち
エマソン、ウィリアム・ジェイムズ、ニーチェ

一・肯定のヴィジョン

エマソンのエッセイ、特にエッセイストとしてのエマソンの初期に属するエッセイの幾つかを読むとき、いつでも一種の解き放たれたような感じを覚えるのはなぜだろう。そこでは、書かれている内容がというより、エマソンの流れるような言葉の動きが、自ずから読者を揚々とした高みへと連れ去っていき、生に対する肯定的な姿勢へと誘っていく。たとえばそれは、「自己信頼」の次のような一節に感じとられるものだ。

いま人はおずおずとして弁解がましく、もう、すっくと立っていない。人は勇気を持って「わたしは考える（I think）」、「わたしはある（I am）」と言わないで、ただどこかの聖者か賢者

の言葉を引用する。彼は一枚の草の葉、一輪の薔薇の花を前にして、恥ずかしい思いがする。

いまわたしの窓の下で咲いているこれらの薔薇は、これまであった薔薇とも、よりきれいな薔薇とも、何の関わりも持っていない。それらはいまそうであるがままに存在している。今日、神とともに在る。それらには時間というものは消え去る。ただ、この薔薇があるだけなのだ。薔薇は、存在するあらゆる瞬間に、完全である。葉芽がほころび出るより前に、持てるすべての生命はもう働いていて、満開のときにそれ以上のものが増えているわけではないし、葉を落としたときの根に何かがそれ以下に減っているわけでもない。薔薇の本性（nature）は満たされていて、薔薇がどんなときもひとしく自然（nature）を満たす。けれども人は先送りしたり振り返ったりしている。現在に生きているのではなく、後ろ向きの眼で過去を嘆き、でなければ自分を取り巻く豊かさに気づかないまま、爪先立ちして未来を推し量る。人は、自分もまたネイチャーとともに、時間をこえて、いまを生きるのでないかぎり、幸福で強くなれない。

（*CW* II 38-39）

いま、目の前で咲いている薔薇は、それだけで充実しきっていて、他のどんな薔薇とも比較できない。これは、一個の知的な認識としては、ほんとうだとも言えるし、嘘だともいえる。つまりその認識がまぎれもなく真実だと思える人間には真実であり、虚偽だとしか思えない人間には虚偽だ、また一人の人間にとっても、それが真実だと思えるときも、思えないときもある。だが、それを語るエマソンの言葉自体の充実というものがあって、ここではそれは語られるというより、エマソンという一個の人間によって歌われていると言った方がいい。だとすれば、ここで読者に求められているのは、この一節のメッセージをパラフレーズした後その真偽をあげつらうことではなく、こうした言葉が醸し出す効果をそのまま受けとめた後、それがわれわれの生のどの部分と、どうつながっているのかを考えることだろう。

　エマソンのいう薔薇のように、いまという時に存在するものすべてが充実しきっており、自分もまたそうなり得る、と観ぜられる主観の状態というものを考えてみる。そこには、少なくともニーチェのいうルサンチマン（怨恨感情）がないことだけは確かである。なぜ己れだけがかくも不幸なのかという感情は、自己を他人と比較することから生ずる。あらゆる他との相対的な差をまったく気にしないでいられるならば、そして自分には何一つ欠けたところがないと心底思えるならば、われわれは「幸福で強く」なれるだろう。もちろんこういう「幸福」そのものが、独りよがりで虚偽に満ちているのだと見る立場もあり得て、そう見るならばエマソンのエッセイはすべて真に受けることが不可能になる。ここにエマソン批評の大きな分かれ目がある。

「窓の下の薔薇」のヴィジョンは世界に対して無条件にイエスを言うように人を誘う。それはいわば、理屈ぬきのヴィジョン（なぜなら「理屈」は本来条件付きのイエスしか言うことができないから）、ウィリアム・ジェイムズなら人間の「宗教的体験」が示すヴィジョンだと言うだろう。『宗教的経験の諸相』の中でジェイムズはエマソンの文章を引用して、「このような信仰表白の基礎にある内的経験、エマソンをしてかかる言葉を語らしめた内的経験が、宗教的経験と呼ばれるに値しない、などと言うとしたら、それはあまりにもばかげたことであろう」(34) と言っている。そしてもしエマソンの言う「幸福」が「宗教的幸福」と言えるとすれば、「宗教的幸福は、その特徴がもっとも著しく現われている場合を見ると、単なる逃避の感情ではない。宗教的幸福はもはや逃避など望まない」(49) というジェイムズの言葉もまた「自己信頼」に当てはまることになる。

何はともあれ、結局、私たちは宇宙にまったく依存しているのである。ある種の犠牲と諦めは熟慮の上で決意されるものであるのに、それがあたかも私たちの唯一の永遠なる安息の状態であるかのように、私たちはそこへ引き入れられ、駆りたてられるのである。ところが、まだ宗教にまで達しないそのような精神状態にあっては、諦めは必然的運命の重荷を背負うものとして甘受され、犠牲もせいぜい不平をこぼさずに堪え忍ばれているにすぎない。これに反して、宗教的生活においては、諦めと犠牲は積極的に信奉される。(51)

こういう経験の場では、「運命」もまた、決して否定されるべき、悪しき必然性とは映らない。だから、「自己信頼」の末尾に現れる「運命」は "fate" ではなく "Fortune" と呼ばれて、何かしら積極的に待ち受けられるような姿をしているのだ。

だから、運命（Fortune）と呼ばれるものすべてをうまく使え。大抵の人がそれを賭け事のように使って、その車輪の回り方しだいで、全部勝ち取るが、全部失う。そうではなくあなたは、そんな儲けは不法なものとしてかえりみず、神の法官たる「原因」と「結果」とつき合え。大いなる「意志」のもとでこそ、働いて、獲得せよ。そうすればあなたは「偶然（Chance）」の車に手綱をつけ、それからあとはその車がどう回転しようと、恐れることなく坐っていられるだろう。政治上勝利するとか、貸している地代が上がるとか、病気が治るとか、いなくなっていた友人が戻って来るとか、その手の望ましいできごとがあなたの気持ちを快活にするかもしれない。そしてあなたは、これからすばらしい日々が待っていると考えるかもしれない。そうしたことを信じてはいけない。あなたに平穏をもたらすものはあなた自身なのだ。あなたに平穏をもたらすものは原理の勝利なのだ。（*CW* II 50-51）

ここでわれわれが「原因と結果」とか「原理の勝利」といった字面に左右される必要は、必ずしもない。なぜならそうした言葉が連想させるかもしれないロジックの体系は「自己信頼」には見出せないからだ。むしろここで働いているのは、翻訳によって失われかねない、命令文で始められるこのパラグラフの、確信に満ちた言葉のトーンの力なのだ。言い換えれば、ロジカルな思考の働きの次元を押しのけるほどに、トーンが伝える感情の力の方が強度を持っているということだ。このエッセイの中の「運命の荒々しい闘い（the rugged battle of fate）」という言葉は、それとよく響き合っている。

われわれは真実をおそれ、運不運をおそれ、死をおそれる。そしてお互いをおそれる。われわれの時代は偉大で完全な人物を一人として生み出さない。求められているのは人生と社会的な状況を新しくする男女たちである。だがわれわれが見るのは、ほとんどの人間性（natures）が破産しており、己れの欲求を満たすこともできず、実際に使える力をはるかにこえた野心を抱いては、昼も夜もずっと、身をかがめ、請い願うさまである。われわれの家計はものごいをするような状態で、われわれの芸術、われわれの仕事、われわれの結婚、われわれの宗教は、自ら選んだものではなく、社会がわれわれに代わって選んだものである。われわれはいわば客間向けの兵士で、運命の荒々しい闘いを避けてしまう。そこでこそ力が生まれるというのに。（*CW* II 43）

つまり「自己信頼」において、「宗教的幸福」は逃避を生まず、かえってそこから日常の生に出て行って、闘争することへと人を促すのだ。そのとき、運命は力を生み出す源泉になる。

二・深淵と思弁

エマソンにとって「運命」は常にそのように積極的に望まれるような姿をしていたわけではない。むしろそれはしばしば人間の意志や自由と対立し、人間の可能性の実現を妨げる、破壊的で否定的な力の別名だった。エマソン研究の古典の位置を占めているスティーヴン・フィッチャー(Stephen Whicher)の著書が『自由と運命』(*Freedom and Fate*)と題されていることも、故ないことではない。この点から見れば、エマソンは世界を二元的に見ながら、生涯その二元を一元にしようと苦闘し続けた思想家として浮かび上がってくる。そして後期の代表作『人生のふるまい方』所収のエッセイ「運命」("Fate")が、しばしば彼の思想的な到達点と見なされることになる。そこでは世界は「状況(circumstance)」と「力(power)」という対立する二つのものから成り立っていて(*CW* VI 7-8)、「われわれを制限するもの」が「運命」と呼ばれる(*CW* VI 11)。だが人間には「知性(intellect)」があって、これが「運命」を理解可能なものに変えると、エマソンは言う(*CW* VI 13)。「われわれを絶滅させようと脅すかに見える、混沌のすべての逆りは、知性によって、危害のない力へと変貌することができる。そのとき運命は、いまだ見通されていないだけの諸力の原因になるのだ。」(*CW* VI 17)こうして世界は「美しき必然(Beautiful Necessity)」の領するところに帰する(*CW* VI 26)。

これは思弁による理屈づけ、二元的対立を知的な論理の操作によって解消しようとすることだと、厳しく見れば見ることができる。もしもこのような理路がルサンチマンなしに受け入れられるとしたら、その人は現実における喪失の苦痛や悲しみから現在幸運にも離れているか、さもなければ「必然」を美しいと感じられるだけの心身の極度の充実を溢れさせていなければならない。こうした知的なロジック操作の姿勢はしかし、そもそも初期の時期から見られていたものだった。早くは『ネイチャー』における「我（ME）」と「非我（NOT ME）」との対立を「観念論（Idealism）」によって和解させようとする、ヘーゲル的な「弁証法的」試みがあり（Jacobson 14, 28, 29）、「自己信頼」も含まれる『エッセイ第一集』（*Essays: First Series*）でも、エッセイ「償い」（"Compensation"）がそうしたエマソンの典型的な論理の手続きを、よく示している。そこでエマソンは、善と悪、光と影といった二元的な姿をとって現れる世界を、作用と反作用、ギヴ・アンド・テイク、プラスとマイナスのような、補い合い、最終的には帳尻をゼロに合わせる類の、法則の支配するものと見なそうとする。「両極」として現れる世界には見えないバランスが保たれているという主張である。だがあらゆる物事に善と悪の両面があって釣り合うように働き合っているとすれば、つまるところ人間は何をしてもしなくても変わりがないことになりはしないか、そうなれば「償いの原理」は「無関心の原理」と変わらなくなるのではないか——エッセイの終盤に差し掛かるあたりで、エマソン自身が、あたかも読者の反論を予期するかのように自問する。そして「償い」の法則自体を突き放すかのように、次のように言う。

魂には、償いよりも深い事実がある。すなわち、魂自身の本性（nature）がある。魂は償いではなく、生命である。魂は、ただ在るのだ。(The soul *is.*) 状況のこの立ち騒ぐ海、寄せては引くその波が完璧にバランスを保っているその意味の水面下には、真に実在する「存在」の原初の深淵 (the aboriginal abyss of real Being) が横たわっている。神とも呼べる「実在 (Essence)」は、なんらかの関係でできたものでもなければ、なんらかの部分でもなく、全体である。「存在」は大いなる肯定であって、一切の否定を含まず、自ずからバランスを保っていて、あらゆる関係、あらゆる部分と時間を、己れの内に呑み込む。自然も、真理も、善も、そこから流れ出たものなのだ。(*CW* II 70)

ここでエマソンは、このエッセイのテーマ「償い」そのものの追求を、ヘーゲル的に対立の「止揚」によって完了しているのではない。むしろ端的にその追及を放棄しているのである。逆に言えば、「償い」の法則とは、それが「法則」である限りにおいて、つまるところ部分を足し引きする知的な操作によってひねり出されたものだということを、自認していると言っていい。ここで語られている“real Being”の“aboriginal abyss”には、一切の思弁は通用しない。そこにある肯定は、否定との対立関係によって支えられる類の肯定ではなく、もはや言葉によって説明され得ない。部分部分の関係によって構成されているのではない「全体 (Whole)」とはつまり、のっぺらぼうな、すべてが力の流動、うねりであるようなもの、たとえばブラック・ホールのようなもの、あるいは『白鯨』のイシュメイルが語る「鯨の白さ」のようなものである。abyss

――底無しのもの、人間が容易に折り合いをつけられない何ものか、人間が知性で世界を固定させる以前に垣間見る、混沌に似た何ものかである(1)。それを、とりあえずは人間の論理的な認識の破れ目（隙間）に感知される何かと呼べば、それは言語によって言表可能なものの突端で、あるいは言表行為のあとで遡及的に初めて言表以前のものとして、認識にのぼってくるようなものだ、と言うことができる。

こんな具合に、エッセイ「償い」はその終盤に至ってぽっかりと底無しの穴を開くが、そのあとすぐに、再び思弁によって、この深淵のヴィジョン自体を一個の知識の位置に押し込め、現実の不平等に対して、その償いをするもう一方の極に仕立て上げて、この穴を塞いだ形で終わってしまう。それこそ矛盾の「弁証法的」な解消の身振りだと言える。そうなれば〈思想家〉としてのエマソンは不誠実の誹りを免れないとも言える。だがエッセイ「自己信頼」は、あくまでもこの深淵のヴィジョンから離れまいとする。そこにいるのはたぶん、philosopher としてのエマソンではない。

三・生成と詩人

たとえば「自己信頼」の次の一節に語られているのは何か。

いま生きているということだけが役に立つ。これまで生きたということではなく。力は静止した瞬間に消えてしまう。それは、過去から新たな状態へと移り変わっていく、移行のときに宿る。渦巻く川の淵をさっと乗り切ることに、的に向かって飛翔することに宿るのだ。世間が唯一嫌悪すること、それは、魂は生成変化する（the soul *becomes*）ということだ。なぜならその事実はたえず過去を価値のないものにし、これまで蓄えたすべての富を貧しさへと、これまでに得たすべての名声を恥辱へと変えるからであり、過去の聖人をならず者といっしょくたにし、イエスもユダも、ひとしく脇へ押しのけるからである。だとすれば、なぜわれわれは自己に拠って立つなどということについて、あれこれ述べ立てるのか。魂がいまここに在るかぎり、存在する力はそれだけで独立したものではなく、何かの端渡しをするような種類のものなのだ。拠って立つということについて語るのは、実は貧しい外面的な語り方である。（*CW* II 40）

世界は生成変化し続けている。そこでは固定した状態は架空のものであり、生成することそのものにアクティヴな力が宿る。何一つ固定したものはない以上、イエス・キリストも裏切り者のユダも、脇へ押しのけられるという点ではひとしい。それは人間を根底から不安にさせる認識である。エマソンを生涯愛し続けたニーチェの言葉を借りれば、「あるのは永遠なる生成のみであること、いっさいの現実的なものはヘラクレイトスの教えるようにたえず働いて生成するのみで、存在することなく、どこまでも無常であるということ――これは思うだに恐ろしい、気も遠くなるような一つの観念であって、地震が起こったときに、しっかり固定していた大地への信頼を人が失うときに感じるであろう感覚に、影響の点で、きわめて似ているといえよう。」（『ギリシャ人の悲劇時代における哲学』、403）「償い」でエマソンが "abyss" という語で示したものが、「自己信頼」では「生成」（Becoming）のヴィジョンとして語られている。

そこでいう「自己」とは、やはり世界がそうであるのと同じに、生成するものなのである。すべてが流動であるとき、人間の自己だけが安定しているわけもなく、たまたま肉体によって個体化されてはいても、流動してやまない世界のうねりを一時的に収める、空っぽの容れもののように、自己は存在する。一八三八年三月二十六日付の日記の中で、エマソンは書いている。

……われわれは、あらゆることを知っているようなふりを、また、神と天上の事柄について、もうすっかり片を付けてしまったようなふりを、すべきではない。いまみんながしているように。われわれは再び、われわれのリアルな始まりの状態（our real initial state）に戻って、己れがまだ「存在」の最初の光だけしか目にしていないことを理解し、認めなければならない。厳密な言い方をすれば、「わたしは在る（*I am*）」と言うよりも、「わたしは成る（*I Become*）」と言った方が実際に適っているように思われる。わたしとは一個の生成するものである（I am a Becoming.）（*JMN* V 468）

Becomingとして在る自己はもはや近代的な主観概念ではないし、実体的に想定されがちな〈自我（ego）〉でもない。だからこそそうした自己については「拠って立つ」という言い方そのものが貧しい語り方だと言われる。成人男性として家族と社会の中で自立し、成長する統合主体としての近代的自我との、この捉え方のずれ。それはあらゆるエマソン論の基準でもあり出発点でもあるポイントだ。人間の知は自動的に先へ先へと進もうとして、すべてを知っていると言おうとするが、エマソンが「自己信頼」で離れまいとしていたのは、「われわれのリアルな始まりの状態」である。（ちなみにそれは、より正確に言えば、現在の認識が定着する前から存在していたものと言うより、現在から遡及的に気づかれることで「始まり」であったと初めて認められるような「状態」のことだ。）それは次のような一節に明瞭に顕れている。

……われわれが正義を目にとめるとき、われわれが真理を目にとめるとき、われわれは自分からは何もしていない。ただその光が己れのうちを通過するのを許すだけである。もしこれがどこから発したのかを問おうとすれば、もしこれを生み出した根源たる魂を詮索しようとすれば、すべての哲学はそこで立ち往生してしまう。ただそれがいま在るか無いかということだけが、そのときわれわれにはっきり言えるすべてである。（*CW* II 37）

それを宗教的な内的経験の場と呼べば、われわれはウィリアム・ジェイムズに戻って来たことになる。思弁そのものが効力を失う場所に、エマソンがなぜ不安や恐怖を覚えずに立てたのかと言えば、そこに立つとき彼は疑いようのない強い内的充実、ないしはエクスタシーを覚えていたからだ。ニーチェならそれをディオニュソス的な充溢と呼んだだろう。次の一節は一八三七年五月二六日の日記からである。

> ある種のさまようような光がわたしにやって来て、わたしは即座にそれがあらゆる根源の根源（the Cause of Causes）であることを感じとる。それはどのような論証行為をも超越している。それ自体が存在の根底なのだ。そしてわたしは、それと己れとは別々ではなく、これこそわたしのいのちの中のいのちだと悟る。つまりこういう事実が一方にあるのだ。これまで何度か、自分が神から直接生を享け、いわば、自分が神の器官であると悟るときがあったということ。そのとき、わたしの究極の意識において、わたしは現に神であるのだ。（*JMN* V 337　強調原文）

こうした言葉遣いは、エマソンを宗教的な神秘主義に限りなく近づけていく。だがエマソンはこの体験を原理化したいわけではない。言葉の相貌（すがたかたち）という問題がここで重要になる。人間がもともと言語化できないものである内的充実のヴィジョンを現実世界とどう接続して、使用可能なものに変換できるかという事柄に、それは関わってくる。そのとき、芸術が、どりわけ音楽が、決定的な存在意義を帯びるようになる。神秘主義者の矛盾に満ちた言葉遣いについて、ジェイムズは「これらの文句は、神秘的真理が私たちに話しかける最善の要素が、概念的な言説ではなくて、むしろ音楽であることを証している」(420)と言う。

このような言葉は、聞いたとたんに諸君の笑いを誘うことがなければ、音楽と言語とが一つになって諸君の心の琴線にふれ、おそらくこれをかき鳴らすことであろう。音楽というものは私たちに存在論的な伝言を与えるのであって、非音楽的な批評は、たとえそのような伝言を心に留める私たちの愚を笑うことはできても、その伝言を否定する資格はない。そういう存在論的な伝言の出没する心の地平線というものがある。そしてそこから出てくる囁きが私たちの悟性の働きと混り合う。それはちょうど果てしのない大洋の水がその波を送って、私たちの海岸に横たわっている小石の間で砕けるようなものである。(421)

音楽としての言葉を語る、というより歌う者は誰か。ここでわれわれは初期のエマソンにとって「詩人」というものの持つ重要性をたやすく想起できる(2)。また彼の最初の著作『ネイチャー』の最後が、「オルフェウスの詩人(Orphic poet)」の語る言葉からの引用という形態で終わっていたことの意味を理解することができる。「自己信頼」の中に採り入れられた文章も多く見られる時期、一八三九年四月一四日付の日記には、次のような一節がある。

哲学者には、抽象的に伝えることができないような知識がたくさんある。それを描き出すには社会的な行動の複雑多様な組み合わせが必要である。ちょうどそれは、ヘンデルやモーツァルトの精神の、たくさんの情調が、千の声を持ち、単純な節や一本のリュートでは語り得ないのと同じなのだ。……音楽家がコンサートを使うように、哲学者は劇を、叙事詩を、小説を使う。そして詩人になる。(*JMN* VII 190)

詩人になる哲学者——つまりエマソンにとって、自分の書くエッセイそのものもまた、芸術作品として存在すべきなのだった。そのことを考慮に入れて初めて、われわれは「自己信頼」の冒頭が、直接は内容と関わりを持っているとは思われないような、語り手の私的な体験談から始まっていることの意味を、理解することができる。

わたしは先日、優れた画家の書いた幾つかの詩を読んだ。それらはオリジナルで、因習的ではなかった。そうした詩を読むと、魂はいつも一つの教え諭しを聴きとる。その詩の主題がどんなものであっても。そうした詩が浸みこませる感情の方が、内に含まれているかもしれないどんな思想よりも、価値がある。(*CW* II 27)

「わたし」が先日読んだ詩のように、これからあなたが読むこのエッセイを読んでくださいという、これはエマソンから読者への合図なのである。この文章は、「自分自身の考えを信じること、自分ひとりだけの心にとって正しいことは、あらゆる人にとって正しいと信じること――それが天与の才（genius）である」と続けられるのだが、“genius”はエマソンにとって重要な語で、それは個人としての人間ではなく、誰もが成り得るある精神の状態を指していた。そして芸術こそ人間が〈genius〉という状態に変容していくのに最も適したミディアムであると考えられていたのだ。芸術家としての詩人が、生成として在る世界に、言葉によって存在の刻印を押す。詩人になる哲学者というイメージはここでわれわれを再びニーチェに連れ戻す。そもそも「音楽の精髄からの」という但し書きの付された『悲劇の誕生』という彼の哲学者としての出発点以来、芸術とりわけ音楽は、ニーチェにとって一貫してあり得べき哲学的な営みのモデルであり続けたのではなかっただろうか。

四・「運命愛」

「わたしにとってこれほどまでくつろげ、これほどにまで自分の家のごとく感じた本はない」とニーチェは独訳のエマソンの『エッセイ集』について書いている（『遺された断想（一八八一年春―八二年夏）』200）。実際ニーチェは一八八二年初頭に、そこからの抜書きをしており、合計三十九の抜書きのうち、半分以上の二十の断章が「自己信頼」からのものであることがわかる（同

307-16)。中には次の一節が見られる（訳は該当する原文箇所の私訳）。

あらゆる人間の教育において、必ず彼が次のような確信に至るようなときがある。つまり、妬みとは無知であり、人真似とは自殺であり、人間は良いものでも悪いものでも自分の状況を、己れの運命（his portion）として受けとめなければならないということ。また、たとえこの宇宙は善に満ちているとしても、滋養に満ちた一粒の麦さえも、彼が耕すようにと与えられた小さな土地に、己れの加えた労苦を経ることなしには、手に入らないということを。（ニーチェ311）

「自己信頼」の第二段落冒頭のこの言葉は、次の段落冒頭の「己れを信じよ。すべての人の心は、この鉄の弦に触れて鳴り響く。神の摂理があなたのために見つけてくれた場所を、あなたがともに生きる人々との交わりを、あなたのまわりのできごとのつながりを受け入れよ」と意味の上でつながっており、いまの自分の状況、与えられた条件を、否定的に見るのでも我慢して受け入れるのでもなく、そこでこそ「己れを信じよ」という命令が最も強く、積極的に発せられるというところに、このエッセイの運命観がはっきり顕れている。更にニーチェは、わたしも先に引用した「われわれの家計はものごいをするような状態で、われわれの芸術、われわれの仕事、われわれの結婚、われわれの宗教は、自ら選んだものではなく、社会がわれわれに代わって選んだものである。……われわれは運命の荒々しい闘いを避けてしまう。そこでこそ力が生まれるというのに」の箇所の独訳を筆写している。「己れを信じよ」というエマソンの要請は運命の戦闘に身を投ずることへのそれであり、そこには「妬み」は一切なく、諦めも和解もないということに、ニーチェが気づいていなかったとは思われない。

　これらの抜書きをニーチェがした時期は、ちょうど『華やぐ知慧』の執筆の時期と重なっている。その第四書「聖なる一月」の冒頭に置かれたアフォリズムに、「運命愛（amor fati）」をめぐる、新年の誓いともいうべき言葉が読み取れる。

> ……今日では誰もが自分の願望や最も愛好する思想をあえて言表する。だから私もまた言おう、――自分が今日みずからに何を望んでいるか、また、どんな思想が今年早々にわが心をかすめたか、――どんな思想が私の将来一切の生活の土台となり、保証となり、醍醐味となるべきか、を！　事物における必然的なものを美として見ることを、私はもっともっと学びたいと思う、――このようにして私は、事物を美しくする者の一人となるであろう。運命愛（amor fati）、これを、これからの私の愛としよう！　私は醜いものに対して、戦いをいどむまい。私は責めまい。私は責める者をも責めまい。眼をそむけるということをわが唯一の否定としよう！　これを要するに、私はいつかは、ひたすらの肯定者になりたいと思うのだ！（『華やぐ知慧』255）

「事物を美しくする者」を、われわれはエマソンに倣って「詩人」と呼ぶことができるが、「運命愛」は、これ以後のニーチェにとって、生に対する望ましい態度を表す重要な語となった。一八八八年、精神錯乱の直前に書かれた『この人を見よ』では、「運命愛」ははるかに力強い態度を示すものになっている。

……人間の偉大さを言い表す私の決まった言い方は、運命愛（amor fati）である。すなわち、何事も現にそれがあるのとは別様であって欲しいとは思わぬこと、必然を単に堪え忍ぶだけではないのだ、いわんやそれを隠蔽することではさらさらない、――あらゆる理想主義は、必然から逃げている嘘いつわりにほかならぬ、――そうではなく、必然を愛すること……。（『この人を見よ』334）

「何事も現にそれがあるのとは別様であって欲しいとは思わぬこと」とは「ひたすらの肯定」を行なうことに他ならない。こうした言葉が、ニーチェの言う「永遠回帰」という、一個の定まった思想というより、様々な意味づけを誘ってはしりぞけ続けた一個の直観的経験によって支えられていたことは、一種の常識に属するだろうし、わたしはニーチェの「運命愛」がエマソンの影響によるものだなどと言いたいのでもない(3)。ただ初期のエマソンに見出される強度の充溢に支えられた運命観が、その性質上いかにニーチェに親しいものであるかを語りたいだけだ。

だが、世界にある悲惨、苦痛、不正、醜悪を愛することが、誰にとっても至難の業であることは自明である。ニーチェにとってもそれは難しいことだった。一八八六年末から八七年春にかけて書かれた断章の中には、次の一節が見られる。

> 第一の問題はわれわれが自分自身に満足しているかどうかということではまったくなく、われわれがそもそもなにごとかに満足したことがあるかどうかということである。ただの一瞬に対してでもわれわれが肯定の然り《ヤー》を言ったとするならば、それでもってわれわれは自分に対して然りを言っただけではなく、生存の全体に対して然りを言ったことになるのだ。というのも、この然りは、われわれの内部においてであれ、事物の中においてであれ、それ自体として切り離されて存在しているものではないからである。われわれがただの一度でも、幸福のあまり弦のごとくに打ち震え、鳴り響いたことがあるならば、このひとつの出来事を引き出すためにはいっさいの永遠が必要だったのである……。（『遺された断想（一八八五年秋―八七秋）』387-88）

こうした物の言い方を、詭弁と見ることも強がりと見ることもたぶん読者には許されている。またこうした問題については、誰もそれが「正しい」とか「間違っている」とかと断言することはできない。ただ生に対してこうした態度をとることが何に役立つかを言うことができるだけだ。すなわち、ルサンチマンのない幸福な主観性を生み出すことに。誰もが自己に欠如を見出すことなく、自己を肯定するために。

『エッセイ第一集』が出た翌年、一八四二年の四月の日記に、エマソンは「運命」について書いている。一月末に最愛の息子ウォルドーを僅か五歳で猩紅熱で亡くしてから二か月半しか経っていない。その息子の死について触れながら、「要するに、運命（Fate）というようなものがあるべきではないのだ。われわれがこの言葉を使う限り、それはわれわれの力のなさを示す記号なのであり、われわれがまだ自分自身になっていないことを示しているのだ」とエマソンが書くとき、彼にとってこの問題が認識上のではなく、倫理的な要請（「あるべきではない」）であったことは明らかである。言い換えればそれは、われわれは誰もが幸福であるべきだという要請である。誰もが、というのはつまり、病で確実に間近な死を待っている者も、かけがえがない愛する人を喪った者も、だれもかれもが、ということだ。更に日記から引く。


この神的存在が心の芯で輝き、限りない予感でわたしにあらゆる力を与えてくれるのに、にもかかわらずわたしは知っているのだ、あすもまた今日と同じであり、わたしは小人であり、小人のままだろうということを。つまりそれは、わたしが〈運命〉を信じてしまっているということだ。わたしが弱いままである限り、わたしは〈運命〉を語るだろう。神がわたしを一杯にまで満たすときには、わたしから〈運命〉が消え去るのを見るだろう。

わたしはいつも敗北する。だがそれでもわたしが生まれたのは、勝利に向かってなのだ。

(*JMN* VIII 228)

エマソンが言うように、われわれは始終負け続ける。もし「勝つ」と言えるようなことがあるとすれば、否定的なものとしての運命が消え去ったときだけだ。そのとき、もう一つの運命が現れる。すなわち、闘うべき敵としての厭わしい運命ではなく、闘うということそれ自体が運命であるような、そういう運命が。「自己信頼」の運命観がそれなのだ。この勝つことも敗けることも意識され得ない〈運命〉は、soul と呼ばれる心身の総合体の充実の状態において、つまり〈自己〉の開かれの状態において感じとられるものの、言葉の次元における痕跡なのである。

注

（1）「深淵（abyss）」をエマソンの思想の根幹にあるものとして考える例として、ハロルド・ブルーム（Harold Bloom）の『アゴーン』（*Agon*）がある。そこでブルームはエマソンの「自己信頼」の思想を「アメリカの宗教（the American religion）」と呼び、マイスター・エックハルトやグノーシス派と共通するものとして「根源的深淵（the primal Abyss）」と呼び得る思想の存在を指摘し（Bloom 146）、エマソンにおいて「アメリカ的な自由」とは「深淵‐光輝（Abyss-radiance）」であると言う（150）。

（2）エマソンのエッセイにおける散文が〈詩〉のような位相で働きかけるという指摘は古くからある。印象批評的な言及を超えた分析として、たとえばジョナサン・ビショップ（Jonathan Bishop）は『魂についてのエマソン』（*Emerson on the Soul* 一九六四）の、言葉を論じた第二部において、「リズム／メタファー／トーン」という三つの観点からエマソンの散文の文学的な様相を分析している（Bishop 112-43）。たとえばビショップは「リズムは有機的な機能の文字通りの表現であり、メタファーは知性としての魂の運動の特徴的な文学的モードであり、同様に道徳的な感情は言葉へと移行するときに、トーンとなる」（134）と述べている。ジョン・Q・アンダーソン（John Q. Anderson）の『解き放つ神々――詩人と詩についてのエマソン』（*The Liberating Gods: Emerson on Poets and Poetry*）（一九七一）には、エマソンにおける「理想的な詩人」の特徴と働きについての極めて有益な列挙が見られる（Anderson 58-59）。ハイアット・H・ワゴナー（Hyatt H. Waggoner）はエマソンの詩についての研究書『詩人としてのエマソン』（*Emerson as Poet*）（一九七四）において、エマソンのエッセイの散文について、「最良のエッセイは……論理的な説明ではなく、詩的な、最高の場合にはパラドックスを孕んだ考察である。……エッセイは多くの、詩がわれわれに与える報酬を与える。」（Waggoner 188）と指摘している。R・A・ヨーダー（R. A. Yoder）は『エマソンとアメリカにおけるオルフェウス的詩人』（*Emerson and the Orphic Poet in America*）（一九七八）において、エマソンの「仲介者としての詩人という人物造形（the poet-figure as mediator）」（Yoder 69）という思想を重視し、彼を「中間世界のオルフェウス」（59）と位置づけ、「彼は散文においてひととき歌い手になり、あらゆる文学において稀有な豊饒を歌っている」（34）と評している。ジュリー・エリソン（Julie Ellison）の『エマソンのロマン主義的スタイル』（*Emerson's Romantic Style*）（一九八四）の第九章には、エマソンの「メタファー」の使用についての優れたセクションがあるが（Ellison 196-208）、これもエマソンの詩的散文の位相を語ったものと見なすことができる。エマソンをウィリアム・ジェイムズの先駆、プラグマティズムの先蹤として捉える見方を提唱したリチャード・ポアリエ（Richard Poirier）は、一貫してエマソンの言語の用い方に焦点を当て、『詩とプラグマティズム』（*Poetry and Pragmatism*）（一九九二）においては、エマソンの言語表現を詩として考察している。とりわけ彼が重視するポイントはエマソンの言葉の「過剰性（superfluousness）」であり、それが概念把握を旨とする哲学的散文からずれつつ「あいまいさ（vagueness）」を戦略的に文に埋めこむ機能を果たしていると考えている。（「彼の過剰性は……世界を再び浮遊させる効果としてある。世界をより固定的でなくさせ、より移行するものにし、世界の記述を……より不確かなものにする。」（Poirier 40））ポワリエにとって〈詩〉＝〈文学〉は思想的な重要性を持っているため、「過剰性への呼びかけが詩人によって余儀なくなされるのは……次の認識による。すなわち、文学のエクリチュールにとっては、単に社会的・歴史的な規定に収まるような言語は不十分だという認識がそれだ」（58）と言うとき、彼は〈詩〉＝

〈文学〉には他と置き換えられない思想的な意義があると主張していることになるだろう。ポワリエは「プラグマティズム、とりわけジェイムズ‐エマソン的なヴァージョンのそれは、わたしには本質的に詩的な理論に見える。そのためにそれが（コーネル・ウェスト（Cornel West）やハロルド・ブルームが他の根拠を示して言うように）哲学を回避していると評し得るとしても、それは哲学を書くとは何を意味するのかについてのあまりにも限定的な見方であるように思われる」（135）と言う。狭義における哲学的な文章スタイルからずれる、この〈言語表現の思想性〉の問題は、〈詩〉というs視点は別としてスタンリー・カヴェル（Stanley Cavell）に共有されているものである。

（3）　エマソンとニーチェとの比較研究は一九九〇年代前半に盛んになり、代表的な研究書としてジョージ・J・スタック（George J. Stack）の著作がある。しかしスタックはエマソンのテキストがいかに直接的にニーチェに影響を及ぼしたかを論証しようとして、かえって牽強付会の印象を強くしている。

第二章　中間の場所

「経験」を読む

エマソンのエッセイ「経験」は『エッセイ第二集』に収められ、一八四四年十月に発表された。遡れば一八三六年に思想家・エッセイストとしての処女作『ネイチャー』が出ており、有名な講演「アメリカン・スカラー」("The American Scholar")が翌三七年、ハーヴァード大学神学部での、物議を醸した講演が三八年であり、三〇年代の終り頃からその時点までの自らの思想をすべて注ぎ込んだと言って過言ではない第一エッセイ集が一八四一年に出ている。優れたエマソン研究者ガートルード・ヒューズ（Gertrude Hughes）から「おそらくエマソンの最も偉大なエッセイ」(Hughes 37)とも呼ばれる「経験」は四四年に書き上げられたが、そこにはこの時期のエマソンにしか見られない、とても特異なヴィジョンが垣間見える。「ヴィジョン」という言葉は正確さを欠いているかもしれない。むしろ、メタフォリックな〈言葉〉によって辛うじて定着しかかっている、人間の生のイメージ、とでも言うべきかもしれない。それはたとえば次のような言葉に顕われている。

あらゆる災いの中にどんな阿片が滲みこんでいることだろう！　そこに近づいていくときには物凄いもののように見えるけれども、結局そこにはぎざぎざとして耳障りな摩擦はなく、最も滑りやすく移り過ぎてゆく幾つもの表面（the most slippery surfaces）があるばかりだ。（*CW* III 28）

……悲しみがわたしに教えてきた唯一のことは、それがいかに浅いものかを知る、ということだった。それもまた、他のすべての物事同様に、表面でゆらゆらしていて、決してわたしを現実に触れさせてはくれない。それと接触できるものなら、息子たち恋人たちという高価な代償を支払うつもりさえあるのに。（*CW* III 29）

……いまという時を満たすこと——それが幸福である。時を満たし、後悔に対しても承認に対してもなんの裂け目も残さないこと。われわれは幾つもの表面のただなかで生きている。生きることのほんとうの技術とは、それらの上を上手に滑ってゆくことだ。（We live amid the surfaces, and the true art of life is to skate well on them.）（*CW* III 35）

こうして「表面」、"surfaces"という語をめぐって幾つかの引用をしてみるだけで、それまでのエマソンのテキストに慣れた読者なら、早くもそのあまりの特異性のために軽い震えのような感覚を呼び覚まされるだろう。非常に強い調子で社会の因習性を攻撃し、世界（自然）との一体化のミスティカルな経験が持つ効用を高らかに謳い上げたかつてのエマソンとはまったく違うトーン、感覚、態度がここには見られる。「人間とは金色の不可能性（a golden impossibility）である。彼が歩かねばならない線は髪一本の幅しかない」（*CW* III 38-39）と言われるときの、人が歩かねばならぬ「線」の細さ、それをエマソンはまた「細い帯（narrow belt）」（*CW* III 36）とも名づけるのだが、そこをなんとかバランスをとって、巧みに〈滑って〉（〈スケートして〉）いこうとするエマソンのイメージが浮かんでくる。それは決して楽天的なイメージではない。むしろ何か、無理をしているように見える姿勢なのである。「悲しみ」は自分に何も教えない、と言ったあとで、エマソンはこんなふうに書いている。

……もう二年以上前の、わたしの息子の死において、わたしはただ美しい地所を失った、それだけであるように思える。（In the death of my son, now more than two years ago, I seem to have lost a beautiful estate,—no more.）わたしはそれ以上にそのことを自分に近づけることができない。もし明日わたしの主要な借り主たちが破産したとしたら、わたしの財産の喪失はおそらく今後何年にもわたってわたしに多大な不便を惹き起こすことになるだろうが、そのことがあってもわたしはいまのままのわたしで、より良くも悪くもならないだろう。同じことがこの不幸（this calamity）についても言える。それはわたしに触れることがない。それまで自分の一部だとわたしが想ってきたもの、わたしを引き裂くことなしにはわたしから引き離せないはずのもの、それがわたしから剝がれ落ちて、なんの傷痕（scar）も残さない。それは早く散っていった。(It was caducous.)（*CW* III 29）

"caducous" とは植物の葉などが早く散ってゆく性質を示す語だが、このように「二年前」つまり一八四二年一月二七日に、猩紅熱によって僅か五歳で亡くなった最初の息子ウォルドーのことを語られると、おそらくすべての読者は過去の研究者たちと同じように、どう受けとめればよいか、戸惑ってしまうに違いない。バーバラ・パッカー（Barbara Packer）のように特別なショックを受けたと表明する者もいれば、シャロン・キャメロン（Sharon Cameron）のようにこのエッセイ全体を亡き息子への一種の喪の仕事と見なす者もいる。エマソンに批判的な批評家ならこれこそエマソンの人格的な欠陥を表すものだと指摘するだろう。もちろん多くのエマソン学者が言うように、残された日誌や書簡や詩作品「挽歌」（"Threnody"）などを見るだけで、実際には息子を亡くしたエマソンの受けた心の「傷」は大変なものだったことが分る。だからたとえばトニー・タナー（Tony Tanner）のような炯眼の批評家が、息子ウォルドーの死こそエマソンのキャリアにおける決定的なできごとだったと見なすのも無理のないことなのだ（Tanner 5-6）。いずれにしても、「表面」を〈滑る〉という姿勢あるいは態勢が、深く愛していた息子をたった五歳で亡くすという「経験」を見据えた上でとられているとすれば、それは並大抵のことではない。

息子の喪失というできごとが自分にはなんらの「傷痕」をも残さなかった、というエマソンの主張は、一見すると奇矯なもののように思われるかもしれないが、実はそれ以前の彼の書いたものを読んでいれば、これが見かけほど突飛な言い分でもないことに気づく。枚挙すれば遑がないわけだが、たとえば『エッセイ第一集』所収の初期エマソンの代表作と言える「自己信頼」の、次のような極めつけの箇所をあらためて見てみよう。

> いま生きているということだけが役に立つ。これまで生きたということではなく。力は静止した瞬間に消えてしまう。それは、過去から新たな状態へと移り変わってゆく、移行のときに宿る。渦巻く川の淵をさっと乗り切ることに、的に向かって飛翔することに宿るのだ。世間が唯一嫌悪すること、それは魂とは生成変化するということだ。なぜならその事実はたえず過去を価値のないものにし、これまでに蓄えたすべての富を貧しさへと、これまでに得たすべての名声を恥辱へと変えるからであり、過去の聖人をならず者といっしょくたにし、イエスもユダも、ひとしく脇へと押しのけるからである。(*CW* III 40)

「魂」の生成変化こそが世界の唯一リアルな在りようである、というニーチェにもつながるこの思想からすれば、息子の死がもたらした「悲しみ」さえも、自己を固定させるに充分ではあり得ない。やはり「経験」の中でエマソンは「身体の健康は循環によって成り立っている」(*CW* III

32）と言っているが、自己もまた肉体を持っている以上、血液は一瞬たりとも止まっていず、同じと見なされる自己もまた、新陳代謝によって常に更新され続けている。それはまた、自己が〈時間〉を生きるということでもあるのだ。深く愛する者を喪ったわたしに、なお世界が日々あたらしい声音で呼びかける。悲しみは永遠に消え去るまいと思っているのに、やはり朝の陽光を浴びた樹木の葉裏を見ると生命の姿になにかしら前向きなものを直知してしまう。そういう人間の様相が確かに在って、またそれは決して否むべきものでもない。いや、右の「自己信頼」の一節はもちろんもっと厳しい。もしも人がリアルなものだけを見なければならないとすれば、イエスがキリストである、というより「あった」ことも、過去そうであったという限りにおいて、イエスを裏切ったユダとまったくひとしなみに捨て去られねばならない、と彼はキリスト教徒である当時の読者に言っているからだ。それはつまり、ほんとうには何一つ固定したものはない、と言うことに他ならない。そうした思想の延長線上に「経験」の息子の死をめぐる一節はある。と言うより、エマソンが思想家（講演「アメリカン・スカラー」の有名な言葉で言えば“Man Thinking”）として誠実たらんと努めたとすれば、「二年前」のこのできごとこそ、自らを試す試金石として意識されていただろう。エマソンにはあえて息子の死をあのように書くべき理由があった。

だが人間は、というよりエマソンは、そのような思想に果たして耐えられる（た）のだろうかという問いが生じてくる。これはニーチェが後に取り組んだのと同じ問題、つまり「超人」という位格の問題だが、エマソンはニーチェのように強く、あるいは戦闘的に、またいわば雄々しくはこれと格闘しなかった。むしろそれは抗いながら、もがきながらの苦闘だったように思われる。以下彼がエッセイ「経験」でやろうとした思想の〈劇〉を、従来の研究史とは異なる見方で捉えてみる。その上で最後に先に触れた「表面」を滑る者のイメージについて語りたいと思う。

一・「経験」の構成

「思想の〈劇〉」と言ったのは決して言葉の綾ではなく、「経験」においては実際に概念どうしのダイナミックな葛藤が演じられているからだ。このエッセイは、エマソンによって自覚的に名指された七つのセクション、および後書きまたはエピローグにあたる部分によって構成されている。エピローグ部分の冒頭に記された言葉を使えば、各セクションは順に「幻影（Illusion）」、「気質（Temperament）」、「継起（Succession）」、「表面（Surface）」、「驚き（Surprise）」、「実在（Reality）」、「主観性（Subjectiveness）」という概念を担っている。これらが自分の考える「時の機を織る糸」であり「人生の君主たち（the lords of life）」であると述べたあと、エマソンは書いている。

……わたしにそれらの順序を告げる能力があると言うつもりはない。わたしはそれらを道の途中で見つけたとおりに名づけただけだ。自分の描く絵が完璧であると主張するほど愚かではな

いつもりだ。わたしは断片である。そしてこの文章もわたしの一つの欠片である。(CW III 47)

「経験」はエマソン研究史の中でも(特に一九七〇年代終わり頃から)論じられることのきわめて多いエッセイだが、エマソン自身のこの言葉があるために、またこのエッセイが演じている概念の劇がとても複雑で精妙であるために、このエッセイの構成が論理的にどのような意味を伝えるかについてじっくり考察した批評は実は少ない。けれども、多くの批評家に倣って「経験」にロジカルな構成、もしくは建築性がないかのように見なしてよいとはわたしには思えない。エマソンはこのエッセイに自分の現在の人生観、というより life・生についてのパースペクティヴを定着させようと、並々ならぬ気構えで賭けていた。確かに終盤で右のような心情を吐露しているとはいえ、それは全力で自らの思考を秩序づけようとして苦しい闘いをひとりでやり抜いたエマソンの、その果ての言葉なのだ。いったい「経験」というエッセイは論理的にどのような内容を持っているのか、エマソンならではの飛躍の多い、理路の辿り難い文章を、あえて概念的に単純化してみよう。七つのセクションの内容を目次ふうに概括する。

第一セクション「幻影」――「われわれはどこに居るのだろうか?」という問いで始まり、「あらゆる事物のはかなさと捉え難さ」(CW III 29)を記述した部分。「われわれの置かれた状況の最も不愉快な状況」(同)として、人間が自分の状況を把握できないこと、また真のリアリティとでもいうべきものに触れることができないことを語っている。息子ウォルドーの死の「哀しみ」が「傷痕」を残さなかったという一節もここに見られる。

第二セクション「気質」――「幻影の体制（system of illusions）」（*CW* III 31）を支えている事実として、人間の「気質」による限界を挙げている箇所。「人生はビーズの数珠玉のような、一つながりの気分で出来ている。」（*CW* III 30）「気質はその数珠玉が結わえられている鉄線である。」（同）そのために人間は「自分では見ることのできないガラスの牢獄」（*CW* III 31）に閉じこめられている、と言う。

第三セクション「継起」――「幻影性（illusoriness）」を支えるもう一つの現象として、「気分や対象が次々に変わる状態で存在してしまうこと（the necessity of a succession of moods and objects）」（*CW* III 32）が語られる。何か一つの好ましいものに自分を結びつけ固定しようとしても、物事が次々に継起して移り変わるために許されない。かと言って「牢獄」にいる限界づけられた人間は移り変わる世界に己れを適応させることはできない。

第四セクション「表面」――「人生は思弁の遊戯ではない。（life is not dialectics.）」（*CW* III 34）「人生は知的なものでも批評的なものでもなく、逞しさに満ちたものなのだ」（*CW* III 35）と語られ、思想的に生の問題を解決しようとする営み自体がいったん宙吊りにされる。「われわれは幾つもの表面のただなかで生きている。生きることのほんとうの技術とは、それらの上を上手に滑ってゆくことだ。」（*CW* III 35）「すばらしい贈り物は分析によっては得られない。いいものはすべて、みなが歩む道にある。（Everything good is on the highway.）」（*CW* III 36）と述べて「中間の世界（the mid-world）」（*CW* III 37）に滞留することが肯定される。

第五セクション「驚き」——「力は選択と意志の通過する料金所（the turnpikes of choice and will）とはまったく異なる道を通る。すなわち、生の、地下の見えないトンネルと水路を通る。」（*CW* III 39）だからすべてが「既知の原因と結果の王国」のように見えても人生は「驚きの連なり（a series of surprises）」（同）なのだ、と言う。それは「敬神の熱意（the ardors of piety）」の時間であり、それが「遂に最も冷たい懐疑論（the coldest skepticism）と一致する」と語られる（*CW* III 40）。

第六セクション「実在」——「不調和で些細な個別の物事の下には音楽的な完璧なもの（a musical perfection）が在る、いつもわれわれと伴に旅をしている理念が在る。」（*CW* III 41）"direct" に働く見えないリアルなもの（"the ineffable cause"（*CW* III 42））の存在と、生命体として人間が持っている「信じようとする普遍的な衝動（*the universal impulse to believe*）」、先へと進んでいく傾向、"onward" であるという性質が提示される（*CW* III 42-43）。

第七セクション「主観性」——人間が主体（subject）として限定された「レンズ」を担わされていることには何か「創造的な力（creative power）」（*CW* III 43）がある。主体と「客体／事物（objects）」との間にはズレがあるが、それは個々の客体に分けられた世界像が不十分なものであるためであり、わたしが生きているということはわたしに〈内部〉があるということである。誰もが否応なくその内部性に立っていかに「スキャンダラス」であっても「この貧しさ（poverty）」から離れぬようにして生きていくことが要請される。（*CW* III 46）

――こうした概括それ自体が、わたしなりに掴みとったもの、その意味でわたしの「主観性」の反映であることを断っておかねばならない。その上で、こんなふうにざっと見渡しただけでも、このエッセイには生の状況に対する否定的な見解が、後半に至って肯定的な見方に転じていることが窺われるだろう。第六セクションの終りには、「新しい主張は、社会の様々な信仰だけではなく、懐疑主義をも包みこむものになるだろう。そして幾つもの不信仰の中から一つの信条（a creed）が形づくられるだろう。というのも、懐疑は決して無根拠なものでも無法なものでもなく、肯定的な主張が限界を蒙らされたもの（limitations of the affirmative statement）にすぎないからであり、新しい哲学はそれをも取りこみ、そこから肯定の主張を生み出さねばならないからだ」（*CW* III 43）という言葉があり、このエッセイ自体が、やはり「懐疑主義」の乗り越えを目指して思考を紡ぎ出した結果として在る、その事実を意味している。

また右の梗概を見れば、最初の三つのセクションが生の否定的な状況や要因を記述している点で一つながりを成し、第四セクションからエマソンが肯定の方向に向き直っていることも理解できるだろう。第四セクションの冒頭の言葉は、「だがこんな美辞麗句や衒学が何の役に立つだろうか？　思想からどんな助けが得られるだろうか？　人生は思弁の遊戯ではない」（*CW* III 34）であり、ここでは、それまでのセクションでしていたことが「美辞麗句や衒学」と呼ばれ、そうした「思想」の営みをエマソンがいったん断ち切る身振りをしている。つまりこの箇所は全体の劇の転回点、調性の変化のポイントをなしているのだ。

デイヴィッド・ジェイコブソン（David Jacobson）は、「経験」の論理的構成を真正面から読み解こうとした数少ない研究者だが、やはりこの変わり目をきちんと捉えている。ジェイコブソンの捉え方によればこのエッセイの論理的構成は、第一から第三セクションまでが最初のグループであり、第四から第六セクションまでが次のグループ、そして第七セクションが全体の総括のような位置にあるということになる（Jacobson 121-23）。また優れた概説的な著作において、ローレンス・ビュエル（Lawrence Buell）はやはり「経験」をきわめて重視して、それについて一セクションを設けて論じているのだが、そこで彼は「経験」の構成を「三つのペア」、すなわち「幻影」／「気質」、「継起」／「表面」、「驚き」／「実在」と、総括としての「主観性」というふうに分けている（Buell 133）。ビュエルは尊敬すべき優れた学者だと思うが、この彼の解釈については、第四セクション冒頭の変わり目を全体に関わる重要なものだと見なしていないという点で誤っているとわたしは考える。一方、ジェイコブソンは、最初の三つのセクションが「思想のパースペクティヴ」、後の三つのセクションが「行動のパースペクティヴ」であるとしている点で、やはり間違っているとわたしには思われる。なぜなら、第一から第六までのどのセクションにおいても、ウェイトの置き方に濃淡はあっても「思想」の側面と「行動」の側面の両方が含まれているからだ。またこれはあとで述べるが、第六セクションと第七セクションとはそれほど切れているわけではない。むしろ思想的には一続きであると考えた方がよく分るところがある。ニール・ドーラン（Neal Dolan）は二〇〇九年刊行のエマソン論において、やはり「経験」に一章を割いて全体の構造を考えている。彼はこのエッセイが大文字のUの字と小文字のｕの字の形の曲線を描くように、主題的・内容的に下降から始まりながら、上昇に落ちつく構造を持っていると主張する。「経験」がネガティヴな印象をもって受けとめられてきたことに反対しつつ、「懐疑主義」を組みこんだ上でエマソンが自己の認識の限界を設定し得た点に、このエッセイのポジティヴさがあるというのが彼のポイントである。そこで分析の単位となるのはパラグラフであり、合計二十五の段落が示す運動が詳細に分析されるのだが、エマソン自身が設定したセクション分けをあえて無視して段落ごとの変化だけで分析を行うことには、根本的に疑問が生じる。段落の内部に立ち入って細かく論じれば論じるほど、また継起的にリニアーな変化を辿れば辿るほど、たとえば前半と後半に離れて存在するものの対応といった全体の構造が見えなくなっている。そのため結果的にエマソン自身の構成に関する意図を無視した読解ではないかという印象が醸し出される。また肯定的な解釈を前提にするあまり、伝記的な経験や日記などに窺われるエマソン個人の苦悩に対応しない主張になっている。

「経験」の構成については、過去の研究史を紐解いても実はいまだに定説というものが存在していない。「経験」をしっかり論じるには、まずその構成のロジックを各研究者が自分で決定しなければならない。わたし自身はこう考えている。まず第一から第三セクションまでが一続きをなし、人間の生の限界、もしくは否定的な側面の記述を主眼にしていること。この前半の議論に対する論理的、哲学的な反論、あるいは乗り越えがなされるのは一つ飛んで第五から第七セクションの部分であり、ここがやはり一つのグループを形成していること。七つのセクションのちょうど真ん中に位置する「表面」のセクションは、必ずしもそれ以前の部分への思想的、哲学的な反駁とは言えず、むしろそれを間に挟んだ前半と後半との、いわば中仕切りのように存在していること、である。この点を明確にするために、もう少し具体的な内容を検討し、このエッセイの特異性を見て取ろう。

二・前半の三セクションのポイント

冒頭から第三セクションまでの部分が、人間の置かれた「不愉快な状況」を記述しようとしたものであることは既に述べたが、更に立ち入って見ると、少し長めの第一セクション「幻影」が全体のトーン、およびあとの議論の土俵とでも言うべきものを決定しており、「気質」と「継起」はそこで提示された状況の説明を、人間の性質・体質・成り立ちの側からと、世界の人間への現れ方・見え方の側から、それぞれ補足していることが分る。もっとも、「補足」であると意味づけられるのは事後的に、読者によってであって、エマソン自身は第二、第三のそれぞれのセクションにおいて、否定的な認識をポジティヴなそれへと僅かであっても転換しようとしている。このことは後半についても言えるので、全体としては肯定へと向かうセクション群にあっても、やはりそれぞれでネガティヴに見える事柄にエマソンは言及している。だから多くの批評家が

「経験」の持つ全体としての「否定から肯定へ」という概念のドラマを（しばしば意識的に、確信犯のように）見失うことになるのだ。ともあれ、最初の三つのグループのトーンを決定づけている、有名な冒頭部分を、やはり引用しなくてはならない。

われわれはどこに居るのだろうか？　その両端がどこかも知らず、端というものがあるとも思えないような、或る連なりのなかに居る。目が醒めるとわれわれは階段の上にいることが分る。足元には、どうやらこれまで昇って来たらしい階段がある。上を見るとやはり階段が、それもたくさんの階段があって、それがずっと上まで昇って、その先は見えない。けれども古の信仰によればわれわれが入ってゆく入り口のところに立って、これ以後どんな無駄話もできないようにと飲まされる忘れ河レーテーの水を渡すというあの〈精霊〉は、その杯の中味をあまりにも強い酒にするので、われわれはもう真昼だというのに眠気を払うことができないでいる。眠りがわれわれの目許に生涯の間ずっととどまっている、まるで樅の木の枝の繁みに一日中夜が漂っているのと同じように。あらゆる事物がただよい、煌く。われわれの生は、われわれの知覚ほどには脅かされはしないものである。幽霊のようにわれわれは自然のなかを滑ってゆく、そして再び自分の居場所を知ることはない。（*CW* III 27）

「経験」を論じる批評家たちがほぼ必ず言及する箇所だが、もちろん、この始まりも終点も見えぬ階段の途中に宙吊りになっている人間のイメージの、イメージとしてのすばらしさにわたしも強い印象を受ける。人間の生のかたちを〈移動〉のイメージで表現することはアメリカ文学において決して珍しくはないが、こういう少し薄靄のかかったような、茫漠として危うい感じを醸し出す、線の上の歩行というかたちは、エマソンの、とりわけ「経験」ならではのもので、散文を使った詩人としてやはり非凡なものだ。それは、階段を上る歩行であると同時に「幽霊」のように滑ってゆく。垂直な運動であるはずのものが平滑な動きへといつのまにか移っている。「眠気」が語られるのは、目覚めているときの視覚がほんとうに事物をくっきりと見ているのか、事象はじっと固定したままとどまってはいないのではないか、と裏返しに反問しているからだ。「まるで樅の木の枝の繁みに一日中夜が漂っているのと同じように」という比喩はその点で意味深い。確かに日中でも葉を一杯に繁らせた大きな樹の枝の中には「夜」が潜んでいることが、物事を注意深く見る人には見える。昼間の樹木は昼間の樹木でしかないというふうに見てしまう人々の知覚は大雑把だ。ここにエマソンの思考の流れている深みが垣間見える。

右のような文章にエマソンの離人症的な「気質」を読みこむことも、あるいは可能かもしれない。しかし彼が人間を「幽霊のよう」だと喩えるのは、日常を常識に則って（粗い肌理の知覚の網によって）生きている大抵の人々よりも、人が生きている時間というものの経験をエマソンが精密に観察しているからなのである。たとえば「われわれには今日自分が忙しいのか暇なのかは判らない。自分が怠惰でいると思っているときに、実はたくさんのことが成し遂げられていたし、たくさんのことが既に始まっていたのだと、あとになって気づく経験がわれわれにはある」(*CW* III 27-28)とエマソンは言うが、わたしを含めて、まさしくその通りだと思い当たる人はいるだろう。あるいは、第三セクションの冒頭から引こう。

世界が幻影に感じられる秘密は、気分や対象物が次々に変わる状態で存在してしまう、ということから来る。われわれは喜んで碇を下ろそうとする、ところが投錨地は流砂なのだ。(Gladly we would anchor, but the anchorage is quicksand.) 自然のこの先へと進める策略はわれわれにとってあまりに強いものだ。「それでも地球は動いている。」夜に、月と星を眺めていると、じぶんの方が止まっていて、星々が急いて進んでいるように見える。現実(the real)に対するわれわれの愛着は不変のものへとわれわれを引きつけるが、身体の健康は循環によって成り立っており、精神の健全は連想の多様性や柔軟性にある。(*CW* III 32)

固定していると思っていた世界自体が常に動いている。わたしの心身もまた一瞬たりとも静止していない。生活の便宜のためには、止まっているというふうに見なすことで足りる。しかし、ここでエマソンが述べている認識の方が正確であることは確かだ。「われわれは喜んで碇を下ろそうとする」という言葉は、決して仮そめのものではない。愛する息子を突然喪うという経験が彼にとって軽い、無視できるようなものではまったくなかったことを想えば、この表現には、エマソンの（少なくとも我が子を亡くしたあと暫くの頃の彼の）本音とでも言っていいものが顕われているだろう。にもかかわらず世界は動いている。息子の死とともに生の何かが決定的に「傷」を負い、すべてが変わると、そんなふうに思う、いやそう思いたいのに、世界も自己の心身も、滑る「表面」のように動いていくのだ。かつてのエマソンにあって〈生成〉のヴィジョンは自己の全き充溢であり、そこから外へと拡張してゆく起点であったが、いまそのヴィジョンは彼には、ときとして認めたくないようなものになっている。つまりこのエッセイの最初の三つのセクションが示しているのは、「流砂」のように流動やまない世界に置かれたわたしの〈個体性〉が、自分にとってきわめて重くのしかかっている、その在りようである。それは人が個体性に繋留、いや繋縛されているという感じ方であり、つまり人は「経験」に繋縛されている。その重さが容易にエマソンを上昇させてはくれない。その重さの因ってきたるところのすべてを息子の死に帰することは、おそらくエマソンのテキストをあまりにも伝記的に、またセンチメンタルに読み解くことだろう。だが、息子の死というできごとをも当然含めて、何かが彼に変化をもたらした、と言うことだけはできる。その変化は、エマソン自身が言っているように、いつからとは決められない「怠惰」に見えるときに、いつしか起こっていた。

三・後半の三セクションのポイント

梗概のところで述べたように、第五から第七にいたる後半の三つのセクションは内容的に連続性を持ちながら、全体として前半の三つのセクションへの思想的反論になっている。連続性について言えば、たとえば人間の生には「常識」が無効になるような「驚き」の時間、「敬神の熱意」があると述べた第五セクションを受けて、続く「実在」のセクションの冒頭では、そういう時間は「確かに或るときには（at one point）光り輝く」が、それだけを「神性（divinity）」として持ち上げるのは「閃光のところに長くとどまりすぎること」だと語られる（*CW* III 40)。第七セクションの主題「主観性」は、既に第六セクションの長めの第一段落の終わりの部分（詩行の引用の直後）で「意識（consciousness）」（*CW* III 42）という言葉によって数行扱われた問題を、内容的に引き継いでいると言える。また、前半部への反論という点で言えば、「驚き」のセクションの「神は毎日われわれを隔離し、過去からも未来からもわれわれを隠すことに喜びを見出す」（*CW* III 39）云々という箇所は、第一セクション冒頭の靄のような状態をポジティヴに捉え返しているし、第一セクションの末尾の「自然はわれわれに直接の打撃を行なう力を決して与えなかった。われわれがするすべての打撃は掠める（all our blows glance)、われわれのすべての当たりは偶然である（all our hits are accidents)。互いに対するわれわれの関係は斜めのもの、偶然のものだ。（Our relations to each other are oblique and casual.)」（*CW* III 29-30）という否定的な状況の記述に呼応するように、「驚き」の中では次のように言われる。

……われわれは偶然性（casualties）によって育つ。われわれの主な経験は思いがけないものだった。（Our chief experiences have been casual.）最も魅力的な人たちというのは斜めからの［間接的な］力を持った人々（those who are powerful obliquely）であって、直接の打撃によって力のある者たちではない。（*CW* III 39）

“casual”であること、“oblique”であることが世界の〈実相〉に照らして肯定されているのだ。また第六セクション「実在」の、生物の「胚」についての次のような箇所。

……胚の成長において、たしかエヴァラルド・ホーム卿は、進化は唯一の中心点から発するのではなく、三つかそれ以上の点から同時に働くものであることに気づいた。生命には記憶はない。（Life has no memory.）一つずつ継起して生じるものは記憶することができるが、同時に共存しているもの、あるいはもっと深い源から射出される（ejaculated）ものは、いまだに自意識を持たないので、己れ自身の向かう先を知らない。われわれについても同じなのだ。（*CW* III 40-41）

ここでいう「記憶」とは意識的に客体化していつでも取り出せるような、プルースト的に言えば〈意志的記憶〉のことである。このきわめて意味深い箇所で、生命のかたちに拠って立ちながら反駁されているのは、第三セクション「継起」であろう。人間も生命体である以上、「知覚」の上では物事の「継起性」に縛られてはいても、その状況は仮そめの一時的なものにすぎないことになる。更に、第六セクションの「意識」云々の数行、および第七セクション全体が、人間の精神の「主観のレンズ（subject-lenses）」（CW III 43）の部分性・特殊性・歪みを肯定的に捉えたものだが、これは第二セクション「気質」を思想的に規定し直したものであると言うことができる。

この後半の三つのセクション群で語られていることを大摑みに言えば、およそ二つの事柄に分けられるだろう。一つはエマソンが「実在」と呼ぶ、世界の〈実相〉の提示であり、もう一つは彼が「主観（subject）」または「主観性（subjectiveness）」と呼ぶ問題、わたしなりに言えば、人間の担っている〈個体性〉をポジティヴに引き受けることである。前者については「実在」のセクションで「いつもわれわれと伴に旅をしている理念」とか「この根源、名づけられることを拒むもの——言葉では言えない根源」と言われ、「タレスなら水、アナクシメネスなら大気、アナクサゴラスなら思考《ヌース》、ゾロアスターなら炎、イエスと現代人なら愛」、孔子なら「広々と流れる力（vast-flowing vigor）」と呼んだもの、「より正確に書けば、われわれはこの普遍化された概念に〈存在〉（Being）の名前を与える」とエマソンが言うものである（CW III 42）。この主張については、エマソンの読者は新しさを感じないだろう。それは『ネイチャー』以来一貫して彼が倦まず弛まず語り続けてきたものだ。『ネイチャー』の中の、自己が「透明な眼球」になるという有名な箇所でいわば歌われていた事柄も、この〈リアルなもの〉との接触から生じたミスティックな体験に他ならない。ただ、あの場面では自然と触れ合った「わたし」の個体としての限定は一切解除されていて、「わたしは無だ、わたしはすべてを見る」（"I am nothing; I see all."）と述べられていたのが、「経験」では、その「わたし」を「わたし」足らしめている個体としての限定が完全には解かれず、「わたしがいまこう在るように、わたしは見る」（"As I am, so I see."）（*CW* III 46）と言われているのだ。

この二つ目のポイント、自己の個体性の問題こそ、このエッセイでエマソンが思想家（"Man Thinking"）として打ち出したかった論点なのである。多くの批評家がこの点を肯定的な主張として摑めていない。それは「すべての主観とすべての客体の間で釣り合いがとれないために、［霊的な世界と呼ばれるものの中では］婚姻は不可能なのだ」（*CW* III 44）といった文章の一見ネガティヴなトーンに欺かれるからだ。しかし「驚き」のセクションの末尾で二度も繰り返される言葉、"The individual is always mistaken."（*CW* III 40）が何を意味しているかをわれわれは考えねばならない。ここで言う"individual"を日本語でいう「個人」という意味に取ってしまってはならないのだ。先に引用した第六セクションの「胚」の成り立ちについての記述を読む限り、"individual"はただ単に人間にのみ言われているのではない。人間もまたそうであるところの、生命の、〈個体〉について言われているのだ。われわれはここにエマソンの思想の、ニーチェにもまたベルクソンにも通じる大きさを感じることができる。「生命には記憶はない」とエマソンは言っていたのだが、だからこそ、第六セクションで彼は、「この思想の領域から得られるあらゆる洞察は何かの始まりとして感じられ、その続きを期待させる」（CW III 41）と述べて、人間の onwardness とでもいうべきものを、「誰も満足のいくような経験に到達しなかった、人間が得る利益は何かより良いものの知らせ（tidings of a better）なのだ。先へ、先へ！（Onward and onward!）」（CW III 43）というふうに語っているのである。人間も生命である限り、個々の行為や個々の object がどんなにすばらしいものであっても、固定した状態にとどまることは許されず、否応なくいわば微分的に、先へ先へと進み、すべての現象をその都度何かの「始まり」として感知せざるを得ない、そんなふうに出来ている。「本質的な事柄とは、魂の不死についてわれわれが何を信じているかといったことではなく、信じようとする普遍的な衝動である」（CW III 42-43）と言うのもやはり別のことではない。

人間の個体性の担い方で特徴的だとエマソンが考えるのは人が「意識」を持つということだ。「先にわたしが人生を一連の気分の変化として描き出したとすれば、いまわたしはこう付け加えねばならない、われわれの中には変わらないものがあると。……各人の意識は計算尺（a sliding scale）であり、それが或るときは彼を〈第一原因〉［神］と合致していると測り、或るときは人の身の肉体と合致していると測る。」（CW III 42）この "sliding scale"（「滑尺」）としての「意識」こそ、第七セクションで彼が「われわれがそれであるところの色づけされた、物を歪めて見せるレンズ」（CW III 43）と呼ぶものである。それはその都度世界を分節し、個々の object を「創り出す」(同)。しかしどのobjectも一時的に人の「主観」が(しかもその人独自の歪み、つまり「気質」をもって)像を結ばせたという意味で一時的な存在でしかあり得ない。だから「婚姻」は不可能なのだ。だが生命体としての人間がその都度必要に応じてobjectを創り出しながら生きてゆくことには、「体質上の[肉体組成上の]必然性(constitutional necessity)」がある。

……物事を各人それぞれの私的な様相のもとで、あるいは自分の気質が滲み込んだかたちで見てしまうことに体質上の必然性がある、ということは、どうしても言わずに済ますことができない。だが神は、この木の生えない岩場に生まれた存在(the native of these bleak rocks)なのだ。……われわれはこの貧しさにしっかり摑まっていなければならない、それがいかに外聞の悪い(scandalous)状態であっても。(*CW* III 46)

個別のできごとや事物は、どんなに壮麗でどんなに根本的に見えても、個体としての人間がsubjectiveに像を結ばせたものだという意味で「貧しい」。それはたとえばイエス・キリストの存在(*CW* III 44)や「罪」という概念(*CW* III 45)や、果ては自分の子どもの死というできごとまでをもはかなくする("caducous"にする)という意味で「スキャンダラス」である。あるいはいかなる「経験」をも「満足がいく」と見なさないという意味でそうなのだ。

個体が否応なく内部を持つということ、どうあってでも各人がその〈内側〉から世界を知覚せざるを得ないという条件を、エマソンは肯定している。(ヒューズは、このポイントを「正気の唯我論」、「良性の唯我論 (a benign solipsism)」と呼び、肯定的に捉えている。(Hughes 59)) だから彼は或る行為が「内側から見たときと外側から見たときとではまったく違って見える」(*CW* III 45) と言う。もちろん、「自己信頼」の頃から、それが実体としての自我やアイデンティティではなかったことは言うまでもない。「経験」でも第四セクションの中で「新しい分子学は原子と原子の間の天文学的な隙間 (interspaces) の存在を示した、世界はすべて外部であり、内部というものはないということを示した」(*CW* III 37) と語られている。実体としての「内部」はない。つまりそれは宮澤賢治の言う「わたくしという現象」に他ならない。そこでエマソンが重視するのは〈見る〉ということではなかった。「主観は神性の受容器だが、いかなる比較においても自らの存在があの隠された力によって高められていることを感じなければならない。活動している力としてではなくその現存に臨むようにして、この実体の資源地はただ感じられることができるだけである。(Though not in energy, yet by presence, this magazine of substance cannot be otherwise than felt.)」(*CW* III 44) 人間は〈見る〉のではなく〈感じる〉ことによって世界の〈実相〉と通じ合うことができる。『ネイチャー』の "I am nothing; I see all" をもじって言えば "I am something; I feel Reality." とでも言えばエッセイ「経験」の主張を表現したことになるだろうか。"I am something, *yet* I can feel Reality." ではなく、"I am something, *so* I can feel Reality." である。

こうした考え方が、誰をも説得する力を持つかどうかはわからない。わたし自身、〈傷〉というものは在るのだ、というおそらくはロマンティシズムであるかもしれない感じ方に、強く誘われる者だ。エピローグでエマソンは、「自分の絵が完璧であると主張する」つもりはないし、「わたしは断片である。そしてこの文章もわたしの一つの欠片である」と言っており、彼自身が「経験」の論理的な結構については不十分だと考えていたことが窺われる。そして、困難な理路を辿りながら後半の三つのセクションを何度も纏めて読み終わって、頭を休めてふと気づくと、茫漠として流動やまない世界のただなかに、次々に事象を客体化し続けて終わりなく先へ先へと動かされてゆく、内部化された孤独な生命の〈わたし〉、というイメージが、論理の網の目を透かすように浮上してくる。

四・highway の心構え

エピローグでエマソンは、「街や農場でわたしがまじわる世界はわたしが思考する世界ではないことをわたしは知っている。わたしはその相違を認めるし、今後も認めることになるだろう」(*CW* III 48) と書いている。二つの世界の間に「不一致」(同) があり、それを少なくとも現在は、思想によって解消しはしない——これは思想家エマソンの敗北を意味するのだろうか。そうではない。街や農場で自分が経験する世界と「わたしが思考する世界 (the world I think)」との間の「不一致」とは、人間にとって本来存在する世界の二重性のことだからだ。先に引用もした、このエッセイ冒頭の第一段落に見られる「われわれの生は、われわれの知覚ほどには脅かされないものである」という言葉が意味するのは、生活のいちいちの場面において人間の知覚は世界を一つ一つ順番に、継起性に従って「客体」として分節化するが、同時に、「胚」をモデルとして考えられる生命体としての人間は、常に複数の状態が同時に活動するような、潜在性の次元とでも言うべきものを生きている、ということだ。「けち臭い経験論」によっても、「思弁の遊戯」によっても、この二つの世界をあえて一つにしようとはせず、むしろ世界の二重性自体をそのままに残しているところに、「経験」の時点でのエマソンの、それこそ思想家としての栄光がある。辿ってきた思考の糸を、途中で手離す、あるいはほどけるままにする、というところに。「経験」においてエマソンが逢着いた先は、その意味で思想の中間地帯であり、彼は宙吊りになっている。

この宙吊りの在りようを、思想的にでなく、言ってみれば文学的に言い表しているのが、エッセイのちょうど真ん中に置かれた第四セクション「表面」なのだ。エッセイ全体の中で、このセクションはエマソンが態勢を立て直す中仕切りとして、あるいは思想的追求を一休みしてポジティヴに向き直る駅として機能しているが、それ以上に、そこでは中間の、宙吊りの状態に置かれた人間のそのときどきを生きる、ふるまい方、そのかたちが語られている。そのとき姿を現すのが、旅、移動のイメージであり、道、線のイメージなのだ。

……いまというときを満たすこと――それが幸福である。ときを満たし、後悔に対しても承認に対してもなんの裂け目も残さないこと。われわれは幾つもの表面のただなかで生きている。生きることのほんとうの技術とは、それらの上を上手に滑ってゆくことだ。……彼はどんなところにでも根をおろす。人生とは力とかたちとの混合であり、どちらが少し過剰になることにも耐えられない。この瞬間を完成すること、道を歩くすべての一歩に旅の終わりを見出すこと、良い時間を最も多く生きること、それが知慧だ。（To finish the moment, to find the journey's end in every step of the road, to live the greatest number of good hours, is wisdom.）（*CW* III 35）

……すばらしい贈り物は分析によっては得られない。いいものはすべて、みなが歩む道（highway）にある。われわれの存在の中間の区域、それは温帯の地域である。確かにわれわれは純粋な幾何学や生気のない科学の、空気の薄い寒冷な領域へと登攀することはできるし、肉体の感覚の領域へと沈みこむこともできる。がその両極の間に、人生の、思索の、精神［霊］の、詩の赤道がある――それは細い帯だ。（Between these extremes is the equator of life, of thought, of spirit, of poetry,—a narrow belt.）（*CW* III 36）

宙吊りの状態にあるとき、ひとは幾つもの「表面」の間に漂うようであり、そこを巧みに滑ってゆかねばならない。あらゆる〈いま〉、「瞬間」を、まるでそこが旅の終わりであるかのように瑞々しく生きねばならない。またその場所は、非常に「細い」帯状のゾーンでもある。そしてそこはhighwayである。――こうした物言いは、おそらく哲学的には大した意味を持ち得ないだろう。それはいわば〈詩人〉エマソンのイメージによるlifeの象りであり、見立てである。中間であり、途上であること。「人間とは金色の不可能性である。彼が歩かねばならない線は、髪一本の幅しかない。」――この移動、旅はホイットマンが「大道の歌」("Song of the Open Road")で謳ったほど安定したものではなく、常に「釣り合い」(CW III 38)を保つように気をつけねばならない危うさを持っている。にもかかわらず、この「細い帯」に滞留し続けることが、「経験」を書いた頃のエマソンにとっての希望であった。いや、更に言えば、この頃の彼にとって、このエッセイを書き上げるということ自体が、この「細い帯」に滞留する方途であった。

「表面」というセクション自体がこのエッセイの「中間の区域(the middle region)」、真ん中にあるのは象徴的なことだ。そこからエマソンは思考の糸を新たに伸ばし、「懐疑」を乗り越えようとするが、われわれ読者は、いや少なくとも一読者であるわたしは、むしろ論理的ではない「表面」のセクションのテキストにしばしば励まされるように思う。それは〈highwayの哲学〉と名づけては強く固定しすぎる、むしろ〈highwayの心構え〉とでも呼ぶべきものだ。大切な息子を喪った「経験」に重く圧し拉がれることを無理にも拒絶し、個別の限定、常識による分節化を超えた〈ほんとう〉の世界と繋がろうとする者が、そのような心構えを意識し続けていたのだとすれば、それが読む者をも励ます作用を持つことに不思議はない。

第二部　自己の開かれ

第三章　エマソンと身体

「神学部講演」を読み直す

エマソンの「神学部講演」はキリストによる「奇蹟」を否定して当時の正統派のキリスト教勢力から強い批判を招いたことで知られている。初期エマソンの著作の中でも、特に〈宗教〉を対象とするテキストである。そこにはしかし、現代から見て、まだ充分に掬いとられていない可能性が存在する。それは、〈宗教〉と〈宗教性〉とを分ける視点であり、また後者の問題を〈身体〉のそれとして考える視点である。それはまた、ある種の〈開け〉を核として主体を考えようとする態度でもある。

一・ウォールデン湖に石を投げるエマソン

認知科学の領域から西洋哲学全体を捉え直した『肉の哲学』(*Philosophy in the Flesh*) において、著者ジョージ・レイコフ (George Lakoff) とマーク・ジョンソン (Mark Johnson) は、「mind (心) は本質的に embodied (身体化) されている」、「抽象的概念は大幅にメタファー的なものである」、そして「理性は身体から分離されたものではなく、我々の脳と身体と身体的体験の本性から生じ」、「まさに理性そのものの構造が、我々の身体性の細部から生じてくる」と主張している。彼らによれば「真理は身体化された理解と身体化されたイマジネーションによって媒介されるもの」である。そうした観点から見て、彼らが西洋哲学の主流の認識の「誤り」の一つだと指摘するのは、「世界は理性的な構造を持っている。世界の中でのカテゴリー間の関係は超越的、またはユニヴァーサルな理性によって特徴づけられており、それは人間の心や脳や身体のいかなる特性からも独立のものである」ということだった(Lakoff & Johnson 3, 4, 6, 21)。この誤りはそのまま、エマソンの思考に当てはまっているかのように見える。

こうした巨大な認識の布置をエマソンが超え出ていたと主張するのは愚かなことだ。それどころか「超越的」な「理性」はエマソンが倦まず弛まず語り続けたものだった。しかし、実はそうした〈身体〉を基底に置いた観点から見たとき、エマソンにおいてはむしろ身体性、身体的な感覚の要素が、一方で本質的な重要性を帯びていたのではないかとわたしは考えているのだ。つまり、エマソンの思想の骨格にある、強固なプラトニズムや idealism を転倒するようにして、〈世界〉と接触しているエマソンの、その接触面に着目することで、現代でもなお読みとられるべきポジティヴな何かが、浮かび上がってくるということだ。

言うまでもなくこの講演は、当時のユニテリアニズムにとどまらず、キリスト教全般の形式性、権威主義を批判し、「宗教的感情 (religious sentiment)」と彼が呼ぶものを基底にした宗教性を顕揚したものであり、あえて言えば制度的に存在しているすべての宗教に埋没しないために、個人はどう〈宗教性〉と向き合うべきかを提示したものだ。その比較的初めの方に、「善は実在的なものです。悪は単に欠如概念にすぎず、絶対的なものではない。それは、実際には熱の欠乏状態である寒さのようなもの。あらゆる悪はその意味で死、あるいは非実在なのです。慈愛こそ絶対的でリアルです」という有名な言葉が出てくる（*CW* I 78）。他のエマソンのエッセイ同様に、「神学部講演」のテキストも、日記に書き綴った断片を様々な箇所で取りこんで成立しているが、この「善」と「悪」をめぐる箇所にも、その元となった日記の記載があった。一八三六年十二月十日付けの日記には、前日の十二月九日の夜に地元の教育者や知人たちがエマソンの家に集まって、「道徳的悪（moral evil）」の実在性について議論をしたことが記されている。その更に前日の八日に行なった講演『歴史の哲学』（*The Philosophy of History*）の第一回目に言及しながら、エマソンは「神学部講演」のくだんの一節の原型となった言葉を、そこで主張したこととして記している。比較的長いこの記載の中で、彼はすべての事物は彼が「心（mind）」あるいは「精神（spirit）」と呼ぶものから発していて、その属性は「慈悲（benevolence）」や「愛（love）」、「正義（justice）」などであり、それゆえ悪は欠如態としての在り方しかできないと述べ、「それゆえ混じり気のない悪というものは存在することができない。あなたには分らないのか、人間とは関係の束(a bundle of relations)であること、その総体としての力は彼の所有物にあるのではなく、その無数のつながりにあることが？」と書いている（*JMN* V 266）。

このパラグラフの直前、ただ行を変えただけで間のスペースも空けず（この日記のページは、全集版に「『神学部講演』の一段落の原型」という但し書きとともに掲載されている写真によって確認できる）、十二月十日の一番最初の記載として、エマソンは、やはり前日にウォールデン・ポンドで体験したことを、段落一つ分で記している。

きのう気持ちのいい散歩をした。最も気持ちのいい日。ウォールデン・ポンドでわたしは或る新しい楽器を見つけた。それを氷のハープ（ice-harp）と呼ぼう。薄い氷の層が池の一部を覆っていたが、岸辺のあたりでは溶けていた。わたしは石を一つ氷の面に投げてみた、するとそれは高い音を出してバウンドし、転々と転がっては心地よい転調を伴ってその調べを繰り返した。はじめのうちわたしはそれを、自分が驚かせた鳥の「ピー、ピー」（'peep,' 'peep'）という声だと思った。わたしはその音楽にあまりにも捉えられたので、ステッキを抛り出し、このクリスタルのドラムの上に石を、あるときは一つ、あるときは幾つか一緒に投げて、気づくと二十分も経ってしまっていた。（*JMN* V 265-66）

半分溶けかかったウォールデン湖の湖面めがけて、一人で二十分も小石を投げ続けた、まるで遊んでいる子どものようなエマソンのイメージが浮かぶ。このすぐあとに改行して、上述の「悪」の非実在性をめぐるパッセージが続く。同じ十二月九日にあったこととして記録されたこの二つの事柄の間には、はたして何の関係もないのだろうか。エマソンの思想を完全なプラトニズム、あるいはidealismとして捉える読者からは、この二つの事象は切れていると映ずるかもしれない。だが直接、論理的にではなくとも、エマソン自身はっきりと意識化できていなかったかもしれないレヴェルで、この冬の日の、鳥の声と紛うほどの快い音に体が貫かれるような感覚的経験は、エマソンの世界の定位のしかた、更には「神学部講演」で展開される彼の宗教観とつながっていたのではないだろうか。あるいはこう言ってもよい。プラトニズムとはこうした体験へと人を導くスターターのように働くものなのだ、と。

二・身体感覚という思想の〈裏地〉

ウォールデン・ポンドでの石投げ遊びの経験が「氷のハープ」と名づけられていることは、エマソンがこれを音楽のイメージで捉えていることを示している。やはり同じ一八三六年十二月の、二十九日に行なった講演『歴史の哲学』の第二回目にあたる「芸術」(“Art”)において、エマソンは「音楽の根本にあるのは空気の性質(the quality of air)と響く身体の震動(the vibrations of sonorous bodies)です。張った糸や弦が震えるだけで、耳は心地よいサウンドの悦びを与えられます。まだ音楽家がその悦びを協和と組み合わせで強めるより前に」と述べている(*Early Lectures* II 46)。「響く身体」の震えを言うエマソンに注意しよう。この少しあとには「われわれは湖の上の音楽家のようだ」とも述べられており（*Early Lectures* II 48）、この比喩はあの「氷のハープ」の体験を念頭に置いて書かれたように思われる。エマソンにとって、こうした身体における感覚的知覚は決して軽んじられるべきものではなかった。そのことは、一年後にあたる一八三七年十二月から開始された連続講演『人間の文化』（*Human Culture*）において、第四回に「目と耳」（"The Eye and Ear"）と題して身体感覚の問題に一回を費やしていることからも明らかだ。そこでは「昼であれ夜であれ毎日感覚（the senses）を外の外気と天空によって養うこと」の重要性が、数多くの具体的な自然描写とともに語られている。そこには「すべての木は風のハープ（windharps）である」という表現もある（*Early Lectures* II 275, 274）。

こうした身体感覚は、人間の活動全体に関する、エマソンの知的なスキームの中で一定の位置を与えられており、すぐ次の第五回の講演「心」（"The Heart"）の冒頭では、前回の内容は「文化」を「趣味（taste）」という様相から考察したものだとしていわば要約されてしまう。しかし実際に「目と耳」の草稿テキストを読む限り、おそらく読者はそれを「趣味」という概念でカテゴライズする気にはなれないだろう。ここに、エマソン自身のジェネラルなカテゴリー化、知性による一般化と、そこから零れ落ちながらもエマソンのテキストにはたっぷりと見られる要因との間の齟齬が表れているのだ。もちろんわれわれはカテゴリー化から洩れ出てしまうものに注意すべきなのだが、更にいまの場合それ以上に、ウォールデン湖の半分溶けかかった湖面にふと投げた小石の音に驚き、その響きがおそらくは身体の深いところを貫流するような経験を「氷のハープ」と名づけた、その〈名づけ〉の行為自体によっても洩れ出てしまう何かに、注意しなければならない。エマソン自身も言語化できなかったような、彼の身体の内で生じていた感覚的経験の内実――それは、たとえば「普遍的存在（universal mind）」とか「償い（compensation）」とか「照応（correspondence）」などをめぐる〈命題化された思想〉によっては捕捉できない、いわば彼の思想の〈裏地〉として在るものなのである。だがエマソンの思想は、それによってこそ支えられている。

「神学部講演」はそうしたエマソンならではの感覚的なものの描写で始まる。「光り輝く夏（refulgent summer）」の在りようを歌うように語ったその第一段落は、古くはO・W・ファーキンズ（O. W. Firkins）がこの演説の中の「最も美しいパッセージ」だと評して注目し（Firkins 164）、ジョナサン・ビショップが「感覚的（sensuous）と言うよりむしろ官能的（sensual）である」（Bishop 88）と評して詳しく分析したものだ。この段落はリチャードソンが言うように、決して「その日の天候への言及や始まりの咳払いのようなもの」ではなく、「演説の神学的な中心のポイント」を示している（Richardson 288-89）。全集版で二十一行を占めるこの第一段落で、ニューイングランドの七月の自然や大気のすばらしさを描出しながら、「ひとは否応なく世界の完全性を尊重するよう強いられます、そこではわたしたちの感覚（our senses）が交流するのです」（CW I 76）と言うとき、エマソンは人間が「感覚」による世界との接触に開かれて在ること、その経験が講演全体のテーマである宗教性の源泉をなすことを示唆している。

第二段落の開始のしかたを見ると、「しかし精神がオープンになり、宇宙を横断し物事をかく在るままに作り上げている諸法則（laws）を開示するやいなや、大いなる世界はすぐさまこの精神の単なるイラストレーションおよび寓話の位置へと瞬時に縮んでしまう」（*CW* I 76）と始まっており、それは第一段落で示された身体感覚がまず存在して、しかる後に、よりジェネラルで不可視の次元に人間の眼が開かれる、という時間的継起の在りようを表現している。「神学部講演」においては可視の感性的領域から不可視の精神的領域へと、人は〈気づき〉を経て移行していく。最初の二つの段落を読む限り、感性的領域と超感性的領域とは断絶しているようには思われない。第二段落の「これらの無限の関係を見よ、こんなにも似ていてこんなにも似ていない、多数であると同時に一であるそのさまを」（*CW* I 77）といった言い回しは、アメリカ合衆国の民主主義的理念の表現としての含意とは別に、それ自体身体的な知覚をベースにしなければ成立し得ない。

三・〈law 感覚〉と視えない流れ

次にこの講演は、「善の感情（the sentiment of virtue）」、「モラルの感情（the moral sentiment）」の問題へ、エマソンにとってそれはそのまま宗教の問題へと、説き進められていく。“religious sentiment”こそがすべての宗教の根底であると言うわけだが、このように語られる“sentiment”という語は、とりあえず「感情」と訳すことが可能だとしても、これをたとえばセンチメンタル・ノヴェルと共通の、時代特有の情緒性の問題として捉えると、このテキストの重要な性質が見失われてしまう。エマソンにおいて“sentiment”はただの情緒的な心の動きのことではなく、人間の心身全体が抱く〈感覚〉のことだからだ。そこでは“moral”とは、外側から規制される道徳律=掟ではなく、個人の内部で感じとられる、或る充実した心的状態の別名である。グスターフ・ヴァン・クロムファウト（Gustaaf Van Cromphout）の言う通り、エマソンは「倫理（ethics）を存在（Being）と同一視した」のだが、それはただ単に「複雑で考え抜かれたメタ倫理学的議論の不可欠な部分」であるだけではなく（Cromphout 35, 39）、身体の深い層から生じる心の状態でもあった。だからこそ彼はこの“sentiment”の力について、「それは山の大気です。世界を香気で満たすもの。没薬と蘇合香、塩素とローズマリー。それは空と丘とを崇高にするもの、星々の沈黙の歌です。それによって宇宙は安全で、住むことのできる場所になるので、決して科学と権力によってではありません」（*CW* I 79）と、身体を通じて感覚される表現を用いているのだ。

エマソンと「モラルの法（Moral Law）」については、一九六六年にジョエル・ポーティ（Joel Porte）が、専ら十八世紀のイギリス系の倫理哲学者、とりわけイギリスのユニテリアン派のリチャード・プライスの影響という点からのみ論じていたことが想起されるが、複雑なエマソンの思想を、若い頃のいわば学校教育だけから解明することには土台無理があり、われわれはポーティの「エマソンが唯心論を受け入れるように促されたのは、彼が感覚の経験（sense experience）

を不快と感じたからである」(Porte, *Emerson and Thoreau* 53) といった指摘とはまさしく正反対の方向から、この問題を捉えなければならない。それは心身の内部に湧き上がってくる情動の動きであり、自我が外部に存在する行動のルールに合わせて己れを調節するといったモデルとは最も遠く、むしろエゴを可能な限り解体しつつ、「神秘主義的 (mystic)」と呼んでもいいような〈体験〉として、世界を肯定する営みにほかならない。「モラルの感覚における直観は魂の諸法則の完全性に関する洞察です。これらの法 (laws) は自ずから執行されます」とある、このいたるところで自ずから働いている「法」が、第六段落では「この急速な本質的なエネルギー (this rapid intrinsic energy)」と言い換えられていることに注意すべきだろう (*CW* I 77, 78)。それは何か不可視の力の流れとして感じとられているのだ。

"law" がエマソンにとって概念というより世界 (宇宙) の時空のいたるところを流れる energy の流れとしてイメージされていたことは、他のエッセイ、たとえば「オーバーソウル」("The Over-Soul") などによく窺えるが、ここでは一八四一年の講演「自然の方法」("The Method of Nature") から引いてみよう。「われわれが世界の秩序において讃える全体性は、数限りない分配散布の結果です。その滑らかさとは瀑布の頂点が持つ滑らかさです。その永遠性は絶え間のない開始 (perpetual inchoation) のことです。」(*CW* I 124) 世界を統べる見えない流れ――このメタファーは、エマソンがコンコードの森の中で、日々体感していた感覚の表出だった。一八三八年五月一日の日記において、森の栗鼠たちの素速い動きを人間の遅さと比べている一節を見てみよう。

栗鼠が松の長い枝を昇り瞬時にして樫の幹へと、そしてまた次の樹へと移ってゆく、その美しい跳躍。この動きや鳥の動きは、彼らのような森に棲むものにぴったりの完璧さである。彼らは森の喜びを味わっている。人間はといえば、森林の中をあまりにもゆっくりと這い進むので、あらゆるディティールに心乱されてしまい、この素速く動くものたちが見出すような、漂うような消え入りそうな美しさを見失ってしまう。(*JMN* V 488)

全集版日記の編集者の付した註によれば、エマソンはこの中の「這い進む」という箇所の上の余白に、「限界(Limitation)」と記しているという。スピーディに動けないことが世界を知覚するさいの人間の「限界」だと言うのである。一八四一年一月の日記に、最初のエッセイ集について、「わたしのすべての思考は森に棲むもの(foresters)である。……わたしの小さな本を〈森のエッセイ〉(Forest Essays)と呼んではいけないだろうか?」(*JMN* VII 417)と書いたエマソンにとって、枝から枝へ素速く跳躍する栗鼠や鳥から見えるであろう、個別の名称を持った対象・事物の輪郭すなわち「ディティール」が薄れゆくような、流動し、角がとれ、流れの中で一つに結び合った世界のイメージこそが、より実相に近いものだった。"speedy movers"の身体が抱く感覚、それがエマソンにおける「法」の感覚、「law 感覚」であった。比喩的に言えば、〈栗鼠になろうとするエマソン〉という言い方ができる。

四・流れに貫かれるイメージの身体

レイコフとジョンソンの『肉の哲学』に戻れば、抽象的概念は大幅にメタファー的なものである。メタファーが「感覚運動領域に由来する日常的なメンタル・イメージ」を「主観的体験の領域」で使用可能なものにする（Lakoff & Johnson 45）。抽象的思考が彼らの言う「概念メタファー」に仲立ちされているとすれば、エマソンの〈law 感覚〉が用いる「感覚運動領域」の一つのイメージは、自らが〈流れに貫かれること〉だった。一八三五年十月十五日の日記の記載には、「〈法〉（LAW）の領域に入ってゆくとき、われわれは実際に光の中へと入る。神の恩寵によって次のことを知った者にとっては未来は永遠の微笑みとなる。すなわち聖なる〈意志〉が流れこむ単なるトンネルあるいはパイプになることによって、人は偉大になり、〈人間〉になるということ」とあり（*JMN* V 95-96）、そこでは流れを通過させる管状のものに成ることによって、人が大文字の"LAW"の領域に入っていくというイメージの形が見てとれる。エッセイ「オーバーソウル」から引けば、「ソウルの知らせ」が常に「崇高な」エモーションに伴われているのは、「この伝達が、聖なる精神（the Divine mind）がわれわれの精神に流れこむことだからである。それは生命の海に動く大波の前の、小さな個的な川の引き潮なのだ」、「一つの血がすべてのひとの内部を終わりなき循環によって途絶えることなく流れている、それは地球を覆う水が一つの海であり、よく見ればその潮の流れは一つながりであるのと同じようなものだ。」（*CW* II 166, 173-74）エマソンにとって"law"と呼ばれる何かは、人間の身体の中を血流のように巡るものとしてイメージされている。

ここでわれわれは、『ネイチャー』のあの「透明な眼球」のパッセージに「普遍的な存在の流れがわたしの中をへめぐっていく。」という表現があったことを想起すべきだろう。エマソンのミスティックな直観認識において、世界は流動やむところのない水流にも似た不可視の流体の動く場所であり、自己の身体はそれに貫かれながら、自らも細い流れとなって混じり合う。同時に同じ『ネイチャー』のパッセージにおいて、「剥き出しの地面の上に立って──頭を快い大気に浸して（my head bathed by the blithe air）」とも述べられていたように、水はそのまま気流、空気の流れのイメージと通じ合っていた（*CW* I 10）。エマソンが若い頃に肺の病を患っていた事実を考え併せるとき、世界が清らかで美しい流れである、という感じ方は、彼の身体組成上から言っても不可避であった。若き日のエマソンを描いた見事な伝記でイーヴリン・ベアリッシュ（Evelyn Barish）が、その体調について「彼はその人生のほとんどの間、しばしば死に瀕するような病に痛めつけられた身体とともに、多産な生活を送った」（Barish 184）と述べている通り、弱くて敗れそうな肺を持つ己れの身体は、彼の世界についてのヴィジョンの姿を決定づけた。また牧師時代の最初の妻、肺結核で血を吐きながら死んでいったエレンの存在が、こうした清い透明な気流のような energy の行き交う世界像を、エマソンに激しく希求させたことを強調しておかなければならない。実際にそうした世界のイメージを体験的に支えるような自然環境・風土が、ニューイングランド、とりわけコンコードに（偶然にも）存在していた。その意味で彼の「透明な」流れのイメージはきわめて身体的な基盤を持っている。

危うい肺の感覚については、一八三八年六月九日の日記に、示唆的な記載が見られる。この一節はエッセイ「愛」（"Love"）に使われた。

わたしがきのうの、あるいは今日の六月の夕陽の聖なる光を見ているとき、わたしは瞬時にして不安の外、時間の外へと引き上げられて、もうこの咳をする体の弔鐘など気にしなくなる。——人間のスピリットを通過してゆく様々な気分とは不思議なものだ。ときどきわたしは〈聖霊〉の器官となり、ときどきわたしは口うるさい癇癪の器官となる。日曜日の朝、わたしはすばらしい音と眺めの宮殿である。わたしはふくらみ、いつもの二倍の人間になる。わたしは両手を腰に当てて歩き、独り言を言い、草や樹々に話しかける。わたしは菫とクローバーときんぽうげの血を自分の血管の内に感じる。かと思うと午後にはわたしはどんな想いも抱かない。（*JMN* VII 9）

最後の部分に見られる、草花の血液と自己のそれとが混じり合うイメージこそエマソンの極みである。同時にここでは、六月の落日の陽光という、自然＝外界からの作用を受けて、「咳をする体（coughing body）」からの離脱が語られていることが重要だ。自己が「音と眺めの宮殿」と成るいっときの間、肺という器官を持った彼の身体は、イメージの中で「聖霊の器官（the organ of the Holy Ghost）」に生成する。

この生理学的な身体とは異なるもう一つの organ を、エマソンにおける〈器官なき身体〉と名づけてもよいかもしれない。一八三七年五月二十六日の日記を引けば、「あの希薄で困難なエーテル、それをわたしも吸いこむことができる。人の身の肺と鼻孔は破裂してしなびる。だが魂それ自体はいかなる器官も必要としない――それはすべて元素であり、またすべて器官なのだ。」（*JMN* V 336-37）肉体の肺ではなく、もう一つの〈イメージのからだ〉でエマソンは呼吸をするというより、「エマソン」という主体ではなく世界の「地」となった何ものかが呼吸をすると言った方がよい。全体が「元素」であると同時に「器官」だというのは、言い換えれば、自己の身体がすべてソウル化するのと自己の魂がすべて身体化するのが同時に生じているということ、自己と世界とが互いに反転し合うように結ばれているということだ。そういう感覚が経験される瞬間が確かに彼にはあった。今一度「オーバーソウル」に戻れば、この〈器官なき身体〉が呼応する相手が soul と呼ばれるものであり、「あらゆるものが、人の魂とは器官ではなく、すべての器官に命を与え働かせるものであることを告げようと」し、それは「われわれの存在の背景（the background of our being）」であると言われる（*CW* II 161）。魂と自己、世界と身体の関係は、ゲシュタルト心理学でいう「地」と「図」の関係、あるいは裏地と図柄の関係にある。

五・〈つながり〉の感覚・「世界の肉」

「神学部講演」は「宗教的感情」をすべての宗教の〈根源〉に据える（CW I 79）。この感覚の質を明らかにするために、再び『ネイチャー』の「透明な眼球」のパッセージに戻らねばならない。「森の中で、われわれは理想と信仰にもどる。そこでわたしは感じる。人生において、自然が償えないようなものは何も――どんな恥辱も、どんな災厄も、（もしわたしに眼だけでも残されていれば）――身にふりかかることはないと。剝き出しの地面の上に立って――頭を快い大気に浸して無限の空間にもたげていると――あらゆるけちくさいエゴイズムは消える。わたしは一つの透明な眼球になる。」（CW I 10）――「透明な眼球」の比喩はプロティノスからの借用であると言われているが、われわれが注意すべきなのは、この箇所の元になった日記の一節には、「透明な眼球」という言葉はなかったということだ。一八三五年三月十九日の日記ではこうなっている。「森の中を歩いていてわたしはしばしば感じ続けてきたことを感じた。人生において、〈自然〉がここちよい慰めを与えてくれないようなどんなことも、どんな災いも、どんな恥辱も、（もしわたしに眼だけでも残されているなら）身にふりかかることはないと。剝き出しの地面の上に立ち、頭を快い大気に浸して無限の空間にもたげていると、わたしは普遍的な関係の中で幸せになる。

(I become happy in my universal relations.)」(*JMN* V 18)

つまり最初「透明な眼球」は存在せず、「普遍的な関係の中で幸せに」が在った。この事実は、ここで語られている経験を、従来からほとんどクリシェのように言われている「視覚の優位」といった問題からいったん切り離さなければ、理解できないことを示している。日記にはすぐに続けて「おおこの気分を(それは生涯で二度とは訪れないかもしれない)、お前の掌中の珠とせよ。」と書かれており、「気分(humor)」という語が示すように、それは知的、合理的な推論などではなく、体で感じる感覚だった。この身体感覚を、エマソンの知性がコールリッジ経由のロマン主義的な「照応」の概念のもとにカテゴライズしていたとしても、それはあくまでもエマソンの言語脳による〈あとづけ〉なのだ。「照応」をキー概念にしてエマソンを論じることはシャーマン・ポール(Sherman Paul)が一九五〇年代初めに定着させたと言っていい読み方だが、概念的な把握のレヴェルにとどまってエマソンを読んでいる限り、〈深さ〉の次元の問題に辿り着くことはできない。たとえばリー・ラスト・ブラウン(Lee Rust Brown)はこのパッセージを「視覚」の優位性に着目しながら論じて、エマソンの「透明性」は「知的に議論を前進させるための唯一の決定的な条件」であると述べて(Brown 47)、彼の〈知〉の働きのみを焦点化するが、その論述にはエマソンの身体性だけでなく、読者の側の身体性もまた欠如している。

それにしても、日記版において、この経験の核になる表現に「関係」という語が使われていることは重要である。先に引用した一八三六年十二月十日の、「神学部講演」の素材となった日記の一節に、「人間とは関係の束である」という表現が見られていたことを想起しよう。これは偶然ではない。エマソンにおいて“relations”とは、知的に推論された認識の表現ではなかった。エクスタティックな「宗教的感覚」のさ中に、自分をも含むすべてが、高速度で動く流れのように、一つになって感じられる。その体の奥底から湧き起こるような、圧倒的な充実した感覚を、どうにか名指そうとして、“relations”という言葉がここでは仮に摑まれている、と言った方が当たっている。

レイコフ＝ジョンソンが宗教的経験、「スピリチュアルな経験」の身体化の特質を「共感的投射」と呼び、次のように言うのも、同根の事柄だと考えられる。「我々が自らの環境を知るにいたる、つまり我々がいかにその一部でありまたそれが我々の一部であるかを理解するのは、共感的投射を通じてである。これは身体的メカニズムであり、それによって我々は自然に参加する」、「身体化された霊性は霊的な経験以上のものだ。それは物質世界への倫理的関係である。」（Lakoff & Johnson 566）自我意識（“mean egotism”）を限りなく無に近づけながら、感覚すべてを外界の作用に向けて開くときに、身体が感じるのは〈つながり〉の感覚であり、あらゆるものが隔絶しては存在しておらず、相互に絡み合い依存し合うさまだった。だからこそ「神学部講演」の中でエマソンは「信仰は朝日の光、夕日の光と混じり合わねばなりません、流れゆく雲と、歌っている鳥と、そして花々の息と」と言うのだ（CW I 85）。翻ってあの「氷のハープ」の経験について考えてみると、自らの身体がふと投げた小石が、凍った湖面に当たって音を立てたとき、石と湖面と彼の身体とがその瞬間境界を失くし、外が内に、内が外に還流し合うような、そしてすべてがつながったような心的状態が成立していたのではないだろうか。

この問題は、思想的な課題として考えれば、メルロ＝ポンティが晩年に到達した「肉」という概念と結び合うものだ。メルロ＝ポンティは死後出版となった『見えるものと見えないもの』の中で、自己の身体と世界の関係を、「肉」ともう一つの、しかし同じ「肉」として措定しようとしていた。「世界は、一つの肉に適用された肉なのであって、一つの肉を包んでいるわけでも、それに囲まれているわけでもないのだ。視覚も、見えるものへの参加と帰属であって、それを包んでいるのでも、それに決定的に包まれているのでもない。見えるものの表面の薄皮は、私の視覚と私の身体にとって存在するだけであるが、しかしこの表面下の深みは、私の身体を含み、したがって私の視覚をも含んでいる。見えるものとしての私の身体は、光景全体の中に含まれているが、しかし見つつある私の身体がこの見える身体およびそれと並ぶすべての見えるものを裏打ちしているのである。見える身体と見る身体との間には、相互着生と絡み合いの関係がある。」（メルロ＝ポンティ 192）「世界の肉」は人間の知覚行為のただなかで現れる、「動詞的」に〈成る＝生成する〉ことで現実化される〈できごと〉であるのだが、その経験においては「世界の肉」と自己の「肉」は、「地」と「図」のように相互に絡み合っていて、感じられるものと感じる者の一元的な交渉、交叉の場が「肉」と名指される。そこからエマソンの経験の在りようを見返したとき、一見ただ形而上的で抽象的な言葉の遊戯のように見えるものが、実はとてもリアルな、心身一元論的なパースペクティヴを持った〈記述〉であることが分ってくる。

　それはスーザン・L・フィールド（Susan L. Field）がエマソンを idealist として捉えることに強く反対しながら強調する、自己と世界（外界）との「ロマンス」の問題であり、また「婚姻」の問題でもある。エマソンには spirit も matter も両方なければならず、その二つは必ずしも二項対立的な在り方をしていたわけではない。世界のこの双方のアスペクトは身体において出会い、相互に絡み合っている。一八三六年七月三十日の日記を引けば、「人間とは物質と霊とが出会い、結婚する点である。唯心論者は神があなたの魂の周囲に世界を描き出すのだと言う。スピリット論者は答える、さよう、だが見よ！　神はあなたの内部に在る。自己の中の自己が、あなたというもの、またあなたと同じような生物体を通じて、世界を創り上げる。〈普遍的な中心の魂〉はわたしの体（body）において、表面に浮上する。」（*JMN* V 187）エマソンのメタファー的な思考において、「物質」と「霊」が婚姻するところ、言い換えれば世界の「肉」とも言える「魂」がかたちをとり浮上する結節点が身体なのだ。

　そうした心身の状態から見たとき、世界のなにげない姿、瞬時瞬時の様相が「奇跡（miracle）」と感じられる。「神学部講演」が当時のアメリカの神学界における「奇跡論争」に（福音書の「奇跡」を否定する側から）一石を投じたものであることは文学史的な常識である。だが「けれどもキリスト教会によって公言されている〈奇跡〉というこの一語は誤った印象をもたらします。それは怪物になっている。それは花咲くクローバーと、また降りゆく雨と、ひとつになっていません」という言葉を、われわれは真に受けてかまわない（CW I 81）。なぜならエマソンは決して「奇跡」を不要な概念と考えてはいなかったからだ。「神学部講演」に近い時期から一つだけ証拠を出せば、エマソンは一八三七年十一月六日の日記に初めて記した文章を、一部書き換えて、同年十二月二十七日になされた連続講演『人間の文化』の第四回、「目と耳」のテキストに採り入れている。『『奇跡はもう終わった』と人は言います。が詩人は、森を歩き驚くべき陽光の中へと入るときはいつでもそれは間違っていることを知っています。一つの松ぼっくり、松の樹から染み出す樹脂、あるいは植物の一単位である一枚の葉がまるで『一年はこれで終り』と言うように枝から落ちるさまを見るとき、……いったい誰が『奇跡はもう終わった』などと言うでしょう？むしろ彼は驚異の忘我状態で立ち尽くすでしょう。」（*Early Lectures* II 274）自然の中のごく小さなありふれたものとの交渉が、当時の彼にいわば日常的に「奇跡」を感覚させた。

エマソンは「神学部講演」でそういう身体感覚をイエス・キリストも持っていたと主張する。その認識の一般論としての妥当性は、このテキストを〈文学的な言葉のふるまい〉として読むとき、問題とするには当たらない。キリストの心身の内部感覚に自己投影をしてまで告げなければならない切実な経験が彼にはあったというだけだ。「驚異の忘我状態（a trance of wonders）」、あるいは〈驚異の感覚（the sense of wonder）〉と言ってもいい、そうした身体感覚を〈宗教性〉の初源と見なすことによって、各人がそれぞれ既存の宗教のドグマの一歩手前で立ちどまり、ドグマから身を退くこと。どんな既存の宗教にも自己をすっかり委ねないために、また新しい宗教・宗派など作らなくても済むために、それぞれが自らの身体を基盤にして、なんでもないごくありふれた自然を「奇跡」と感じとるような、世界と結ばれる瞬間をたえず更新し続けること。その感覚をなるべく確かなものにしようと努めながら、〈できごと〉として現成する〈宗教性〉の自覚を批判の拠り所にして、その身体感覚から離れた宗教の形態の一切（たとえば宗教的原理主義）に抗うこと。——現代の読者が「神学部講演」に読みとることのできるきわめて肯定的なポイントがそこにある。

第四章　エマソンの〈自然〉

岩田慶治の〈アニミズム〉の視点から

現在から見て、エマソンのポジティヴな可能性、少なくともその一つは、自然（世界）と自己（の心身）との接触のできごとから思考を始めて、個としての囚われを解除しようとする姿勢にある。それはいわば、小さなミスティーク（mystique 神秘感）をだいじにしながら、自我の固執をゆるめ、差異の固定化を外そうとする姿勢だと言っていい。すべての差異を関係の束の中でつながったものとして感受し、共通性の場を措定しようとする姿勢。これは従来しばしばエマソンの「神秘主義」と呼ばれてきた側面であり、その意味でアメリカ的な精神態度の源流の一つとしても捉えられるものだが（志村正雄、『神秘主義とアメリカ』参照）、本章では、新たにその問題を、日本に生きる者の視点もこめて、文化人類学者・岩田慶治の提唱する「アニミズム」の観点から、捉え直してみたい。

外部にある自然を、いわば一足飛びですぐに精神の次元で受けとめて普遍的な「モラルの法」に結びつけるエマソンの傾向は、二十世紀後半からずっと評判が悪い。たとえば超絶主義研究の権威といってもいいジョエル・ポーティは『エマソンとソロー』の中で、この傾向を、エマソンが受けたイギリスの十八世紀的な道徳哲学の教育の影響と見なし、五感による身体的な経験を厭い軽視するものと捉えて、後のエマソン研究に大きな影響を与えた。彼はエマソンと比較して、深い身体感覚を備えた者としてソローを高く評価する。ソローに関する限り、デイヴィッド・M・ロビンソンのソロー論を紐解いても、その視点はまっとうなものだったと思わせられるのだが、後の時代、ネイチャーライティングや環境文学の視点から見れば、たとえばスコット・スロヴィック（Scott Slovic）のように、「外部の自然と見る者の融合というエマソンの概念」(Robinson, *Natural Life*)。ポーティの論旨ではソローこそが真の意味での神秘家だという話になる(Slovic 39）を批判的に捉えた上で、ソローの『日記』を高く評価するような視点が常識化してくる。冷静な自然観察者として、自然の細部に目をとめ、精神的なものの表れという論理に回収されない生命現象を記録し得たソローのすばらしさと比べて、エマソンは人間中心主義的であり、結局は人間の「精神」を最も優位にあるものと見なす点で、時代遅れな（近代的な）思想家だということになる。こうした位置づけの流れ自体が、それまでソローをエマソンの延長線上においてしか見ていなかったかつての主流の見方への反抗でもあった。わたしは決してその潮流に逆らうつもりはないが、エマソンにはエマソン独自の肯定的な質があると考えている。そこを見なければ、エマソンを芯のところで捉えたことにはならない。

一・神秘主義の一歩手前にある体験

まずわたしが好ましいと考えるエマソンの特質がよく顕れている一節を『ネイチャー』第一章から引こう。

……曇り空の下、夕暮れどき、あちこちに雪の溶け残った水溜りのあるがらんとした共有地を横切っていると、特別に幸運なことが起こる前触れなど何もないのに、完璧な高揚が訪れたことがある。そんなときわたしは喜びでこわいくらいになる。(*CW* I 10)

この箇所はジョン・デューイー(John Dewey)が『経験としての芸術』(*Art as Experience*)の中で「鋭い美的な自己放棄が持つ神秘的側面」と呼び、「アニミスティックな」W・H・ハドソン(W. H. Hudson)の精神と共通する例として引用した一節でもある(Dewey 29)。「共有地《コモン》」を歩いているときに感じられたというこの感覚はまぎれもなく身体的な性質のものだ。その証拠に、この箇所の直前の一文でエマソンは「健康なときには、空気は信じられないほど効き目のある蒸留酒になる」と書いている(*CW* I 9-10)。エマソンは若くして肺を痛めて死も覚悟した人だが、肺の病を身をもって知っている者が、健康体として戸外を歩くときの澄んだ空気のありがたさを語っているのだ。だから引用した一節には、冷気の中を徒歩で進むゆるやかな運動感覚が潜んでいる。歩行の最中、体の芯からすーっと澄みわたるような感覚が語られているのである。この感覚がそれほど特異な種類のものだとはわたしには思われない。“common”が「共通の」を意味する語である事実は、もちろん作者によって意識されていた。

この一節の少しあとに有名な「透明な眼球」の箇所が現れるが、ある意味で悪名高いその部分も、実際のところそれほど奇異に受けとめる必要はない。あらためて議論をここから始めよう。

> 森の中で、われわれは理想と信仰にもどる。そこでわたしは感じる。人生において、自然が償えないようなものは何も、どんな恥辱も、どんな災厄も、（もしわたしに眼だけでも残されていれば）身にふりかかることはないと。剝き出しの地面の上に立って——頭を快い大気に浸して無限の空間にもたげていると——あらゆるけちくさいエゴイズムは消える。わたしは一つの透明な眼球になる。わたしは無だ。わたしはすべてを見る。普遍的な存在の流れがわたしの中をへめぐっていく。わたしは神の一部分になる。（*CW* I 10）

この一節に窺えるのは、よく知られたクリストファー・P・クランチの〈目玉だけの頭部が歩いている〉カリカチュアとはまったく正反対に、身体全体がミスティックな体験によって境界をなくし、自-他の区別がなくなるような、自我に固執することが無意味だと思えるような〈内的体験〉（主体の内側からしか記述できない体験）である。身体に気流がゆきわたるようなすーっとする感覚によって、世界の広がりを身体の深みで感ずるときに、自我の棘にこだわることのばかばかしさを得心する。ここでも人は虚心になって、森や木立ちの中に入って逍遥するときの気分を思い出せばよいのだ。

だがなぜ眼球なのか？　なぜ「見る」なのか？　という疑問を持つ者も多い。しかし若い頃一時失明の危機に直面したこともあるエマソンが、見るということにこだわるのは頷けることだ。一方で、ユニテリアン派の牧師として出発したエマソンは、ボストン第二教会の教区の人々の死にしばしば接していたし、最愛の妻エレンを僅か十九歳で肺結核で喪ってもいたから、「もしわたしに眼だけでも残されていれば」という括弧つきの条件は、たとえば体を動かせず、たとえ言葉を発することができないような容態になっても、眼で世界を感受するだけでひとは幸福になり得るという、彼の確信の発露でもあったろう。なんといっても人間の五感の中で、外界を感じとる最も大きなセンサーが視覚であることに間違いはないのだから。西洋近代の、世界を額縁に入れて自らは安全な主体の場を確保するような「視覚の優位」の問題は、ここにはない。ましてやフーコー的なパノプティコンの眼差しも存在しない。視覚の問題をエマソンに立てるとしたら、前章で述べたとおり、それはメルロ＝ポンティが言うような意味での視覚、つまり世界と交差的に触れ合う、触覚的な視覚の問題として、考えられなければならない。あとで見るようにエマソンは眼を通して世界の流れを流入させ、そのとき内部は外部に裏返るのだから。

「透明な眼球」の比喩形象は、志村正雄の指摘するようにフリーメイソンのエンブレムから来ているのかもしれない（志村 42）。それを文字通り生物学的な器官としての眼球と受けとめるのは、前後の文脈を考慮しない恣意的な解釈である。アメリカ文学研究者の中には生真面目すぎる者がいて、たとえばブラウンはエマソンがここで「視覚の物理的諸法則」を無視していることに目くじらを立てる（Brown 45）。生物器官としての眼は「視覚に必要な内的な不透明性」（44）を持たねばならないのに、眼球が透明になればものが見られないではないかと得々と指摘する。あるいはローラ・ダッソウ・ウォールズ（Laura Dassow Walls）も「ほんとうに透明な眼球はものを見ることができない。それはいかなる特定の事物ともまじわらない光は空虚へと消えるのと同じことだ」（Walls 100）と言い、生物学的な知見の欠如を指摘してみせる。だがそんな当り前のことをエマソン自身が知らなかったと想定するのは無邪気すぎる。そうした解釈は結局、現代の硬直した科学主義がエマソンの詩的言語を想像力のレベルで受けとめられなかった、感受性の貧しさにすぎない。むしろ、ポーティのように、この状態は「危険」だと評した方がまだましだろう。彼は「『ネイチャー』におけるエマソンの、「普遍的存在の流れ」に吸収される夢想（fantasy）は、次のような認識に色づけられているように見える。すなわち、超越的な体験、強烈なうつろな空間（the intense inane）への窮極的な飛翔は、ある種の現世的な危険を伴うかもしれないということだ。これほどまでに崇高に拡大したら、自分の眼は二度と再び普通のノーマルなやり方で焦点を合わせられなくなるだろうことを、彼は見出すかもしれない」と言っている（Porte, *In Respect to Egotism* 108）。ポーティはこの「体験」のリアリティ自体までは否定しないが、逆にそれを過大な「危険」と見なす、ある種の怯えあるいは無理解と言ってもいい態度を示している。

実は引用部分の「眼球」の比喩は、最初は存在していなかった。前章においても取り上げた箇所だが、この一節には原型となる日記の一節があった（一八三五年三月一九日）。

森の中を歩いていてわたしはしばしば感じ続けてきたことを感じた。人生において、〈自然〉がここちよい慰めを与えてくれないようなどんなことも、どんな災いも、どんな恥辱も、（もしわたしに眼だけでも残されているなら）身にふりかかることはないと。剝き出しの地面の上に立ち、頭を快い大気に浸して無限の空間にもたげていると、わたしは普遍的な関係の中で幸せになる。（*JMN* V 18）

ここでは「わたしは一つの透明な眼球になる」ではなく、「わたしは普遍的な関係の中で幸せになる」と記されており、自我のしこりが消えて、世界のあらゆるものとつながっている関係性の感覚によって、エマソンは（おそらくはウォールデンの）森の中で幸福を感じている。この一節は、「眼球」の比喩形象にそれほど固執する必要がないことの証左となる。志村の指摘のように、この比喩形象を引き継いで「わたしは無だ（I am nothing）」という文が導かれることで、『ネイチャー』に神秘主義的な思想の深みが生じていることは確かだ（志村 42-43）。日記の原型は、その意味では神秘主義の一歩手前の、なまの心身の体験を語っている。この種の体験の重要性はエマソンによって深く自覚されていた。同じ箇所の日記には、引用文のあとに「おおこの気分を

（それは生涯で二度とは訪れないかもしれない）、お前の掌中の珠とせよ。お前の記憶の中でその前にランプを灯して、それが消え去らぬようにせよ」（*JMN* V 19）という文章が見られていたからだ。（「掌中の珠」とは“the apple of your eye”の訳語だが、あるいは「眼球」の比喩はそこから来たかもしれない。）人生の中でめったには起こらない「気分（humor）」をだいじに保持し続けて生きようと決意しているエマソンの姿がよく窺える。（その意味でこの経験はたとえばワーズワースのようなロマン主義詩人の姿勢からややずれているように思われる。）われわれはエマソンの「神秘主義」をその一歩手前に戻して、日々の生活の中で彼が感じた自然体験のつかのまの瞬間に引き戻して、考え直すべきなのだ。

二・エマソンのアニミズム

ここでわたしが注目したいのは、一九七〇年代以降一貫して「アニミズム」を提唱してきた文化人類学者・岩田慶治の思想である。岩田の思想は既に詩人・山尾三省によって深く引き継がれて文学の問題に移入されている（『カミを詠んだ一茶の俳句――希望としてのアニミズム』などを参照）。岩田がアニミズムというとき何が問題になるのかを、『草木虫魚の人類学』（講談社学術文庫版）を主なテキストとして概観しておこう。

東南アジア各地を調査した知見から、岩田はそこに共通する宗教的心性としてアニミズムがあることを悟る。アニミズムは広義には「霊的存在に対する信仰」、「自然（と人工）の諸物のなかに精霊の存在を認め、その超自然的存在と社会あるいは個人とのあいだのある種の対応関係を表現する」見方を指すが（岩田『草木』279）、岩田はそこから自身の人生での体験をふまえて、「新アニミズム」と呼ぶ態度を導き出す。岩田の視点の優れたところは、アニミズムを「出来事」と捉える点にある。アニミズムといわれる「事態、あるいはアニミズムにおけるカミ経験は出会いの場の出来事である。自然のなかで、それに出会ってハッとする、驚く。その驚きのなかでそれを認め、同時に驚いている自分の存在に気づく。」「それは人間と自然との接点における出来事である。その接点において、全自然がその姿をあらわし、同時に自分が自分としてその場に居合わせていることに気づいたのである。そこで自他の誕生する不思議の場所を共有したのである。……そういうことの生起する空間を魂の空間と言ってもよい。その空間構造の核をシンボリックに魂といってもよいだろう。そこに実体があるわけではない。」（『草木』313-14）この「出来事」は「神」ならぬ小さい「カミ」をその場その場で生むのだが、「カミ」の出現と同時にそれを感じている主体＝自己もその都度生まれ（変わ）る。それは「自然と人間との出会いの場」において、「不思議」の感覚のなかで「われを忘れて見とれる」（『草木』314）経験である。そこで岩田が例として出すのは芭蕉の俳句であり、たとえば「山も庭もうごき入るるや夏座敷」の句について、「家のザシキ空間に山が入りこみ、庭が入りこむ。たがいに浸透性の空間が出現して、その中に坐って夏を実感しているのだ」（『草木』315-16）と注釈する。岩田は「アニミズム世界の内部で動いている論理、あるいは非論理、それを動き、エナジーの流れといったほうがよい」（『草木』319）と述べ、人間がそこに入ればそれは分類や論証の営みを拒む世界になると言う。そして「こういう世界には「割れ目がない」、継ぎ目のない世界がひろがって、私もそのなかに縫いこまれているのだ」（『草木』320）と語る。

自然の中でのエマソンのミスティカルな体験は、岩田の言うような経験と共通の質を持っている。岩田は『道元との対話』で、ロック・クライマーやダンスの名手らの心身の状態が「フローflow経験」と呼ばれていることに着目し、そこでは「個を超え、われを忘れて、自分と世界、自分と宇宙が融合し合う」（岩田『道元』80）と述べるが、たとえばこれを、再び前章で引いた箇所になるが、エマソンの日記の栗鼠の動きをめぐる記載と比べてみればいい（一八三八年五月一日）。

> 栗鼠が松の長い枝を昇り瞬時にして樫の幹へと、そしてまた次の樹へと移ってゆく、その美しい跳躍。この動きや鳥の動きは、彼らのような森に棲むものにぴったりの完璧さである。彼らは森の喜びを味わっている。人間はといえば、森林の中をあまりにもゆっくりと這い進むので、あらゆるディティールに心乱されてしまい、この素速く動くものたちが見出すような、漂うような消え入りそうな美しさを見失ってしまう。（*JMN* V 488）

「あらゆるディティール」こそ重要なのだとソローなら言いそうだが、岩田の視点に立てば、こうした「フロー経験」から感知される、一つにつらなる世界(「その時、その場の一神教」、『道元』65)の感じ方は望ましいものに見える。ここで感得される〈一〉は固定したものではない。逆に、あまりにも速い生成変化、あまりにも激しい差異化の運動が、差異を固定化することによって生きている人間の眼には〈一〉として感じられるのだ。

岩田が言うような「自然と人間との出会いの場」の「出来事」こそ、エマソンが「掌中の球」として保持し続けたいと願った体験だった。エマソンは日記で「自然の中のすべての物事は、賢者を深遠な神秘へと導く私的な入口である」(*JMN* V 346)と言うが、自然の中で彼が出会う個々の事象がそのときその場のプライベートな入口になる。そうなるのは、『ネイチャー』でエマソンが縷々述べているように、それを受けとめる眼を持った者だけだ。「ものを観る軸が事物の軸と合致していない」(*CW* I 43)とエマソンが言うとき、世界と自己のどちらもがなくてはならない。それゆえ『ネイチャー』において、処女作としての野心を反映して、エマソンには不似合いな体系化を試みたあと、「すべての文化はわれわれに観念論を吹き込むものだという一般的な命題の個別な例を、好奇心からあまりに拡大していくことには、なにかしら好ましくないものがある。わたしには自然に対してどんな敵意もない、ただ子どもが抱くような愛があるだけだ。あたたかい日にはわたしも玉蜀黍やメロンのようにふくらんで生きる」(*CW* I 35)と述べて、それまで積み上げてきた論理的な体系化の作業を、彼は放棄してしまうのだ。なぜなら、エマソンにとって何より重要だったのは、すべての論理的思考が停止する場所に立つことだったからだ。そうした場のリアリティを、善きものとして称揚することが、書き手としてのエマソンを貫く主要なモチーフだった。

論理化される手前のエマソンの経験をもう一つ、一八三四年四月十一日の日記から引こう。そこで彼は、前日にケンブリッジの森の中で見聞きしたことを書き記している。

……それから頭の黒いコガラが一本の樹にとまり、彼の名前を知ろうとするわたしに、「チッカディーディー」(*chick a dee dee*)と歌った。そして遠くの樹に一杯にとまった騒々しい鳥たちが、わたしには何の種類か判らないが、半マイル離れていても聞こえるほどに鳴いた。わたしは墓地を離れて、東風が届かない陽の当たった窪地を見つけ、一本の樹にもたれて横たわり、とても幸せな眺め(beholdings)を見た。少なくともわたしは眼を開いて、両の眼を通って来るものを魂の中へと受け入れた。そのときわたしには、ケンブリッジやボストンと自分かどんなに近くてささいな関係にあるかなど、もうどうでもよかった。マサチューセッツの時計が何時何分を指しているか、もう気にとめなかった。……(*JMN* VI 273)

木立ちの中で自らに答えるかのように鳴くコガラの声、遠くで一斉に激しく鳴く鳥の群れ、それらに我を忘れたエマソンが木陰に横たわって受けとめた「とても幸せな眺め」は、決して単なる視覚的な感覚情報ではない。それは彼の眼を通過して内部に流入してくる。そのとき内部は外部となり、主体は裏返されると言っていい(1)。これが講演「自然の方法」で重視されるエクスタシー=脱自の内実である。エマソンは「体の中へ」ではなく、「魂の中へ」と言うのだが、それはここで物理的な身体の意識は消え外と内は嵌入し合っているからだ。外界の自然と自己の身体との遭遇の接触面において、土地の固有名や時計の時間を無価値にするような何かが発生する。(ソローなら、たとえば「遠くの樹に一杯にとまった騒々しい鳥たち」の「種類」が判っただろうし、その「名前」が消去できない重要性を持つだろう。エマソンとは関心の持ち方が違っているからだ。)右の引用と同じ段落でエマソンは「松は無数の緑の葉に光を受けて耀いており、彼らの謎を解くように私に挑んでいるようだった」(*JMN* VI 273)と書いているが、この松の耀く葉群とのコミュニケーションに、エマソン的なアニミズムがよく顕れている。『ネイチャー』にも次のような記述がある。

野原や森が与える最大の喜びは、人間と植物の間の神秘的な関係の暗示である。わたしは一人ではなく、認められないままでもない。草木がわたしにうなずき、わたしがうなずきを返す。嵐の中の樹々の大枝の波打ちは、わたしには初めてでもあり、馴染みのものでもある。それはわたしを驚かせる、だが未知なものではない。その作用は、自分が正しい思考や正しい行いをしていると思うときにわたしを襲う、高次の思想か気高い感情の働きに似ている。(*CW* I 10)

植物はまず向こうから合図を送ってくる。嵐でざわめき揺れる樹々の枝こそがエマソンを正しい思考に導く存在である(2)。エマソンの「モラルの法」への信頼は、ポーティが言うようにアプリオリなものではなく、自然現象と自己の接触面から導かれる性質のものだ。ここからプラトニズムの問題へと赴けば、こうした臨界的な体験を生じさせるものこそが、エマソン的プラトニズムの本質であると言っていい。

三・世界の「柄」と「地」

岩田は『カミと神』の中で、ハイデガーが着目した十七世紀オーストリアの修道僧の言葉「人間——この身の丈五尺の無」という言葉を取り上げて、「文化的な枠組みを離れて考えると、われわれの身体はそのままで無に接している。表面の形が、裏面の無によって裏打ちされていることがわかる」と述べる。そして「そこを「柄」と「地」の接点とすることができる。「柄」という空間と「地」という空間がそこで合体し、そこでたがいに他を映す。そういう性質をもった場なのである」と言う(岩田『神とカミ』254, 255)。エマソンは『ネイチャー』において「わたしは無(I am nothing.)」と書いていたが、この無としての身体という現象は岩田的なアニミズムの要に存在する。岩田は「われわれの身体を「柄」とすれば、世界と宇宙は「地」である。カミあるいは神は「柄」と「地」のかかわりあいのうちに、突如としてその姿をあらわし、またその姿を隠している」（『神とカミ』302）と言うが、それは人間の身体が一部分として自然とつながっていながら、自己が自意識によって内部化されている、二重性をよく捉えている。この議論はまた、前章で述べたようにメルロ＝ポンティが晩年に「肉」という語で言おうとした世界と身体の交差《キアスム》的な関係、「見るものと見られるもの」の引きはがし得ない結びつきの問題に直結している。エマソンが「魂」と言うとき示しているものもまた、実はこの世界の「地」なのだ。

エマソンは「オーバーソウル」において、「人間の中の魂は一個の器官ではなく、すべての身体器官に命を与えそれらを働かせる」、それは「われわれの存在の背景（background）であり、その懐に人々は横たわっている——誰にも所有されておらず、所有され得ない無限の広がりである」と言う（*CW* II 161）。ひとがいるとは世界の中で個体としての身体があることだが、その身体は「身の丈五尺の無」、すなわち「地」としては世界そのものでもある。日記の中で彼が「〈普遍的な中心の魂〉はわたしの体において、表面に浮上する」（*JMN* V 187）と言うとき、そのことが言われているのだ。もちろん「普遍的な中心の魂」とは、実は中心も周縁も定めのない「地」そのもののことだ。『ネイチャー』の「美」の章の次の一節はこの意味での身体感覚を明瞭に伝えている。

……わたしは家の向いにある丘の頂上から、夜明けから日の出まで、天使とも分ち合えそうな感情を覚えて、朝の眺めを見る。長く横に伸びた幾筋もの雲は真っ赤な光の海に漂う魚たちのように見える。浜辺に立つように地面に立って、わたしは音のない海の方を眺望する。わたしはその刻々の変化をともにしている（to partake its rapid transformations）ようだ。魅了する力は働いてわたしの肉体にまで届き、わたしは朝の風と一緒に膨張し呼吸する。（*CW* I 13）

明け方に望まれた空はここで、決して額縁に入った絵のようにあるのではない。エマソンはその姿を見ながら、自らの身体の内側にその作用が浸透するのを感じ、「身の丈」を忘れて空の変化に自らも参与しているからだ。あかく染まった空は世界の「地」であり、エマソンは自らの「柄」を超えて「地」に成っている。（少なくとも初期の）エマソンが「自然」という言葉を用いるとき、実際に念頭に置かれているのは、「柄」を「柄」足らしめながら自意識の眼差しのために見えなくされている、世界の「地」のことである。

それがほんのつかのまの感覚であっても、だからそれは無根拠だとか自己愛的なファンタジーだということにはならない。岩田はロマン・ロランの「大洋感情」を肯定的に捉えているが、それはエマソンにもあった。陶酔的な瞬間はソローにとっても本質的に重要だったと見なすアラン・D・ホダー（Alan D. Hodder）は、同種の大洋感情をソローも若い頃に経験していたが、一八四〇年代初頭からは「ソローはそうした肉体から遊離したような存在の描写を避けるようになり、その代わりに、一貫して自然の形態と現象が与える表現で、霊感を受けたエピソードを描くことを選んだ」（Hodder, *Thoreau's Ecstatic Witness* 70）と指摘している。ソローのミスティックな宗教的ヴィジョンの在りようとエマソンのそれとの性質の違いが窺われる。おそらくソローの方が具体的な身体感覚が持つ官能性に長く留まろうとし、エマソンは感覚で得たものを、ときを置かずに、「大洋」にも比すべき〈全〉ないしは〈一〉への入り口として認知して、深い幸福を感じた。現代の読者から見れば、感覚的な具体性・個別性から容易に離れないソローの特質に強い親しみを覚えるのも自然なことだ。エマソンは、動かせない差異ではなく、コモンなものに向かう。その認識を支えていたのが、流動するエナジーとしての「地」の直感だった。自らもそこに織りこまれたものであると感じることで、誰もが他者との共通性を自覚することができる、それがエマソンの希望だった。

肉体によって個体化されて在る自己を、裏返すように世界の「地」として直観する経験は、閉じた自己の内部に〈開かれ〉を感じとることである。個が閉じた状態で存在していることは前提ではあるが、それを〈自我〉として固めることで社会的な役割を果たすことだけをよしとするのではなく、むしろ生の時間とともに否応なく固まってしまう自己の結ぼれを解除することが目指される。こうした〈自我の解除〉の瞬間に常に立とうとするラジカルなポイントが、エマソンをなんらかの政治的なイデオローグとして利用したり批判したりすることを、常に根本的に無効化するのだ。それは開きつつ閉じる自己の態勢の問題であるとも言えるが、同時にむしろ、閉じつつたえず開いていく運動の方をこそ重視する姿勢だとも言える。〈自然〉とのまじわりの感覚を、ひとの生において役立てること、その役立ちがどのようにあり得るかをエマソンは考えた。

注

（1）ジョナサン・ビショップはエマソンの著作を「魂（soul）」をキーワードにしてトータルに分析した著書において、エマソンのこの日記の箇所を引用して、「エマソンはこれをとてもなにげなく書いており、これらの言葉を公けに用いることはなかった。とはいえ『ネイチャー』における自然の歓びを語る他の言葉もおそらくこの時の経験や人生の同じ時期の他の体験を反映しているだろう。ここに含まれる動因は純粋に有機的なものである。エマソンはここで「考えている」のでも「感じている」のでもない。われわれは、自然の知というものがより高いところへ昇っていく、螺旋運動の一番底に近いところにいるのだ」（Bishop 27）と述べている。いまこそこうした批評の言葉を再評価すべきだと思う。

（2）哲学・倫理学研究の河野哲也は、『境界の現象学――始原の海から流体の存在意識へ』（二〇一四）において、メルロ＝ポンティの『眼と精神』に触れつつ、「森に見られる」という経験を次のように説明している。「私が樹木から見られるということは、他者の顔に共感して自分を見る眼とその視線を理解したように、私は樹木たちに共感し、その樹木たちの視点から自分を捉えたのだ、と。しかし樹木に共感するとは、どういうことか。それは、私が他者の身体と自分の身体を重ね合わせたように、樹木と自己の身体を重ね合わせることである。……他者が視覚をもつことを私たちが認めるのは、彼らに眼があるからだけではない。他者の視線を理解するとは、見ている他者の身体に共感し、その見るという行為、そのひとが首を向け、眼を向けて、眼を凝らし、焦点を合わせている様子と見えている光景の関係性を理解することである。……見ることは動きなのだ。見ることも行為であり動作なのだ。とするならば、樹木が見ていると感じるのは、こういうときなのだと考えられないだろうか。それは、樹木が下から上にのびていく成長と、風がその成長に加える圧力が枝と幹の形に痕跡を残し、今しがたわずかに枝が蠢き、幹に何かが流れる音がかすかに聞こえ、枝が風になびき、葉が舞い落ちる様を、私たちが自分の運動感覚によって捉えたときなのである。……そして、樹木が見ている経験とは、そうした運動体が私に関心を持ち、私に向けてさまざまな見る仕草を向けているかのように感じるということである。」（河野 54-55）更に続けて河野は言う。「私が見られるということは、私が可視的であることである。私たちは対象から反射してきた光を浴びることで見る。逆に、他者の眼は、私から反射する光線を使って見る。他者が私を見るとは、他者が私の身体から反射した光を浴びることである。……「樹木が自分を見ている、私は樹木に見られている」と感じることとは、樹木が私の身体から反射した光を浴びていることを知覚することである。」(56) この考え方は、わたしがアニミズムという語で名指したいこととさわめて深く共鳴しているように思われる。

第三部　自己の条件

第五章　死者の痕跡

エマソンの説教におけるエレンの存在

一八三八年夏にハーヴァード大学神学部で行った、いわゆる「神学部講演」において、エマソンが形式化した教会制度を批判したことはよく知られている。その中に、彼が教会で聴いた或る牧師の説教が、いかに生気を欠いたものだったかを揶揄する箇所がある。同年三月に、バージライ・フロストという牧師の説教を聴いた実体験を元にしたものだ。「彼は無駄に生きてきた。はたして自分が笑ったことがあるのか、泣いたことがあるのか、結婚しているのか、ひとを恋しているのか、ひとに褒められたことがあるか、だまされたことがあるか、くやしがったことがあるか、それをほのめかすような言葉はそこには一言もない。……彼の職業の第一の秘密、すなわち、人生を真理へと変換することを、彼は学ばなかった。自分のあらゆる経験の、たった一つの事実をも、彼はいまだに教説の中に持ちこんではいない。……真の説教師か否かは次のことで知られる、すなわち、彼が人々に自分の人生を分け与えているかどうか、――思考の焔をくぐり抜けた人生を。」（*CW* I 86）エマソンが他者をあからさまに批判することは珍しく、この言葉の背後には、彼のテキストには稀なと言っていい感情の強さが感じられる。同時代の説教師を攻撃しながら、エマソンは裏返しに在るべき牧師像を提示しているのだが、ここには、かつてユニテリアン派の牧師であった時代の自分の姿が、重ね合わせられているように見える。それは、この説教の言葉には話し手が「結婚しているのか、ひとを恋しているのか」が伝わってくる一言もない、という表現にとりわけよく窺われる。というのも、彼が一八二九年一月にボストン第二教会の専属牧師の要請を受け、三二年十月にその職を辞す期間は、そっくり彼が最初の妻エレンと婚約し（一八二八年十二月）、彼女が結核で死に（一八三一年二月）、その悲しみを引きずり続けた時期と重なっているからだ。彼の牧師時代の説教、とりわけエレンの病状が悪化し、本人も周囲もその死を覚悟し始めた頃からあとのエマソンの説教を読むと、確かに随所で彼自身の life を「分け与え」、「思考の焔をくぐり抜けた人生」を垣間見せるようなところが感じられる。

若き日のエマソンが行った説教は、すべて詳細なデータとともに四巻本の『説教全集』に収録されている。彼が『ネイチャー』でひとり立ちした思想家＝文学者として世に出るのは一八三六年であり、それ以前の牧師時代のテキストはいまだに充分に読まれているとは言いがたい。だが一八三八年の「神学部講演」においてなお、彼が己れの説教に強い矜持を抱いていたとすれば、われわれはエマソンの説教を、彼の「人生」、特に十九歳で結核で死んだ最初の妻エレンとの関連から、読みこまねばならないだろう。それは後年のエマソンの思想や表現へと、まっすぐにつながっている。

一・議論の前提

エマソンとエレンの関係、というより、エマソンに与えたエレンという人のインパクトをどう捉えるかについて、最も雄弁に論じてきたのは、もちろん伝記作者たちである。一次資料がほぼ出揃ったのち、最初の包括的な伝記を一九四九年に表したラルフ・L・ラスク(Ralph L. Rusk)が、エレンに関して一章を設けて「エマソンの妻であったのは一年半に満たないが、彼女はそれ以前の誰にもできなかったほど、エマソンの心を動かした」(Rusk 149)と評して以来、今日に至るまでこの最初の妻がエマソンにとって重要な影響を与えたことを否定するエマソン研究者はまずいない。一九八一年刊のゲイ・ウィルソン・アレンの伝記ではエレンに関連した記述は更に厚くなり、事実関係の記載ではこれを越えるものは以後出ていない。一九八四年のジョン・マカリアー(John McAleer)を経て、一九九五年のリチャードソンによる、思想的成長を跡づけたきわめて力強い伝記を加えれば、われわれはエマソン研究史におけるエレンの位置づけについて、ほぼ大筋の見方を理解することができる。それは、リチャードソンの「エレンの死がエマソンに残した喪失と悔恨の感覚から、彼はその後完全には抜け出すことができなかった」という評言に集約されている(Richardson 111)。一九六二年に出されたエレンのエマソンへの書簡集に付された編者イーディス・W・グレッグ(Edith W. Gregg)の序文と、一九六七年のヘンリー・F・ポマー(Henry F. Pommer)のモノグラフ、『エマソンの最初の結婚』(*Emerson's First Marriage*)を併せ読めば、エレンという人物の重要性に関して、かなり明確な理解を得ることができる。

だが伝記的理解の枠組みをほどいて、エマソンの言語表現の質的な吟味において、この問題を大きく扱った研究は、エマソンの詩に関するもの（たとえばパトリック・J・キーン（Patrick J. Keane）の著作）を除けば、それほど多くはない。リチャードソンの著作は、伝記という形式を採ったエマソン思想の研究といえるものであり、そこではエレンの位置づけについて、かなり踏みこんだ評価がなされているが、具体的なテキストとの付き合わせ、論証は省かれている。この点で例外はおそらくスーザン・L・ロバソン（Susan L. Roberson）の『説教におけるエマソン』（*Emerson in His Sermons* 一九九五）であり、そこでロバソンはエレンの死とエマソンの説教の内容との関連を真正面から論じている。以下のわたしの論は、それゆえこのロバソンの論点を随時参照しながら進む形をとることになる。

エマソンの説教に関する最初の包括的な研究でウェズリー・T・モット（Wesley T. Mott）が言うように、「説教の中に、唯一の真正な〈エマソン的〉な声あるいはスタイルを見つけ出そうとするのは誤り」（Mott 108）であり、ユニテリアン派の牧師としてのエマソンの説教が、当時の同じ宗派の他の牧師の説教とかなりの程度同質の教説を含み、また南北戦争以前のアメリカのキリスト教全般の説教の言説とも、共通の要素を含んでいたことは明らかだ。その神学的性格についての吟味はわたしの手に余るものであり、モットの研究書やデイヴィッド・M・ロビンソンやローレンス・ビュエルやテレーザ・トゥールーズ（Teresa Toulouse）らの研究を参照する他ない。ここでわたしが試みたいのは、いかにエマソンが当時のユニテリアン派のドグマティックな言説制度に嵌りこんでいたかではなく、メッセージの面では他の牧師たちと似通っていたとしても、なおエマソンという個が、説教という言葉のメディアを用いて、どのように彼ならではの表現を示していたかの解明である。

説教とは、具体的な会衆を前にしてなされる、きわめてパフォーマティヴな営みである。常にそれは、声に出して教会の空気を響かせ、現に向き合っている他者たちに満足感を与えるものでなければならない。その点で、それは出版を前提にして書かれた文章とは異なり、いわば行為であり、行動である、と言った方が当たっている。エマソンの活動は、この行為としての説教から始まり、牧師の職を辞したあとは（と言っても彼は一八三八年まで、折に触れて教会の要請があれば臨時の説教師として過去の説教原稿を読んでいたのだが）、ライシーアムにおける講演へと受け継がれていく。エマソンは決して抽象的な夢見る思弁家ではなく、いわば常に板の上で力を発揮したパフォーマーであり、その意味で行動家だった。そして、現実に目の前にいる他者に言葉を向けるという性格、言い換えれば言葉が現実に「何かを行なうもの」として存在していたことは、ボストン第二教会の信徒全般だけでなく、エレンという存在を考え合わせたとき、揺るがせにできない重みを孕むことになる。エマソンと結婚した十七歳の頃から、エレンは既に結核に冒されていたが、その病状が悪化して、死の可能性がきわめて現実的になってきた一八二九年の晩秋以降、エマソンの説教はただ単に聴衆一般にではなく、敬虔な信仰心をもって彼の言葉を心底から受け入れていた妻に宛てられたものにもなっていったからだ。むろん、当時のキリスト教の説教において個人的な事柄に言及するような慣習はなかったし、エマソン自身も自分のテキストに私的な事柄を持ちこむことをよしとしなかったのだから、われわれは、エマソンが置かれていた状況を念頭に置いて、彼の言葉をあたかもいま生きているもののように、想像しつつ読まなければならない。そうすれば、当時の彼の説教がいかに雄弁に、「思考の焔をくぐり抜けた」彼の「人生」を語っているかがわかる。

二・死の前の言葉

エレンは一八三一年二月八日に亡くなった。その前、たとえば前年十一月二十一日に読まれた説教第九四番の主題は「死の恐怖」であり、十二月五日の第九八番は「完全な愛は恐怖を払う」、十二月三十一日の一〇一番は死へと向かっていく時間（「あなたは何歳か？」）、一八三一年一月二日の一〇二番は「重荷を背負うための力」で苦しむ人々への慰め、一月十二日の一〇四番「自己と他者」も死の恐怖を扱っている。（エマソンは自分の説教にタイトルを付けていないが、ここでは一九三八年刊の彼の説教集のアンソロジー『若きエマソンは語る』（*Young Emerson Speaks*）の巻末に付された全説教のリストの中で、編者マクギファート（Arthur Cushman McGiffert, Jr.）が付けたタイトルを便宜的に使用する。）概してこの時期の内容は、人生の苦難に対して、キリスト教の教説がいかに慰めを与えるかをめぐっており、それがエレンの間近な死の予感のもとで書かれたことは間違いない。

これらの説教を読むさいに、主題となるキリスト教的なドグマ(エマソンの言葉で言えば"doctrine")だけでなく、それに対して彼がとる態度の問題を考える。するとそこに、生々しいとさえ言えるエマソン自身の生の姿が浮かび上がってくる。たとえば十一月二十一日の第九四番で説かれるのは「不死(immortality)」という教説であり、人の死は肉体の死であるにすぎず、魂は個的な性格を失うことなく持続することが主張される。リチャードソンが「エマソンの不死に対する信仰がこれほど強くなったことも、これほどやみくもに求められたこともなかった」(Richardson 99)と言うとおり、この主題はエレンを喪って以降のエマソンにとってもきわめて切実なものだったが、もちろんそれは、まずいま現に、急激に死へと向かっているエレンその人にとってこそ、何よりも強い慰めとなるべきものだった。そして次のように述べるとき、エマソンはただドグマを提示しているわけではない。「わたしたちの霊的な本性が実際に用いられるとき、熱烈な愛とともに真理と善とが探し求められるとき、それらの現実性と独立性は、はっきりと現れてきます。その愛の感情(sentiment)を感じたことのない人に向かって、それを記述しようとしても無駄です。愛の存在はただ愛することによってだけ信じられる。思想は考えることによってだけ知られる。雷の存在がただその落ちる炎によってのみ見られるように、われわれの道徳的な本性(moral nature)は、人間の生活においてその命ずることを実行する、その事実によってのみ、独立して存在していることが知られるのです。」(CS 3 32)"moral nature"は実際に用いられなければ、つまりlifeにおいて現に経験されなければわからない、「愛」は「愛」の感情を感じた者にしかわからない、と語るエマソンは、観念が実際に生きられる、経験の次元を問題にしている。更に続けて「己れの不死を信じて疑わないキリスト教徒たちが現にいます。そうした人たちを見ると、魂は驚くほど生き生きします。彼らは懐疑から自由ですが、それはひたすら彼らの敬虔の、純粋さと完全さによるのです」(CS 3 32)と語られる。エレンがきわめて信仰心の篤い人であり、エマソンにとってpurityそのものと思われるほど、清い心情を貫いた女性であったことを考えれば、この言葉が指し示す「キリスト教徒」の中にエレンは含まれていたと言える。だとすれば、エマソンはここで、エレンその人を語りながら、同時に彼女を慰めようとしていたことになる。イエス・キリストは「魂の不死」を説いたが、それは「ときどき哲学者が言うような、神に吸収される神秘的な魂の存在ではありませんし、死というインターバルを置いたあとの復活でもありません。むしろ、個的な存在の持続なのです」(CS 3 33)と彼は述べる。エレンがこの説教を聴いていた、あるいはその草稿を読んでいたことを考えれば、エマソンはエレンという「個的な存在」が死んだあとも決して消滅しはしないと、彼女に語りかけていたことになる。後年のエマソンの思想において、おそらくこの死後の個体としての性格の持続という概念は、哲学的には放棄される。しかし、ここでの問題は、その教説の真偽いかんにあるのではない。それがどのような表現によって、どう用いられるか、そのプラクシスにある。

一月二日の第一〇二番では、新年を祝福すべき機会にも幸福になれない人々、苦しむ人々がいることが語られる。「新年の願いが手厳しく不快に響くようなたくさんの人たちがいます。彼らの悲しい確信がそんなものを拒絶してしまうのです。……彼らにははっきりと見える、己れのつらい運命がじっとこちらの顔を見つめていることが。彼らには困難がある。それと闘うことで彼らは、まだこれから瑞々しく出会うはずの、すべての若々しい力と生気とを、すり減らしてしまうのです」(CS 3 75)という表現の背後に、結核で血を吐き、呼吸することさえしばしば困難になっている妻エレンの姿が重なっていなかったとは考えられない。あらゆる救いの手への望みが絶たれたと思うとき、それでも祈りは聴きとどけられたと感じることがある、と述べたあとで、エマソンは言う。

ある人には、神の配剤の一つ一つの行為がとりたててすばらしいと見えるのではありません。彼には、己れの心臓のあらゆる鼓動が、己れの手のあらゆる動きが、驚異に満ちており、神の配剤の必然性をどうしても認めないではいられないのです。(CS 3 77)

自己の置かれた状況を現実の次元で改善する見込みが絶望的であるときに、それでも深い信仰を抱き続ける人間には、おそらく必ず、このような、いま自分が生きていることそれ自体が驚異であるという、ルサンチマンぬきの感覚が訪れる。エマソンがこの言葉を通り一遍の表層的な意識で書いたと考えるとしたら、それは彼の現実の経験に対する軽視であり、高括りだろう。むしろ、のっぴきならない場所に追いやられた者だけが逢着する、ぎりぎりの感懐として、この言葉は迫ってくる。

一月二十日の一〇三番の「奇跡」をめぐる説教は、後のユニテリアン派における「奇跡論争」に一石を投じた「神学部講演」との関連から見て重要なテキストだが、上記のような観点から見るとき、実は一〇二番の引用箇所を更に引き継ぐ意味合いを持っていたことが分る。エマソンは「学んだ眼には、最もありふれた事実が最も驚異に満ちたものになります」（CS 3 80）と語る。

われわれのすべての生が奇跡なのです。われわれ自身こそが何よりも最も偉大な奇跡です。……わたしが奇跡を信じられるのは、わたしが自分の腕を上げることができるからです。わたしが奇跡を信じられるのは、わたしが憶い出すことができるからです。（CS 3 80）

これを、いつ亡くなってもおかしくない愛する妻、それでも現実を恨まずに静かに穏やかに耐え続けている妻を看護している最中の夫の言葉として受けとめてみる。そのときこの表現は、やはりきわめて切実な認識を表明していることが分ってくる。ここでは「腕を上げ」「憶い出すことができる」のは、まだ現に生きているエレンであり、同時にそれを語るエマソンである。自らの命が急激に削れていくような女性の内面に寄り添い、そのことで自分もまたいま在ることの「奇跡」を感じる。それをセンチメンタリズムと呼ぶ悪趣味はわたしにはない。またこの認識が、必要以上に劇化されたロマンティックな心情の所産であるとも思われない。この感覚を起点としてエマソンは、「われわれの組成（Constitution）そのものが道徳的であり、宇宙の組成もまたそうなのです」（CS 3 81）と論じていくのだが、そこではlifeの経験の次元は踏み越えられ、ドグマの領域へと移行していると言える。だがここでも、このメッセージがいかに後のエマソンの思想の根底をなすものだと認められるにせよ、われわれが問題にすべきはそのオピニオンの真偽いかんではない。エマソンがエレンの心情に一定の形を与えようとし、そうすることで、エレンの恐怖を鎮めようとしているという点が重要なのだ。

一月十二日の一〇四番の説教（「自己と他者」）に関しては、実際にエレンがこの原稿を読み、慰めを得たという記録がある（Allen 160）。やはり死の恐怖が神への愛によって克服されることを説くこの説教で特筆すべきは次のような文章である。

あなたがこれ以上なく感謝に満ちて、あなたの心と良心といまの落胆の念を覚醒させるのは、すべての存在の関係の織物（web of relations of all being）の完全性を想い起こすときなのです。その織物の中に、あなた自身の運命も織りこまれ、あなたが何かをしようとすれば、多くの他の運命に作用を及ぼさずには不可能であるような、そんな織物です。それがあなたに、こんなにも多くの者の心に触れるときに、歓びや悲しみを惹き起こすことを可能にするのです。（CS 4 84-85）

現実がどう努力しても意志通りにはいかず、進退窮まったとき、世界が現にありのままで在り、そこでは自己もまた一つの大きな絵柄の一部であるということを得心するなら、人間はその認識をいわば梃にして、心を鎮めることができる。これは決してキリスト教徒に限定された認識ではない。それは人間の経験において、数知れぬ者が逢きあたってきた、からだの深いところで受けとめられる認識である。世界全体と自己とのつながりという視点は、このあと大文字の神（God）との結びつきという主題に置き換えられ、いわばキリスト教の説教という言説の制度の中に回収される。けれどもこの認識自体は、切実に希求され、必死に摑みとられたものだ。そして、あらゆるもののつながりという論点は、『ネイチャー』を初めとして後年の彼のテキストにおいてしばしば現れる世界観となる。

一月三十日、エレンの死の直前になされた説教第一〇六番（「信仰における独立」）では、信仰が肉体という枷を逃れて自由になるというヴィジョンが説かれる。〈身体〉への忌避はキリスト教では普遍的な精神態度だが、エレンがいままさにbodyを離脱しつつあったという状況を考えれば、このテキストには、エマソン個人の並々ならぬ希求が顕われていることがわかる。信仰は「ときおりの訪問者」であってはならず、それは「魂の命（the life of the soul）」である、と言ったあと、彼は語る。「あなたが書斎にあるときも、共通の勤めを果たしているときも、それを持ち続けなさい。いかなる主人も、いかなる庇護者も、いかなるパートナーも持ってはなりません。

あなたの信仰は自由保有権（a freehold）でなければならないのです。」（CS 3 98）信仰の純粋性を確保するもしないも自分自身であり、信仰以外にはいかなる主人にも仕えてはならない——こうした言葉は、後のエッセイ「自己信頼」と通底する。だとすれば、エマソンがまず self-reliant であれ、と語りかけている相手（"you"）は、少なくともその相手の一人は、確実にエレンであったということになりはしないか。エマソンは、死の直前のエレンに、動揺せず、心を落ち着けて、自らの信仰にのみ拠って立つような人であってほしいと痛切に願った。〈自己〉の自由というエマソン思想の根底に、自らの言葉を命の糧にしながら目の前で死にゆく生身の〈他者〉が存在していたとするなら、どうなるだろうか。

妻の死に先立つ数ヶ月間のエマソンの説教には、このように、エレンという他者の刻印が深く刻まれている。エレンそのひとがそれを聴いており、それを誰よりも深く信じようとした。エマソンには、彼女がそれをしおおせて、つまり自分の言葉を信じきって死んでいったと思われた。こうしたいきさつが、それ以後のエマソンに作用しないはずはない。

三・死の作用

エレンが亡くなる二月八日を挟んで、一月三十日の説教以降、二月十九日の第一〇七番「喪に服す者への慰め」まで、エマソンは新しい説教のテキストを書いていない。一〇七番の説教は、当時のボストン第二教会の会衆の前で、妻の死というできごとを受けてなされた。エマソンの殆どの説教のテキストが、何年間にもわたって複数回教会で読まれたのに対して、もちろんこの説教はただ一度しか読まれていない。彼としては珍しく、「感じるままに語らせてください（Let me speak as I feel.）」（CS 3 101）という断わりの言葉が入るこの説教は、エマソンの人生において、いわば満身創痍であった彼なりの、最大限の力を揮って書かれた渾身の文章である。彼の生涯の中でもまったく稀有な機会で、自らの言葉の実践が真に試されていたと言ってもいい。日記や書簡に現れたプライベートな感慨は隠され、人間一般に当てはまる事柄として、愛する者との死別についてエマソンは語る。

扱われる中心主題は、人の肉体が滅んだあとの魂の不死であり、エレンが生きていた頃から語り続けてきたテーマだが、これ以後しばらくエマソンの説教では取り上げられなくなる。それを真剣に真に受けてエレンが死んでいったことを思えば、エマソンの倫理的な責任は途方もないものだ。だからそれは、絶対に宗教的な方便であってはならなかった。彼女が死んだいま、彼はこの概念の真実性をこれまで以上に信じなければならなかった。

既に第九四番の説教の検討において確認したように、エマソンにとって魂の不死とは、生前の人間の人となり、つまり“character”が存続し続けることを意味している。（「われわれがキャラクターと呼ぶ、人間の部分のすべては、生き続け、上昇していきます。」）ロバソンが言うとおり、「エマソンの悲しみはただ単に魂が何か不定形な状態で生き続けるという信仰によっては和らぐことはなかった」(Roberson 93) のであり、「死者が遺された者に永遠に同伴できることに対するこの信仰が、エマソンに真の慰めを与えていた」(94) と言える。エレンという心底から愛する他者、そのエレンの〈エレン性〉とでもいうべきものが、すっかり無くなってしまうことは、エマソンには到底耐えられないことだった。おそらく誰にとってもそうだろう。この考え方は決してキリスト教にのみ固有なものではない。どの文化でも、おそらく人類のあるところ、古来から、死者の人となり、その人の人格的統一が、霊的な存在として在り続けるという信仰はある。彼女の死を受けて、彼のテキストに「キャラクター」という概念が決定的な意味を帯びて現れるのは、当然でもあり、不可避でもあった。

エマソンは「そうです、彼ら——敬虔な死者たち——はもっとよくわれわれに教えます。彼らの神に向けられた望みは、それによって鼓動を強められる心臓が、いままさに打つことをやめつつあるときでも、ますます強まります。彼らは祈りと称讃の言葉を口にしながら、墓場へと降りてゆきます。そして天国についての想いは、死の発作 (the convulsion of death) の中にまで入りこんでくるのです」(CS 3 103) と書く。「敬虔な死者たち」という表現の背後に潜んでいるのは、まさしく祈りと称讃を口にしながら、死の床にあっても永世を信じて心の平穏を失わなかったエレンその人である。エマソンの日記によれば、もう持ち堪えられないと思ったとき、彼女は家族を呼び、みなに静かにしてほしいと言い、ともに祈ったという。最期の言葉として彼が書きつけているのは「わたしは平穏と歓びを忘れなかった (I have not forgotten the peace & joy.)」である。またエレンは、この世にとどまるよりも、旅立つ方があなたの役に立つ、先にわたしが逝って、道を見つけてあげる、そしてあなたを安らかにする、とエマソンに語ったという（*JMN* III 227）。

エマソンは彼女の死後五日経って、初めての日記の記載の中でこう書いている。「ああ、ぼくの妻よ、ぼくはよろこんで君の墓に一緒に身を横たえよう。でもぼくには君が持っているような美点がない、あれほどの純粋さもないし、心の一途さ（singleness of heart）もない。ぼくのために祈っておくれ、エレン、そして君があんなに心から愛してくれた友を引き上げて、君が思っていたようなぼくへと高めてくれ。……霊魂になった者は欺かれない。だからいまの君には、夫を信じて疑わない妻から彼が隠そうとしてきた罪も、我儘もわかっている。――そんなものを捨て去れるように助けてくれ。君が約束してくれたように、よき思考を仄めかしてほしい、そしてぼくに真理を示してくれ。」（*JMN* III 226-27）この文章は当時のエマソンの感懐を知るためだけでなく、これ以降の彼の進み方を考える上にも、きわめて重要なものだ。自分が生前の彼女には秘め隠していた内部の弱さ、自己中心性があったと彼は考える。だが霊となったエレンはいまやそれをすべて見抜いていて、これからは常に彼女の「純粋さ」にふさわしい己れでなければならない。自分がなすべきことは「真理」を求めることだ。――こうした想いを、感情に昂った夫の一時的な興奮の産物だと見なすことは、エマソンに関してはどうやらできそうにない。エマソンがボストンにいられるときはほとんど毎日、ロクスベリーの彼女の墓まで歩いて行っていたことは伝記が告げるところであり、翌年三月二十九日に彼が「エレンの墓を訪ね、その棺を開いた」と日記に記していることは有名だ（*JMN* IV 7）。現在では伝記作者たちがこの事実はあったと想定している。少なく見積もっても、一八三二年のクリスマスに彼がヨーロッパへの長旅に出るまでは、彼がエレンのことを忘れたことは一日としてなかったと言っていい。また、その後の説教において、エマソンが自分の考える「真理」を追求していったことも確かだ。「友を引き上げる（raise the friend）」という表現は、エマソンにとってエレンがただ単に恋愛対象の異性にとどまらず、「真理」を知るという点において、自分を先導するような位置にあったことを示しており、それは後年の『エッセイ第一集』の「愛」だけではなく、それに続く「友情」（"Friendship"）においても、彼の念頭にエレンの存在が影を落としていることを示唆している。

既に紹介したように、ロバソンは牧師時代のエマソンの思想形成において、エレンの死を決定的なできごとだと考えているが、その分析は実はかなりシビアなものだ。コンヴェンショナルな服喪者への「慰め」のレトリックに負いながら、エマソンは生身のエレンという他者をメタファー化し、一種の抽象観念と化し、「彼は彼女の上に、彼自身が必要としたテキストを書きこんだ。彼女の天使のような純粋性を、怖しい肉体性（fearsome corporeality）――腐敗と誘惑――を消去するための記号に変えた。その彼女の記号の中に、精神性と不死と純粋性のシンボルを読みこんだ」（Roberson 90）と述べる。この「メタファー化されたエレン」を自己の思想形成に積極的に用いることで、エマソンは「自己に拠って立つ、真正の人間（a self-reliant, genuine man）、受難によって洗礼を受けた一個の〈新しい人間〉」（92）に変容することができ、そして、エレンを通じて自らを発見したエマソンは同時に「力と自己性と自己信頼を語るための新しい言葉」(124) を発見したのだと論じている。

確かにエレンの死という経験が、エマソンの〈自己〉概念の形成を促したことは事実だ。しかしそれがエレンを「メタファー化」することによってなされたという批評は当たっているだろうか。ロバソンが「ほんとうの (死にゆく) エレンの消去」(Roberson 83) と言うとき、それでは「ほんとうのエレン」とは何であるのか。エマソンはどのようにふるまっていれば、「ほんとうのエレン」と出会え、それを遇することができたのか。ロバソンはそれを語っていない。パースペクティヴの点で、誰もが自分の属する社会や時代の限界・制限を越え出ることはできない。今日の他者への在るべき遇し方に照らし合わせて、十九世紀前半のニューイングランドの牧師たる人間の、最愛の妻への態度を判定することは、やはりルール違反と言わねばならない。

エマソンはほんとうに「ほんとうのエレン」と出会うことを回避したのか？ さっさと概念化された偽のエレンを使って、自分が前向きに立ち直るための梃としたのか？ わたしはその見方を採らない。きわめて宗教的な雰囲気に浸された当時のニューイングランドにあって、しかも人々に「肉」を去って「霊」に即くように説く牧師だった者としては、エマソンの死んだエレンへの対応は、まことに単独の、かけがえのないものに対する強いこだわりを見せていると思う。生前彼が知っていたエレンは、死んでなお、どこまでもエレンその人でなければならなかった。それが彼の言う「キャラクター」であった。その方向に、「宗教的哲学」を目指す彼の「真理」

があった。エレンは「消去」されたのではない。むしろたえず向き合うべき参照点として、エマソンの思考を倫理的なものとする存在になった。エマソンの言葉はエレンに応答する言葉、responsible な言葉となっていくのだ。

四・死者に先立たれる自己

一八三一年十一月六日の説教第一三四番において、エマソンは「ひとが苦しい状態にいるときには、彼らは真理を欲する。ただ真理だけが、悲しみの痛癪に耐えることができる」(CS 3 261)と書いているが、これはエレンを喪ったあとの彼自身の本音であったろう。死の五日後に彼女に向けて、「ぼくに真理を示してくれ」と祈願していたことを想起すればわかる。同じ説教の中で、彼は更に続けて、真理こそわれわれの中心的な目的であるというこの教説は、もしも十全に理解されるならば、「まっすぐにキャラクターの真理(truth of character)と呼ばれるものへとつながっていく」と語る。それは「真理のより大きな意味」であり、「それはわれわれが〈一途さ〉('singleness') や〈一途な心〉('single-mindedness') という言葉で呼ぶ、精神の習慣(habit of mind)です。それは〈内奥の部分の真理〉('truth in the inward parts') である——その人の全体にいきわたっている真理です。」(CS 3 263) 日記でエレンの長所が「心の一途さ(singleness of heart)」と表現されていたことを考え併せれば、ここでエマソンが「キャラクターの真理」と呼ぶものの核のところに、死者となったエレンが存在していたことは疑えないように思われる。「喪に服す者への慰め」において、死者について「われわれがキャラクターと呼ぶ人間の部分のすべては生き残り、上昇する。その一つの翳、一つの想いといえども、われわれが土の中に安置した冷たい肉体(clay)に縋りついたりはしない」(CS 3 103)と語られていたことも、強力な証拠となろう。「キャラクター」の概念は、元々当時のユニテリアン派において重視されたものだったが(Robinson, *Apostle of Culture* 14-15)、エレンの死後とりわけエマソンの思想の前面に、それも自己性selfhoodの在り方の問題として、現れることになる。エマソンがこれ以後辿り着いたと思われる「真理」には、他にも、モットやロビンソンが言うように「内なる神」や「償い」の概念があるが、とりわけ「キャラクター」概念は、後のエマソンの、たとえば「自己信頼」など主要なエッセイにおいて、きわめて中心的な役割を果たしていく。その萌芽が、この時期の彼の説教にある。

ロバソンによれば、この時期の彼の「キャラクター」概念は、「セルフ」を"power"、すなわち「力」あるいは「権力」とさえ訳すことができるものへと導く源泉に位置すると言うのだが、その見方は重要なポイントを見逃していると思う。「自己信頼」と「キャラクター」の概念が初めて一つの説教の中心になるのは、エレンの死の約四ヶ月前、一八三〇年十月三日の第九〇番(「己れを信じよ」"Trust Thyself")においてである。そこでは「わたしが強めたい教説は、ひとは自分自身を信じなければならない、自分の本性の中に、どんな欠陥も劣ったところもないことを完璧に信じる心を持つべきだ、ということだ」(CS 2 264)と、エッセイ「自己信頼」を想起させる言葉が綴られている。ここでも信頼される「自己」とは窮極のところ神に拠って立つものであることが告げられるわけだが、そのさい決定的な役割を果たすのが「キャラクター」の概念である。「もしもあなたが自分自身の行動をすれば、あなたは完全なキャラクター（a perfect character）に到達し、それを顕わすだろう。」（CS 2 263）それは各人の「個体性（individuality）」を顕わすものだ。「キャラクターがより完全になればなるほど、その個体性はいっそう顕著なものになる。」（CS II 264）ここでそうした個的性格を持ち得た者として例に挙げられるのはアブラハム、モーゼ、ソクラテス、ミルトン、フェヌロンといった偉人だが、たとえば「誰でもが自分自身の声を持ち、マナーを持ち、話し方を持つ。それと同じ程度に、自分自身の愛と、悲しみと、想像力を持つ」（CS II 265）と述べられるとき、われわれはなぜ「愛」や「悲しみ」、あるいは「想像力」といった語が現れるのかを考えてみた方がいい。エレンは詩を書いており、エマソンはそれを書き写して、彼女の死後もしばしば読み直していた（*JMN* III 309）。詩を書くことにかけては自分は彼女に敵わないと考えていたのだが、エマソンにとって詩は「想像力」を働かせて書かれるものだった。望ましい「自己信頼」を持ち、そのままそれが神への信頼でもある個的存在、そこにエレンの影を見てとる余地は充分にある。

この点で従来見落とされてきた事実は、この「自己信頼」をめぐる説教が、一八三一年二月三日にも教会で読まれていたということだ。記録によれば、エマソンがエレンの死の最も直前に行なった説教はこれなのである。このあと八日にエレンは死に、次に彼が説教をするのは、既に論じた二月十九日の「喪に服す者への慰め」になる。八日にエレンが亡くなったのは偶然であり、もう少し生き永らえば、生前最後の説教は別のものになったかもしれないのだから、この事実をそれほど重要視すべきではないかもしれないが、彼女が極度の肉体的な苦しみに瀕しながら、精神的には純度を増していった状況にあって、エマソンが数多い手持ちの説教原稿の中からこの「自己信頼」の説教を選びとったという事実には、やはり大きな意味がある。すべてをエレンに帰するつもりはわたしにはないが、この説教を二度目に読んだとき、死の直前のエレンの姿が更にそこに重ね合わせられたと主張することは、許されそうに思われる。そしてその死後、彼女は「完全なキャラクター」の持ち主として、いわば「自己信頼」のモデルとしていっそう強くイメージされていった節がある。

他者とは異なる個体性を帯びた自己、普遍的なネイチャーを分有することで、自分だけのキャラクターの声に従えば従うほど真理へと近づく自己、またそのために要請される孤独、といったエッセイ「自己信頼」へとつながる観点は、第一一二番（一八三一年四月三日）、一一五番（五月一日）、一一七番（五月二十九日）、一二三番（七月三十一日）、一二九番（九月二十五日）、一四一番（一八三二年一月十五日）、一四三番（二月五日）、一四五番（二月二十六日）、一四七番（三月十八日）、一五六番（五月二十日）、一五八番（六月十日）、一六三番（九月十六日）などに頻出し、ついにはボストン第二教会を辞す最後の説教となった第一六四番（「真正の人間（Genuine Man）」、十二月二十一日）で頂点を迎える。ロバソンは、エマソンが “self-reliance” のヴィジョンに到達するまでに苦闘があったことを浮かび上がらせるのに成功している。だが出来上がったエマソン的なセルフは、彼女の言うようにエレンという他者の他者性を捨象したものであっただろうか？　たとえば第一四五番では、「あらゆるものを自分のために置き換えなさい、とりわけ既にすっかり決まっているとみなされている事柄を」（*CS* 4 79）と述べられるが、こうした自己信頼に基づく者の例として、「病と健康」が上げられている。

> 病気を悲惨な事柄のリストに入れるとしても、見落としてはなりません。健康の最高の祝福は、健康に属するのと同じように、病にも属するという事実を。真理を見抜く力、正しい行いをする力、そして固い宗教的な信仰についても同じです。（*CS* 4 81）

この文章の背後に「真理を見抜」き、「正しい行いを」し、「固い宗教的な信仰」を現に抱いていた、病者のエレンの痕跡を読みとることに、まったく無理はない。

またロバソンが指摘するように、「似た者が似た者を知る（Like Must Know Like）」という概念がエマソンにとってきわめて重要であったとすれば（Roberson 95-98）、それは、自分はエレンと似ており、またいっそう彼女に似るように生きなければならぬ、という決意を、“Likeness”の概念が抱かせたからに他ならない。説教第一二一番において、エマソンは「一つの spirit を理解することは、それに似た者になることです」（*CS* 3 190、強調原文）と言うのだが、それは「エレンのようになること」と言い換えてよい。エレンがエレンであり続けるように、自分は自分にならねばならない。ありのままの弱い自分ではなく、「完全なキャラクター」としての、混じり気のない「セルフ」にならねばならない。この思考の道筋においては、自己はまず、エレンという他者に先立たれている。

既に述べたように、エマソンはエレンの死後、「真理」を探究しようという動機に動かされていくが、そこでは思想は決して証明可能性の問題として扱われていたわけではない。むしろ或る考え方が、ひとの「人生」においてどのような働き方をするかという、後年の彼の、プラグマティズムに通ずる態度がそこにある。第一六〇番、一八三二年九月二日になされた説教において彼は、神が人の内部にあるという教えに関して「なぜそうなのかをわたしは理解しているというふりをするつもりはありません。みなさんの前にこの偉大ですばらしい真理をどのように言い表せばいいか、わたしにはわからなかった。——けれどもかの使徒の言葉が正しいと言えるような意味が確かにあると、われわれはみな感じる、あるいは感じることができます」(CS 4 175)と言うが、まさしく「思想」は、エマソンにとって、経験した者、実際にそれを感じたことのある者にしか納得しようのない事柄として存在していた。こうした思想と生との関わり方がエレンとの関わりから生まれたと言えば行きすぎになるだろうが、彼女との関係においてエマソンが経験したことが、それに拍車をかけ、それを鍛えたことは間違いない。

既に述べたように、エマソンは一八三二年三月二十九日の日記に、「エレンの墓を訪ね、その棺を開いた」とただ一行だけ書いている。これについては、ロクスベリーの墓地がのちに移転したために、確証するような証拠が残っていない（どうやら地下墓所に棺が安置されていたらしい）。仮に伝記作者たちの語るようにそれが事実であったとしても、マカリアーやリチャードソンはこれ以後エレンの墓へのエマソンの散歩の日課は途絶えたというのに対し、アレンの記述では、その後もヨーロッパに発つまで、この日々の墓参は続いたという証言があるという（Allen 182）。この記載以後一、二ヶ月のエマソンの説教、とりわけ第一五一番（四月八日）と一五二番（四月二十二日）のそれを読むと、感覚的な情熱は否定され、あらためて久しぶりに「不死」が説かれており、どうやら、棺を開けた行為は、もしそれが事実であるとすれば、エレンのおそらくは腐敗した遺体には彼女の「霊」はもはや存在していないこと、エレンは〈ここ〉＝地上には居ないことの確認としてなされたと、とりあえず考えられる。

だが、そもそも心底エレンの「霊」の、肉体からの独立が信じられていたとすれば、わざわざ毎日彼女の亡骸が横たわる墓所に赴く必要も、また死んでから一年二か月近く経ってからその棺を開ける必要もなかっただろう。（それはどんな光景だったのだろう。エマソンはからだの奥底で、何を感じたのだろう。）つまり、エマソンはエレンの魂が肉体を離れて存在すると、あえて自分に言い聞かさなければならなかったのだ。そのこと自体、ロバソンの主張とは異なり、彼が生身の、肉体性を持ったエレンをよく「消去」し得なかったことの証左だといえる。いや、そもそも喪われた愛する者が、死んだあとでもなお個体としての特徴や性格を保ち続けるという信仰それ自体が、生者の姿かたち、身体性を前提としなければあり得ない。(そうでなくて、われわれはどうやって死者を想い描くことができよう。) エマソンの秘密、解きほぐし得ない謎は、このエレンの身体に対する裏返しの固執にある、とさえ言いたくなる。仮にエマソンがエレンの棺の中を見たあとも毎日のように墓に通っていたとすれば、エマソンはその後もかけがえのない個体の存在の不可思議に突き動かされ続けていたことになる。墓参がそのときを潮に途絶えたとしても、彼が交換不可能な〈エレンそのひと〉にこだわり続けたことに違いはない。その後の日記を読んでいけば、そのこだわりは更に続いたことがわかる。

「自己信頼」などに通じるエマソン的なselfは、その成り立ちの初源に、エレンという他者の存在を隠し持っている。その意味でそれは、ホイットマンの"Myself"とは位相を異にするものだ。エマソンの〈自己〉は他者の死という一撃によって、その傷によって成立したのである。エマソンはエレンによって楔を打たれた。彼の言葉は、それをとことん信じて、身をもってその真実性を体現して死んでいった彼女の存在に対する、内的な応答の言葉となった。応答の言葉として発したものが、他者によって動揺させられない〈自己〉、傷を持たない無垢な〈自己〉の存在を説くあかるい言葉になる。そこにエマソンの冥くひそんだ倫理性がある。

第六章　「君の友を君自身から守れ」

エッセイ「友情」と震える主体

エマソンのエッセイは、大きく言えば〈自己〉(self)の〈世界〉(the world / nature / society)に対する関わり方をめぐる言葉の集積として読むことができる。けれどもその自己は、とかく誤解されがちなように近代の個人主義に合致するソリッドでかたまり状の主体ではないし、いわゆる確固たるアイデンティティを持った〈自我〉ではない。むしろとても弱い自己であり、動揺する主観性だと言ってもいい。エッセイ『ネイチャー』や「自己信頼」に端的に示されているように、エマソンは自己を固定的なエゴとして構想せずに、自分より大きい何か、たとえば大文字のNで始まる「自然(Nature)」や「オーバーソウル(Over-Soul)」と仮に名づけるような何かに拠って立つものと見なした。それは言い換えれば、自己を大きなネットワーク・関係の網の目の中で(心身で)感じとる態度だと言える。ネットワークには宇宙や生命のそれだけでなく、他の人間たち(他者)の関係の網の目も入っている。プラトニズム的な魂へと常に飛翔したがったエマソンだが、それはとりわけ、刊行されたエッセイ作品において、セオライズ(theorize)する欲望と結びついていて、完成されたエッセイだけを見ると、ロマン主義的な時代であったとはいえ、ときとして退屈な御託を並べているという感想に読者は捉えられることがある。しかし、よく知られているように、日々の思索を書きつけた膨大な日記の断片を材料にして、それをつなぎ合せる形で作られたエマソンのエッセイ（多様な部分の接ぎ木としてあるもの）には、セオライズしようとしてし切れないほころびが随所に見られ、実はエッセイはセオリーの披瀝ではない。まして日記それ自体に赴けば、読者が遭遇するのは多様に分裂した思考の発生状態である。その場合われわれは、全体性であるところの魂へと簡単に飛翔できず、様々に他者たちの間で揺れ動くエマソンを読みとることになる。つまり、エマソンを興味深く読むということは、出来上がったエッセイを、いわば裏地から透かして読む行為になる。膨大な日記の森の中を渉猟していると、そのうちに読者はどちらが表か裏かわからなくなる。それが裏か表かは、見る者の立ち位置しだいなのだ。それは必ずしも「伝記的」に読むことではないにしても、或る意味でエマソンのエッセイを彼の〈生〉(life) との連関の内に読むことである。そのような読みは、エマソンのエッセイのロジック（論理構成）をいったん解きほぐし、再びそれを読み手の責任において編み直すことと同じだ。以下にわたしは『エッセイ第一集』に収められたエッセイ「友情」について、主に「stranger」、「恥」、「距離」を三つのキー概念としながら、そんな編み直しをしてみたい。

エッセイ「友情」のロジックは、結局は現実の友人たちの存在を無化して、無人格 (impersonal) な普遍性の場へと関係を解消してしまうという点で、キケローやモンテーニュといったエマソンの愛読した先人たちの友情論とは違っている。現実の友人は（理想に照らせば）知れば知るほど限界を露呈するために、最終的には個々の誰においても真の友情は求められず、神聖な魂での高貴な融合が理想として語られることになる。だが現実の他者との友人関係が無視されているわけではない。「「友情」はエマソンの他のエッセイに比べて明らかによりパーソナルである。このエッセイのペルソナは個人的な感情をあえて白状するような「わたし」である。自分のシャイな部分を認め、他人には冷たさやよそよそしさとして顕れる或る過度な感受性をさらしている」とメアリー・キュピエック・ケイトン（Mary Kupiec Cayton）が書いているとおり（Cayton 208-09）、このエッセイにはそのいわば結論とは裏腹に、エマソンの具体的な他者との友人関係に対する感じ方が随所に垣間見える。エマソンが友と見なしていたのは、たとえば最初の妻で故人となったエレン、弟チャールズ、スコットランドの文人カーライル、ブロンソン・オルコット、マーガレット・フラー、それにソローといった人々だ。実際、ジェフリー・スティール（Jeffrey Steele）が言うように、「キャリア全体を通じて、エマソンは友情という問題と格闘し続けた」のであり（Steele 122）、このエッセイは、とりわけ一八三〇年代後半から一八四一年までの彼の友情についての様々な思索の集積なのである。

I・stranger（来訪者／見知らぬ者）への震え

エッセイ「友情」の冒頭近く、第三段落には次のような箇所がある。

……徳性と自重の念が住むあらゆる家で、見知らぬ来訪者（a stranger）の訪れが生み出す心の震え（palpitation）を考えてみるといい。賞賛を受けている来訪者が来ると告げられるや、歓びと苦痛の間で生ずる不安が、家中の者の心を襲う。彼の到着は迎え入れるよき心の人たちにほとんど恐怖をもたらす。家は掃除され、すべての物は本来の場所に飛ぶように置かれ、古いコートは新品と換えられ、できるならディナーを準備しなくてはならない。賞賛された見知らぬ人については、いい噂だけが告げられていて、よいこと、新しいことだけを耳にする。彼は人間全体（humanity）を代表している。彼はわれわれが望む存在である。その人のことを想像していろんな衣をまとわせているので、われわれは、そんな人とどんな会話やふるまいをして関わったらいいのかと自問し、おそれ（fear）で落ちつかなくなってしまう。（*CW* II 113-14）

外から来訪するstrangerへのこの「震え」、「おそれ」は、他者に対して自分が見合わない劣ったものではないかという不安であり、おそらく多くの者にとって親しい感覚だろう。これに続けてエマソンは、「けれどもその訪問者が自分の偏愛や定義や短所を会話の中に割りこませるやいなや、すべては終わってしまう。……彼はもはや見知らぬ者ではなくなる。……心臓の高鳴りはなくなり、魂のコミュニケーションは消え去る」（*CW* II 114）と述べるので、エッセイのロジックの線に沿って言えば、他者がもたらす震えの感覚は現実の関係においては消え去るものであり、どのような他者も自己の内部の震えに値する存在ではないと言っていることになる。けれども「魂のコミュニケーションは消え去る」という言葉は、知り合う最初のときにおいて、他者が stranger として現われてつかのま成立する交流が、「魂」のものだと見なされていることをも示している。つまり、エマソンがここで語る stranger との交わりは、全否定されるのではない。たとえ主観のつくる像に過ぎないとしても、それを「魂のコミュニケーション」として了解しようとするエマソンの態度もまた、そこにはあるのだ。少なくとも誰かを家に迎え入れるとき、こちらの主体は揺れることなく安定している、そういう迎え方よりも、主体が揺れてあたふたしてしまう、そういう迎え入れの方が、「魂のコミュニケーション」から見ればはるかに望ましいと言われていることになる。このポイントがエマソンならではなのだ。

こうしたポイントを一気に思想的に重要なものとして提示する視点を提示したのは、ブランカ・アーシッチ（Branka Arsić）である（二〇一〇年）。彼女は「わたしはエマソンの無人格性（無人称性）を個々の人間というものの否定だとは考えないし、むしろ個々人の内部で働く〈知覚や感覚、情緒や思考といった〉諸力の集合の状態と見なすので、パーソナル・アイデンティティの側に立って議論をしたい。それは諸々の緊張や分割線や割れ目によって作り出されたものであり、それらが人格をたえまなく「震える（tremble）」ようにさせるのだ」（Arsić 14）と言う。この〈震える主体〉の捉え方はわたし自身も考えてきたことだった。実際のテキストを読む場所に立つと理論として切れ味がよすぎる感じもするけれども、彼女がエマソンの「友情」に関して語ることには深く共感できる。「おそれ、苦痛の内の歓び――未知の者との友好的な出会い――人間性の印として理解されたもの――それは、自分が相手の期待に比肩できないのではないかというおそれを引き起こす。……この自己否定的な洞察は、エマソンの友情に関する理解において、境界を侵犯するような反転を兆すものである。他のすべての他者がよき者であるのに対して、……わたしは誰よりも悪い存在である。……エマソン的な自己をめぐる広く流布した考え方とは逆に――外へと拡大を続け、強力な意志と自己充足を通して、他との関係を自らの利益に合致させてしまう自己、というような考え方だが――エマソンはここでほんとうにまったく反対のことを提起しているのだ。……諸々の関係をわたしは自分のセルフの利害に適合させるのではない。むしろ、他との関係に対して自らのセルフを合わせようとするのだ。そのようなしかたによって、わたしは他者の求めに応じられるような自己を作り上げる。」(192) まさしくその通りだ。

自らが優れた友には見合わない存在なのではないか、という感覚は、エマソン自身から見ると、克服すべきネガティヴなものだった。たとえば一八三九年十一月下旬の日記には次のような記載が見られる。

気高い精神の持ち主の敬意と友情がたまにわたしに示されるとき、わたしは自分自身と分裂するのを感じさせられる。頭部は黄金でも、足もとは土くれなのだ。自分が尊敬に値しないということについてなら、わたしはとても自信があるのでひとりになりたくなるくらいだ。もしわたしの大望が顕れるとしたら、天使たちもわたしを軽蔑はしないと思うが。自分がいかに尊敬に値しないか（*my unworthiness*）については、わたしが出くわす人は誰でも、否応なく知らせてくれるだろう。あまりにも貫禄がなく、あわれなごまかしの思いやりやあまりに多くの計算ばかりで、人と一緒にいると隠しようもなくくたびれた様子を顕わしてしまう――だから、心の中で彼らに早く行ってしまってほしいと懇願したくなり、自分への尊敬を取り戻すために、ウォールデンの森のアメリカツガの誰にも知られない木陰へと駆けて行きたくなるのだ。（*JMN* VII 315）

他者に対するこの自信のなさ、引け目の感覚が、エマソンに「孤独」を求めさせる。やはりウォールデンに孤独になりに行ったソローならどうだったろうか？　わたしには、ソローにはエマソンのような他人に対する申し訳なさの気持ちは見られないように思える。ホイットマンはなおのことである。自然の中でエマソンが感じる宇宙のすべてとつながっているようなエクスタシーの感覚は、現実の他者たちに対するこのような気分と、対極にありながらちょうど釣り合いを保っている。

一八三九年九月の日記には、「十三歳の或る日、叔父のS・R［サミュエル・リプリー］がわたしに尋ねたことがあった。「ラルフ、どういうことだね、子どもたちはみんなお前が嫌いでけんかをしているのに、大人はみんなお前のことが好きだっていうのは？」――いまわたしは三十六歳で、事情は逆転している。――年長の人々はわたしを疑い嫌っているのに、若い人々はわたしを好きになる」(*JMN* VII 253) と記されていて、エマソンは友人のいない子どもだった (と本人が思っていた) ことが判る。ひととうまくアジャストできない、この感じはたとえば一八四二年四月十四日の日記であれば次のように記される。「もしもわたしが正直な日記を書くとしたら、何を言うべきだろうか? ああ、〈人生〉にあるのは不完全さと浅薄さなのだ。わたしはいま三十九歳を越えようとしていて、それなのにこの惑星の上で、同胞たちや自分自身の仕事との自分の関係を、うまく適合できてはいない。常に若すぎるか、あるいは年をとりすぎていて、自分を満足させることができない。その上どうやって他人を満足させることができようか?」(*JMN* VII 458) 自己を他人に適応させられないのは、自分に原因がある、自分など友に比べれば大した者ではない、というこの凹んだ感覚を、エマソンは友人の誰に対しても持っていたらしい。一八四〇年五月に、ブロンソン・オルコットのことを書きながらエマソンは考えている。オルコットは会話のさい、どんな他人に対しても劣位の感情を持たず、誰の術中にはまらない、それは彼が道徳的知覚において優れているからで、同席する他者への共感も彼には困惑の種にはならない、という主旨のことを記したあと、エマソンは書く。「彼は冷静で、そつがなく、あかぬけしていて、けれども最上の事実に眼を向けている。わたしの場合、そうはいかないのだ。誰と一緒にいても、わたしはいつも共感しすぎてしまう (I sympathize too much)。相手が普通でつまらないとき、わたしもそうなる。逆に卓越した人々の場合、わたしも高みへと昇る。あらゆる単なるひとづき合いの場で、わたしは他人の見方から伝染されて、自分の見方をなくしてしまう。」（*JMN* VII 347）どんな相手であっても、目の前にいるその人たちに、どうしてもシンパサイズして（しすぎて）自分を保てない。だからエマソンは震えるのだ。こうした資質（と仮に名づけてみるが）と、エッセイ「友情」の中の「彼［友人］の優越性を賛美せよ」（*CW* II 124）といった言葉とがつながっている。自他の非対称性を自己の側からでなく、他者の側から見るこうした態度が、エマソンの友情論の基盤をなしている。だから自らの欠点として自覚されていたものが、同時に肯定的な思想の種でもあるのだ。これをわれわれはエマソンの自己正当化、あるいはマゾヒズムと呼ぶべきだろうか？　しかし、こんな自分にさえも友がいることを何より尊ぶ、そういう姿勢を持っている人間の方が、そうでない者よりもはるかに好ましい。それゆえわれわれはそれを否定的に解釈すべきではない。

一八三〇年代後半から四〇年代前半にかけて、コンコードはエマソンの存在ゆえに多くの人々を惹きつけた。いわゆる「超絶クラブ」に集った者たちのほかにも、エマソンと交流を持とうとしてマーガレット・フラーを初めとして多彩な人たちが来た。フラーを初代の編集長として一八四〇年から出始めた季刊雑誌『ダイアル』はその成果だと言える。エッセイ「友情」（一八四一）へとつながる時期、エマソンは人生の中でかつてない盛んな交友関係を生きていたことになる。ポーティの言葉を借りれば、「この時期のエマソンのコンコードの人間関係は一種の愛餐（love feast）となり、それが最初のエッセイ集の準備の時期に彼の冷たい思考を大いにあたためることになった」と言える (Porte, *In Respect to Egotism* 116)。一八四〇年八月三十日付のカーライルへの書簡には次のような言葉が記されている。「あなたに会ってもっとあなたを知りたい、わたしの屋根の下であなたが気軽に自由に話すのを聞きたいという渇望を措いておくとしても、わたしにはあなたを三、四人の友人に引き会わせたいという望みが募っているのです。わたしの人生はほとんどずっと孤独でした。この三、四年の間、何人かの男女の人たちと間近につき合うようになりました。彼らの愛情は近頃、言葉では言い尽せない幸福をわたしに与えてくれています。」(*Correspondence* 277) オルコット、エラリー・チャニング、ソロー、フラーを初めとして、何人かの名前が浮かんでくる。こうした複数の友人たちとのネットワークの中心に、予期せずというのか、心ならずもというのか、自分が位置していることに、エマソンは震えを感じていたのだ。

この感じはエッセイ「友情」に読める次のような言葉に顕れている。「今朝、目覚めたときわたしは、古い友、新しい友への心底からの感謝の念に満たされた。日ごとわたしにこのようにおのれの贈り物を示してくれる神を、わたしは〈美しきもの〉と呼んではいけないだろうか? わたしは社会を批判するし、孤独を抱きしめる。しかし、ときおりわたしの門を通り過ぎる賢い者、愛すべき者、気高い者を無視するほどに恩知らずではない。」(*CW* II 114) あるいはまたこのような箇所――「わたしは自分の交際関係についてそれほど厳格なわけではない。たぶん、他の人々ほどには、高潔な親交を知ってはいないからだろう。わたしはそれよりも、神々のような男たち女たちが一つの集まりの中で、互いに様々に関わり合い、彼らの間で高尚な知性が成立するような、そういうさまを想像して歓びを感じるのだ。」（CW II 121）こうした箇所をアナーキズム的な共同体の理想を語ったものと見ることには無理があり、実際一八四〇年にジョージ・リプリーからブルック・ファームのコミューンに誘われてもエマソンは参加しなかった。それはこの種の共同体の実験があまりにも粗い認識の網の目によって作られていると感じていたからでもあり、それだけエマソンは自らの主体を信頼していられなかったからでもある。「高潔な」まじわりの理想は想像力が生み出す幻像であることを、自身が身に沁みて分っていたと言えばいいだろうか。望ましい友情の前提の一つとして、「真実（Truth）」を挙げながら、エマソンは述べる。

友人とは、わたしが正直になれる人間である。彼の前では、わたしは声に出して思考できる。わたしはついに、こんなにもほんとうでこんなにも対等な人の前に辿り着いたのだ。その人にならわたしは、擬装した衣服の最も下のものをも脱ぎ落とすことができる。礼儀や考え直しを。普通人間はそれを決して脱ぎ捨てることができないものだが。そしてわたしはその友となら、一個の化学的な分子がもう一つと出会うように、率直で全部丸ごと、つき合うことができる。（CW II 119）

ひとの主体は、何重もの衣、下着に覆われていて、脱いでも脱いでもなかなか裸にはなれない。この認識はたとえばホイットマン（やアレン・ギンズバーグ）の感じ方とは対極に位置にある。

下着を脱ぐときはひとりなのだ。それでも許しあえる間柄の友人というものに辿り着けるかもしれない、「ついに(at last)」――この「ついに」にこそエマソンの震えが垣間見える。われわれはここでもエマソンの欠点を見るべきではないと思う。いかにもピューリタン的だとか、育ちがよいとかというふうに、世慣れた大人が見るようにこの問題を扱うべきではない。この場合、震えは相手が他者であることとセットになっている。肉体的な次元で衣服を脱ぐのでなく、魂がすべて脱衣するとはいかなる事柄をいうのか。エマソン自身が「すべての人は、ひとりでいるときには、誠実でいられる。第二の人物が入って来ると、偽善が始まる」(*CW* II 119)と言うように、彼の願いとは異なり、おそらく現実のどんな友人とも、その意味で完全に服を脱ぎ合うことは、不可能であるかもしれず、しかも原理的にまた構造的にそうなのかもしれない。としたら、いかなる友人も他者であることに、エマソンは気づきかけている。だが望みを捨ててしまうことはできない。それで「友人とは、それゆえ、自然界における一種のパラドックスである」(*CW* II 120)と言われるのだ。「新しい人はわたしには一大事件であり、わたしの眠りを妨げる」(*CW* II 115)とエマソンは述べるが、その眠れなさの中に、震えがある。

二・恥の感覚

エッセイ「友情」において「恥」という語が現れるのは一箇所だ。「友情に関してわれわれが求めるスタイルが高いものになればなるほど、当然のことだが生身の人間相手にそれを確立するのが難しくなる。世の中ではわれわれはひとりで歩くのだ。……だが崇高な望みがたえず忠実な心を励まし、どこかよそで、宇宙の力の及ぶ別な領域で、魂はいま現在も活動していて、持ち堪え、挑んでいると告げる。……未熟な時期、愚行と過失と恥の時期は孤独の内に過ぎ去った、と考えてわれわれは自らを寿ぐことができる。」(*CW* II 125) ひとりのときに味わってきた恥多い記憶は、理想的な友情関係において消え去る(はずだ)とエマソンは言っている。実のところ「恥(shame)」という言葉は、公けにされたテキストでは消されていることが多いが、日記にはふんだんに見られる。とりわけそれは対人関係を語るところに顕著である。たとえば一八三六年六月には「わたしは愚痴を言い、不満になり、饒舌にさえなる。……普通のひとづき合いにおいて、……わたしはひるみ、早口にしゃべり、謝ってしまう。なぜだかわからないが、わたしはここコンコードで説教を頼まれるのがいやだ。日曜学校の教師たちの集まりに行くと、必ずおそろしさと恥を感じないではいられない」(*JMN* V 173) という記載がある。こうした恥の感覚は自らの過去の記憶と関わっている。直接「恥」という単語を使っていなくても、一八三九年九月の記述はそれを端的に示している。「われわれがするように憶い出すことは恥辱(disgrace)である。われわれの人生すべては最もあわれな想起の営みである。記憶は消化不良と同じで、心の膨満であり、それが激しい嫌悪とともに夜ごと夕餉を喰い尽くすのだ。」(*JMN* VII 240)

ひとは過去の自分に起きたことに関する記憶に閉じこめられているというのは、エッセイ「自己信頼」の思想だが、もちろん「憶い出す」ことが誰にとっても悲観的な行為なわけではない。それはエマソンがとりわけ大切にしていた他者に比べて、自らを卑小な存在だと見なしていた事実と関連している。結核で喪った最初の妻エレンの記憶を再婚相手である第二の妻リディアンに語ったことから記し始めた日記の記載には、エレンだけでなく、やはり病で喪ったエドワードとチャールズの二人の弟も含めて、故人に対するエマソンの引け目の感覚が見られる。因みになぜ後妻である女性に最初の妻の記憶を語ることができたかと言えば、エマソンにとって故人となったエレンは〈友〉として意識されていたからだ。長い引用をしてみる。

昨夜、リディアンとの会話で、憶い出し、憶い出して話した。わたしはコンコードの戸口で初めて見たエレンのほほえみへと戻って行った。あの芳しい関係へと遡って行き、いかに多くの翳と、いかに多くの叱責・恥辱（reproach）を感じたことか。いつでも若い頃の記憶、過去の関係へと戻ると、必ずどんどん自分が縮んでいくような気がするのは、不思議なことだ。エレンは、エドワードは、チャールズはそうではないのに。無限の悔恨が、その愛しい名前、また彼らをとり巻く周囲の人たちの姿を苦いものにする。……ただわたしはこんなふうに思いなすことで自分を慰めるだけだ。もしもエレンが、エドワードが、チャールズがわたしの心のすべてを読みとることができたなら、彼らが見たのは、廉直な意志と、表面の冷たさや用心深さに打ちかつ寛容だけだったはずだ、そう考えてわたしは自分を慰める他はない。だがいまわたしは尋ねてみる。なぜわたしは、彼らのような美しい友と同じに、内側が寛容で気高いだけでなく、表面においてもそのような人間になれなかったのだろうか、と。彼らなら決して何を憶い出しても萎縮したりはしなかったろう。けれどもわたしはひるんでしまう——あんなにも多くの悲しいできごとがいまわたしの方に顔を向ける、まるでいままでわたしが盲目で正気でなかったかのように。ああ神よ、この悲しい思い出からわたしは学びましょう、これからは勇敢で慎重で真実な人になれるように。そして縮むことのない網目を織り上げるように。これは肉にささった棘だ。(*JMN* V 456)

大切な死者たちはかけがえのない友だったのだが、彼らがいかなる記憶にも身が縮む思いなどしないのに対して、自分は外側から見て「冷たい」人間と映り続けてきたし、「無限の悔恨」に責め苛まれて、「悲しい思い出」につきまとわれている。——エマソンの思想における愛する者の死の重要性は多くの研究者によって繰り返し確証されてきたことだ。言うまでもなく、死者は、というより死んだ友は、現在の自分から限りなく隔てられており、完全に非対称な関係にある。記憶の中で、尊敬する死んだ友は、こちら側にいるわれわれより優越している。生き残った者は、原理的な意味で、負債を負うと言っていい。ほんとうは死者も生きていたときには、「身が縮む」ような想いに捉われることがあったかもしれない。しかし問題はそのような一般化によって他者と自己とを均質にすることではない。

エマソンはこのことを理解していた。兄弟の中でも最も信頼し尊敬していた弟チャールズが急な病で亡くなったあと、エマソンはその遺稿を編集して公けに残したいと願った。許嫁のエリザベス・ホアにチャールズが送った手紙を死後に読んだエマソンは意外な一面を発見する。一八三七年の日記にはこう書かれている。「三月十九日。きのうE・Hに宛てられたC・C・E［チャールズ］の多くの手紙を読んだ。それらは気高いけれども悲しいものだった。読後感は痛ましかった。わたしはその作用から身を引いた。これほどの悔恨、これほどの懐疑、あれほど少ない希望、あれほどの悲しみは、わたしを苦しめた。わたし自身によってさえ気高い弟が苦しんだことを、わたしは見続けることができなかった。」エマソンは読者を「活動する気分」にし、「その力を生み出し、あかるい気持ちをかきたてる」ことのないような本を信じない、と述べて、プルタルコスやモンテーニュやワーズワースを好例として挙げる。それに続けて、「けれどもチャールズもまた同じことを言ったに違いない。彼の会話もまた同様の性格を帯びていたのだ」と言う（*JMN* V 288-89）。ここでエマソンは自分との会話において顕われたチャールズの性質を、許嫁にだけ打ち明けた暗い物思いに劣らない真実と見なしていることになる。後者のいわばひとを元気づけるチャールズの側面は、非対称な距離を介したときにのみ顕われるもので、少なくともチャールズの自己意識によっては自覚されていない性質のものである。逆に言えば、エマソン自身についても、彼とのまじわりを得た友人たちから見れば、エマソンは「悔恨」に苛まれたり、自らを劣位に感じとったりする人間には見えなかったはずだ。そうした外からの像を誤解とは考えないような思考が、エマソンには働いている。友とはあくまでも外にいる自分から見たときに浮かび上がる存在であり、そのひとの内側については知り尽くすことができないような存在なのだ。

エマソンは周囲の人々から「冷たい（cold）」と思われることがしばしばあり、それは憶い出して身の縮む感覚にとらわれるような恥ずかしさの経験だった。『エッセイ第一集』で「友情」とペアになるように、その直前に置かれているエッセイ「愛」では次のようなことが言われている。「わたしはひとから言われたことがある。どこかの講演で、知性に対するわたしの尊重が強いために、わたしは不当なほど個人的な関係に対して冷たく見えたと。だがわたしはいまそうした非難の言葉を憶い出すとほとんど心がひるんでしまう。」（*CW* II 101）たとえばオルコットが著書を出して批判を受けたとき、一八三七年四月の日記には有名な一節が書かれている。「新聞はオルコットを迫害している。わたしはいまほど実践的な点での自分の無能ぶりを悔いたことはない。わたしはものを見る眼として生まれてしまい、手助けする手として生まれなかった。わたしが友人を慰めることができるのは、ただ思想によってだけで、愛や援助によってではないのだ。だが、当然彼らはそれをも求めるので、結果としてわれわれの関係はすっかりだめになってしまう。」（*JMN* V 298）友人に対する内面の愛情はあるのだが、相手の望むようにそれをあらわすことができない。ここにエマソンの「恥」のとる一つの形がある。

ジェフリー・スティールが重視しているように（Steele 121）、第一エッセイ集を書き上げようとしていた一八四〇年から四一年にかけて、エマソンは書簡を通じてマーガレット・フラー（及びキャロライン・スタージス）と友情をめぐって意見を交換している。きっかけになったのは、フラーとスタージスが訪ねた折のエマソンの「冷たさ」だった。フラーとスタージスは二人でエマソンの親しさの欠如を（おそらくは愛情をこめて）責めたわけだが、エッセイ「友情」は己れの冷たさを自己擁護する手紙のやりとりから、自らの恥ずかしさを克服して書き上げられたものだと言っていい。だが、よく考えてみれば、フラーたちが臆することなく（いわば格上にあたるとも言える）エマソンに対して、冷たいと言い募ることができたのは、そして当時としてはきわめて自由に性差を越えて友情を論じ合うことができたのは、エマソンに相手の話をよく聴こうとする開かれた態度があったからではないか。彼は手紙でフラーに「わたし以上にわたしを知る者はいません。——とても残念ですが——人間の暗い不親切さ、たとえ「火打ち石のよう」であっても彼が愛する者と面と向かい合い結び合う、その力の欠如。客人たちに対して彼はどんな償いをすることができるでしょう。それを彼自身が長い間考えてきたのです」(*Letters* II 350-51) と書き送り、更に「どうやって返礼したらいいかわからないような愛情に喜ぶことができる者がいるでしょうか？　それはわたしのことです」(*Letters* II 351) と述べている。冷たいと非難された自分を自己正当化するのではなく、その責めを甘受した上で、相手に耳を傾ける。その態度には、（エマソン自身には気づきようがなかったことだが）主体の凹みを持った者ならではの、心的な hospitality がある、と言わねばならない。

他者の非難は自己の主体に穿たれた凹みである。実際エマソンは、自らが覚える「恥」を、自己を形成するために用いるべきものと見なしていた。一八三七年十一月の日記には次のような記載が見られる。「ある熱狂者がわたしのもとに来て、禁酒運動を代弁するとき、わたしの両手は垂れる。――わたしにはどんな言い訳もできない。――わたしは自らの不活動に対する恥の思いとともに彼を尊敬する。／それから奴隷を友人に持つ者がわたしに、南部の奴隷制の残酷さを見せに来る。――有罪だ、とわたしは叫ぶ。それから博愛主義者がわたしに、市民による学校教育の恥ずべき無関心について語る。わたしは再び自らを有罪と感ずる。」そしてエマソンは記している。「わたしはこれらすべてのことをすることはできない。けれどもこれらのわたしの恥は、わたしが彼らすべてと厳密な関係を持っていることをあかす印である。これらのどの大義もわたしには無縁ではない。わたしの〈普遍的な本性〉はこのような形で印づけられたのだ。これらの咎めもまたわたしの一部分である。それらは意味なくあるのではない。」(*JMN* V 437) 現代においてはここで「普遍的な本性」と呼ばれているものをそのままに受けとることは難しいとしても、他者たちが行なっている善を自分がしていないことに対する引け目、恥の感覚を、自己の一部として内部に導き入れ、恥を通じて社会とつながる回路を見出そうとするエマソンには共感が持てるはずだ。

批判する他者に同意する主体と言えばいいだろうか。一八三八年十一月七日の日記から引けば、「わたしは認める。わたしはしばしばわたしのことを悪いとか愚かだとか言う人々に与したい気持ちになる。なぜならわたしはその両方ではないかとおそれるからだ。わたしは、どこかにこれに対する完璧な償いが存在すると信じているし、知っている。わたしの黒いところ（dark spots）のことはわたしがあまりにもよく分っている。いまだに自分自身に到達していないし、自身を満足させることもできておらず、聖なる服従からはほど遠いところにいる。――どうしたら他人を満足させることができようか？　彼らの愛に値することができようか？　不機嫌な顔や痛烈な非難の言葉が幾つかあるのは、これらすべてのわたしの欠陥にとっては、安い代償にすぎない」（*JMN* VII 140）とエマソンは書いている。ここで注意すべきなのは、エマソンが語っているのが自己の罪障意識ではないということである。ピューリタン的な罪の意識ではなく、自らの欠陥の自覚は、自分にも判らない「完璧な償い」を待ち望むことにつながっている。「自分自身に到達する」こと、「聖なる服従」によって自己を満たすことを、いまのところはできていないが、いずれはできる。そういうときに向かって、終わりなく漸進的に進んでいる。そこに到達するためには、自らの主体に凹みをつくり、「暗いところ」を自覚することが不可欠なのである。「聖なる服従」という表現が現れるのは、エマソンが到達したいリアルな自己は、我意を捨て去り、自我意識を脱ぎ捨て、はからいを去ることによってだけ達せられるからだ。主体の凹みこそが、我意を去って終わりない運動をするための糧なのだ。

三・距離

エッセイ「友情」の中でエマソンが慫慂するのは「淡いまじわり（evanescent intercourse）」（*CW* II 126）である。互いに衣服をすべて脱ぎ合うような心的な関係が現実では不可能だと悟っているエマソンにとって、それはごく自然な捉え方だったろう。この意味で、ジョージ・ケイテブ（George Kateb）の「友情については、……エマソンはとりわけ距離の唱道者（an advocate of distance）だと見なすことができる」（Kateb 128）という評言は正しい。大切な友との、この距離を介したつき合いは、エマソンの生活においては、文通という形で具体化していた。実際「友情」には手紙による交わりについて書かれた箇所がある。「オパールの色合い、ダイアモンドの光は、眼が近すぎるときには見ることができない。友人にわたしは手紙を書く。そして彼から手紙を受けとる。それはあなたにはちょっとしたことにしか見えないかもしれない。わたしにはそれで充分だ。それは彼が与えるのにふさわしい精神的な贈り物であり、わたしが受けとるのにふさわしいものだ。」（*CW* II 124）手紙を介した交流によってこそ「オパールの色合い」は眼に見えてくるというこの主張は、考えようによってはさびしいものだ。エマソンは同じエッセイの中で、友人を求める者の真の気持ちを、かりそめに戯れるように、数行の手紙の言葉にして書いている。

親愛なる友へ、——
もしもわたしがあなたについて確信があれば、あなたの能力を信じられて、わたしの気分に合わせてくれることを信じていられるなら、わたしはもう決して、あなたが来るとか去るとかについて、細かいことを気にしないでいられるでしょう。けれどわたしは賢くはなく、わたしの気分はとても簡単に動かされます。そしてわたしはあなたの天賦の才を尊敬しています。それはわたしにはまだ推し測ることができません。しかしわたしはあなたの中にわたしに関する完璧な理解があるとは思えません。だからこそあなたはわたしにとってかぐわしい責め苦（a delicious torment）なのです。わたしは永遠にあなたのもの、さもなければ決してあなたのものではありません（Thine ever, or never.）。（*CW* II 117）

この自らを下に置いた、実に屈折した言葉には、エマソンならではの友人への激しい期待と、幻滅への惧れがある。永遠の友であるためには距離をなくすべきかもしれない。しかし距離があるからこそ友への呼びかけ（手紙）は成立し、責め苦はかぐわしいものとなる。そうした友人をめぐる運動がよく窺われる。

手紙による交流という点で、エマソン自身が自覚していた相手はトマス・カーライルだった。海を隔てて、何ヶ月もの時を置きながらの文通は一八三四年から一八七二年まで続いた。ケネス・マーク・ハリス（Kenneth Marc Harris）の言うとおり、「彼らが成熟した年月にあっても最も重要なできごとを分ち合ったのは、書簡を通じてであった」のであり、同時に「しばしば考察されてきたように、もしも二人が近くに住んでいたとしたら、彼らの友情は長続きしなかっただろう。」(Harris 4) 一八三〇年代後半、エマソンは何度もカーライルに渡米を勧め、コンコードの自宅に来るようにと書簡で懇願しているが、そのさいにも、決して相手に対して踏みこまないように気をつけている。一八三六年九月十七日付の手紙にはこう書かれている。「もしあなたが友人の指図に悩まされそうになったら、あなたは牧草地へ赴かれればいい。そしてわたしの田舎の牧場で憩い、友と語らわれればいいでしょう。もしあなたがここに高貴な兄弟としておいでになれば、食事のときと散歩のとき以外は、あなたの賢明な一日を決して邪魔するようなことは起こさせません。わたしがあなたの前に出るのを慎むように、わたしはあなたを他の人々からも守りましょう。」(*Correspondence* 149) これはきわめて特徴的な、エマソン的なつき合い方である。エマソンによれば人間は誰も"insular"な(閉じた/島のようなあり方をした)存在なのだ。一八三七年五月の日記ではカーライルにも言及しながら、人間同士の交流が部分的にとどまることについて書かれている。「失望せる魂よ! われわれを隔てるのは海や貧困や職業などではない。たとえば今日わたしの戸口にオルコットがいる――しかしだからその分だけわれわれの結びつきは深まっているだろうか? いな、海も職業も貧しさも、見かけ上の柵にすぎない。〈人間〉は島状の存在なのであり、直接触れることが不可能なのだ! すべての人は無限にはじき合う球体である。そうした条件のもとで個々の存在を保っているのだ。」(*JMN* V 328-29) ホイットマンとはあまりにも対極的な感じとり方、むしろメルヴィルを想起させるような言葉である。どんなに親しくなったとしても、友人同士は互いの距離を廃棄することはできない。

海の向こうからやって来る友人を他の人々から守るというだけではない。エマソンは友人を自分自身から守らなくてはならないと述べる。

彼を自分の片われとして守れ。彼があなたにとって永久に一種の美しい敵（beautiful enemy）であるようにせよ。手なずけられず、心底から崇敬される者、すぐに追い抜かされ見捨てられるようなありふれた好都合な存在などではなく。（*CW* II 124）

ケイテブは「美しい敵」という表現に戸惑いを覚えているが（Kateb 110-12）、それほど違和感のある言葉とは思えない。距離があることは友情の支障ではなく、むしろその隔たりこそが相手を美しくする。その美しさをこそ友情に不可欠な要素として認めようとするのだ。この一節の元になった日記の記載（一八四〇年六月二十一日）には、「彼をそのままにしておけ。彼を君自身から守れ。（Leave him alone. Defend him from yourself.）」（*JMN* VII 370）という強い表現が見られる。友はまず誰からよりもわたし自身から守られなければならない。わたしもまた友の領域へと踏みこんでしまう可能性を持つからだ。「われわれは静かにしていよう。——そうすれば神々のささやきを聴き取ることができるだろう。干渉するのはやめよう」（*CW* II 124）とエマソンは言う。こうした心的態度の根底にあるのが、既に縷々述べてきた主体の凹みなのであり、「恥」の感覚なのだ。この態度は、アーシッチの言うとおり、きわめて倫理的なものである。「友人は知り得ぬままにとどまらねばならない。というよりむしろ、占有され得ぬものに。多くの批評にとって友情を思考するエマソンの失敗と見えたもの（冷たさの印とか孤立した自己への依存とか相互性のなさなどとして見えたもの）は、実際にはまぎれもない信条の核なのである。すなわち、「占有すべからず」。」（Arsić 193）冷たさや他人との馴染まなさ、疎遠さは、エマソン自身も自覚していたとおりに欠点だという視点が間違っているわけではない。同時に、だからこそ、エマソンには他者を自分のものと捉えず、あくまでも他者であるものとして感覚することができた。

友人とは「自然界における一種のパラドックス」（*CW* II 120）だと言うエマソンの主張は、文字通りに受けとめてかまわない。それはエマソンに「似ていること」と「似ていないこと」とが作り出す眩暈を感じさせた。

友情が要求するのは、似ていることと似ていないことの間のあの稀な方法である。それは相手側の力の現前と同意とによって互いの感情を害する。世の終わりまでわたしをひとりにしておいてくれ、わたしの友がふとした言葉や眼差しによってほんとうの共感を踏み越えてしまうくらいなら。わたしは敵対によっても服従によってもひとしく失望させられる。一瞬たりとも彼が彼自身であるのをやめさせてはならない。彼がわたしのものであることから来る唯一の歓びは、わたしでないものがわたしのものであることだ。（*CW* II 122、強調原文）

他者は独特な魅力でわたしを惹きつける。わたしは彼（あるいは彼女）を自分のものにしたい。だがそうなってしまったら、彼（彼女）は彼（彼女）でなくなってしまう。クロムファウトが言うとおり、「このよそよそしさを乗り越えようというわれわれの試みは、われわれがあの神秘に負っている尊敬を侵すことになるだろう。すなわち他者という神秘に。」（Cromphout 109）引用部に続く箇所でエマソンは言う。「一があり得るより前に、そこにはまさしく二がなくてはならない。」（*CW* II 123）友人関係は（エマソン自身の願望とは裏腹に）決して「一」にはならず、「二」のままでとどまる。そのことに幻滅を感じながら、相手との隔たりを持ったまま、エマソンは友人とつき合った。それは周囲の人々の期待をしばしば裏切ったが、エマソンならではの倫理性をそこに見るとき、われわれは、なぜコンコードでエマソンだけが人々のネットワークの中心にいることができたか、その理由を知ることになる。

「自己信頼」の冒頭箇所に触れながら、パメラ・J・シャーマイスター（Pamela J. Schirmeister）は「正しく言えば、わたしの〈他者〉との関係が、主体を開始する瞬間を形作る。というのもエマソンがこの冒頭箇所で示唆しているのは、自意識の命令、自己の自発的創設が起こるのは常にそして唯一〈他者〉のテキストを読む行為の中でだけだ、ということである」（Schirmeister 80-81）と述べている。確かに少なくともエマソン的な主体は〈他者〉によって開始される。充満した強固な〈我〉などエマソンには持てなかったからだ。エッセイ「友情」は、エマソンにしか書けない自己と他者との間の嵌入の在りようをすくいとっている。相手を犯すまいとする配慮の中に、主体の凹みの中で他者に侵入されている自己がある。この在りようは近代的な個人主義を越えて、現代の倫理的な主体の姿を指し示している。われわれは友人をどのように他者として扱えるか、そのためにはどのような主体の在り方が望ましいのか。わたしはそこに、エマソンを通して、strangerを前にして震える主体を見る。

第七章　エマソンの秘密　息子の死と「経験」、日記、「挽歌」

エマソンの著作において愛する身近な者の死は常に重要な意味を持っている。一八三一年の最初の妻エレンの死、三四年と三六年に相次いだ兄弟エドワードとチャールズの死、だが一八四二年一月二十七日の猖紅熱による最初の子どもウォルドーの唐突な死こそ、エマソンにひときわ特別な、深い打撃を与えたものだ。たとえばキーンは、当時僅かに五歳だったこの息子の死は「エマソンの生涯における最も破壊的なできごとだった」(Keane 472) と言っているし、フィリップ・F・グーラ (Philip F. Gura) はウォルドーの死を「この思想家の哲学における決定的な変化を画するできごと」(Gura 9) であると評している。ポーティは「とても大きな困難によって形成された彼の主観性は、いまや損なわれた。エマソンの息子の五歳での死は……致命的なほどエマソンを傷つけ、彼の気をくじき、創造への意欲を失わせた」(Porte, *In Respect to Egotism* 120) と言う。ウォルドーの喪失体験はエマソンに不可逆的な作用をもたらし、彼はこの経験を通して否応のない変化を被った。ウォルドーの死をめぐる言語表現として、われわれは彼の日記と、エッセイ「経験」、および詩「挽歌」を読むことができる。「経験」は多くの批評家によって、エマソンの書いた著作の中でも最重要なものの一つと見なされているが、これを全篇「喪の作業(work of mourning)」を中心とするエレジーとして受けとめるシャロン・キャメロンのような批評家もいる(Cameron 65)。一八四四年に書かれたこのエッセイには、既に本書第二章でも引いた、息子の死に言及した悪名高い次のような一節がある。重要なので、あらためて引く。

……われわれが苦しみの方に惹かれるような気分になることがあるものだ。それは、少なくともここでなら現実を、真理の鋭い峰や縁を、見出せるはずだと願うからだ。けれどもそれも結局は舞台の書き割りであり贋物だと知ることになる。悲しみがわたしに教えてきた唯一のことは、それがいかに浅いものかを知る、ということだった。それもまた、他のすべての物事同様に、表面でゆらゆらしていて、決してわたしを現実に触れさせてはくれない。それと接触できるものなら、息子たち恋人たちという高価な代償を支払うつもりさえあるのに。……たしかに魂は対象に触れることができない。われわれが目指し語らいたいと思う対象とわれわれとのあいだを、航行できない海のものいわぬ波が洗っている。悲しみもまたわれわれを観念論者にするのだ。もう二年以上前の、わたしの息子の死において、わたしはただ美しい地所を失った、それだけであるように思える。わたしはそれ以上にそのことを自分に近づけることができない。もし明日わたしの主要な借り主たちが破産したとしたら、わたしの財産の喪失はおそらく今後何年にもわたってわたしに多大な不便を惹き起こすことになるだろうが、そのことがあってもわたしはいまのままのわたしで、より良くも悪くもならないだろう。同じことがこの不幸についても言える。それはわたしに触れることがない。それまで自分の一部だとわたしが想ってきたもの、わたしを引き裂くことなしにはわたしから引き離せないはずのもの、それがわたしから剝がれ落ちて、なんの傷痕も残さない。それは早く散っていった。わたしは悲しみがわたしに何も教えることができないこと、ほんとうの世界に一歩も近づけないことを悲しむ。(CW III 29)

二年前の息子の死を美しい地所の喪失や借金の借り手の破産と同じ位置に置いて語るこの一節は、いつ読んでもこちらの神経を逆撫でするようなショックを惹き起こす。注意深いエマソンの読者なら、この文章が一種の強弁であり、意図的な背伸びであったことを知っているけれども、それにしてもなぜエマソンは息子の死をめぐってこのようなことを書かねばならなかったのか。日記と詩「挽歌」とエッセイ「経験」を三つの支点にして、このできごとの意味を考察してみる。それぞれに特有な秘密を見出すしかたによって。

一・『ジャーナルJ』の秘密

ウォルドーを亡くした直後からのエマソンの日記を読んでいくと、そこには深い悲しみと喪失感が窺われる。二月二十一日、講演で訪ねていたプロヴィデンスからコンコードへ帰宅したときには「プロヴィデンスからさびしい家に帰宅する。親しい友人たちが迎えてくれたが、あのすばらしい子（the wonderful Boy）はいない。なんという奇跡をわたしは求めていたのだろう！」（*JMN* VIII 201）と記されているし、三月二十三日の記載には次のようにある。「あの子がだいじにやさしく持ち帰り母親に飼っておくようにと頼んだ蛹は、いまだに生きている。なのに人の子の中で最も美しいあの子はここにいない。／わたしにはこの事実について、その苦しさの他は、何一つ理解できない。どんな説明も見出せないし、事実そのものからはどんな慰めもあらわれない。ただ気散じがあるだけだ。ただこのことを忘れて、新しい事物に向かうことだけ。」（*JMN* VIII 205）「説明」も「慰め」も一切見出せないこの事実によって、エマソンは息子の思い出の記録へと促された。『ジャーナルJ』（*Journal J*）と題された日記には、ウォルドーの生前の印象的なエピソード、言葉などが列挙されている。

同時にまたその事実は、やがて二年後にエッセイ「経験」へとつながっていく思考の記述を生んだ。エマソンのエッセイが膨大な日記から文章を取り入れて作られていることはよく知られているが、「経験」もまた数多くの日記の文章を取りこんでいる。「経験」の素材になった文章の断片は必ずしもウォルドーの死後にだけ書かれたのではないが、このエッセイの構想は一八四三年の五月下旬に『ジャーナルK』（*Journal K*）に初めて現れ、ウォルドーの死の衝撃を受けたあとの思索がエッセイの要をなしている。『ジャーナルK』は一八四二年二月四日から、すなわち一月二十七日のウォルドーの死の約一週間後から、新たにつけ始められた日記である。エマソンはウォルドーが死んだとき、『ジャーナルＪ』を用いていたのだが、日記全集の編集者の注釈によれば、ウォルドーの思い出を更に書き足せるようにページを五ページ分ブランクにして残しており、ウォルドーの死後間もなく、『ジャーナルＪ』を脇に措いて新しい日記『ジャーナルＫ』に引き続き日記をしたためたという（*JMN* VIII 167）。『ジャーナルＪ』が再び使われ始めるのは四月下旬であり、少なくともその時期までの三ヶ月近くは、新しいノートである『Ｋ』を用いていたのだ。その冒頭、二月四日の記載の中に「わたしはこれから自らの秘密の心の中でも〈真理〉であるものを語ろう、あるいは神と呼ばれるものに逆らってでも真理を考える（*think the truth*）ことにしよう」（*JMN* VIII 199-200）という文が見られる。最愛の息子の死に際して、大きな圧力に抗しても「秘密の心（secret heart）」に潜んだ〈真理〉（"the Truth"）を明るみに出す、こうした決意が後の「経験」へと結実したことは疑いの余地がない。以降、このエッセイの元になる思索の断片が次々に現れる。上記の決意のすぐあとには次のような一節が書かれる。「世の中で痛みと呼ばれるもののなかに、どんな阿片が滴らされていることだろう！　それに近寄っていくときには何かおそろしいもののように見えるが、実際には耐え忍ぶべき荒々しい摩擦はなく、ただ最も滑りやすい不確かな表面があるばかりだ。われわれは静かに思い当たる。人々は嘆き、歯噛みする者もいる、しかしそれは彼らが言う半分も悪いものではないのだ。われわれは苦しみの方に惹かれるような気分になるが、それは、少なくともここでなら現実を、真理の鋭く尖った峰や縁を、見出せるはずだと願うからだ。だが実際にはそれは舞台の書き割り、贋物、幽霊なのだ。」(*JMN* VIII 200-01) 先に引用した「経験」の一節の原型（の一部）がここにある。「秘密の心」が蔵する真実の中には、おそらく、最愛の子どもの死によって感じる悲しみの感情でさえも、ほんとうのリアリティには人を導いていかないという洞察が潜んでいたのだろう。エマソンがその死を嘆き悲しんでいなかったのではない。だからここにはある種の分裂があるのだが、エマソン自身それを痛切に自覚していたことは、『ジャーナルK』の一八四二年四月の記載、「わたしは統一されていない、自分に対して協調できない、わたしは自らを噛み引き裂く。わたしはわたしが恥ずかしい」(*JMN* VIII 236-37) を読めば判る。しかし同じ四月、少しあとのところでエマソンは、唐突に「わたしは自分が恥ずかしがっていることを恥ずかしくは思わない」と書くのだ (*JMN* VIII 242)。己れの分裂状態は恥ずかしい、しかし自分を恥じている在りよう自体を恥じ入る必要はない、という小さな心の態勢の向き直りが、ここにある。エマソンが『ジャーナルK』から『ジャーナルJ』へと戻るのはこの時期、つまり一八四二年四月だが、おそらくこの恥をめぐる記載が、前のノートブックへエマソンを戻らせた契機となったのだ。その少し前、分裂に関する自らの姿勢を示す悲痛な日記の一節では（既に第一章で引いた箇所だが）次のように書かれている。「自らの心の芯にあるこの言い表せないものをわたしは崇敬する、しかしそれは決してわたしと話をしようと降りてきてくれない。……それはわたしの人生 (biography) の細部に入ってきて、なぜわたしには一人の息子と娘たちが生まれてきたか、なぜわたしの息子が生まれて六年目で歓びの内に死んだかを、わたしに告げてはくれない。……この神的存在が心の芯で輝き、限りない予感でわたしにあらゆる力を与えてくれるのに、にもかかわらずわたしは知っているのだ、あすもまた今日と同じであり、わたしは小人であり、小人のままだろうということを。つまりそれは、わたしが〈運命〉を信じてしまっているということだ。わたしが弱いままである限り、わたしは〈運命〉を語るだろう。神がわたしを一杯にまで満たすときには、わたしから〈運命〉が消え去るのを見るだろう。／わたしはいつも敗北する。だがそれでもわたしが生まれたのは、勝利に向かってなのだ。」（*JMN* VIII 228）子どもの喪失の意味が分らず、その衝撃に打ち拉がれながら、それでも前を向いて生きなければ、と願うエマソンの苦悩が窺える。

エマソンの日記には一つの秘密が見出される。それは、ウォルドーの死の直後、先に述べた思い出を書き記すために空けられた五ページ分の空白のページの直前の部分である。一八四二年一月末から二月初めにかけて書かれたと思われる四ページ分、六一ページから六四ページまでの紙二枚分のページが破られているのだ（*JMN* VIII 166）。このページもまた空白だったのだろうか？全集版の編者の注によれば、この破られたあとの六二ページの切れ端にはエマソンの書いたインクの跡が残されているという。しかも彼は日記を書き上げたあとの習慣として、記されたトピックごとに詳細なインデックスを作り、日記の見返し部分（『J』では裏表紙前の見返し）に記していたのだが、『ジャーナルJ』のこの破られた六二ページの箇所に対しては、「悲しみ」と「経験」という見出しが付けられていたのだ。おそらく六二ページと六三ページの見開きの箇所に、二つの主題をめぐるなんらかの文章が書かれていたはずだ。

この箇所の日記のページを一体誰が、なぜ破いたのか。エマソンの日記は彼一人が読み直すために書かれたものではなく、親しい信頼できる人たちには、エマソンは自分の日記を読むことを許していた。ローレンス・ロゼンウォルド（Lawrence Rosenwald）の表現によればそれはエマソンの「対話的なジェスチャー」（Rosenwald 78）であり、日記はいくぶんかはパブリックな性格を帯びた表現行為だったと言える。実際、カーロス・ベイカー（Carlos Baker）のユニークな伝記には、ウォルドーを亡くしたあとの時期に、この子どもの死を深く悲しんでいたマーガレット・フラーが、許しを得てエマソンの日記を読んだという記述がある（Baker 197）。もちろんそれはソローにも、またウォルドーの母親である二番目の妻リディアンにも読まれただろう。しかし、ソローやフラーといったいわば他人に、日記を破るようなことができたはずはない。妻のリディアンは、エマソン以上にこの息子の死を激しく嘆き悲しみ続けたとベイカーが記している。もしもこのページに、ウォルドーの死の「悲しみ」に関して、エッセイ「経験」の引用箇所のような否定的な記述が見られたとしたら、それをリディアンが激しく拒否しただろうと想像できる。しかし、夫を思想家として尊敬していたリディアンが、勝手にエマソンの日記を破り捨てたとはやはり考えられない。日記を破ったのはエマソン本人だったのだろう。この点で参考になるのは一家の共通の知人であるキャロライン・スタージスに二月四日付けで書き送られた手紙である。そこには「ああ！　わたしが一番悲しいのは自分が悲しめないということです。この［死という］事実が他の数ある事実より深く喰いこまないことです。それは他のできごと同様に夢のように存在しています。炎はわたしの河の面をただちらつき揺らめくだけです。あらゆる経験が――最も大切で最も身に沁みるはずだと思えるものでも――まるで風のようにただ頬を撫でるだけで過ぎ去っていくのでしょうか?……」(*Letters* III 9)と書かれている。もっと激しい悲しみに身を捩るほどであるべきなのに、まるで「表面」を撫でる風のごとき有り様でこの経験が過ぎていくのかというこの自問は、形を変えてエッセイの先に引用した箇所に引き継がれる。一方重要な部分には大抵日記に対応箇所を持つエッセイも、冒頭で引用した悲しみの浅さを語ったパッセージについては、全集版の注釈はスタージス宛のこの書簡を出典として記すのみなのである。つまり破られた『ジャーナルJ』のページには、この手紙と通じ合う事柄、「悲しみ」の不十分さやそれが「経験」について教える感情的に好ましくない内容が書かれていたと推測することができる。そのページをエマソンが破った事情には、たとえば誰よりも激しく息子の死を嘆いている妻のリディアンへの配慮があったのかもしれないし、あるとき自分でもその内容を読むことが懼れを呼び起こしたのかもしれない。いずれにせよ『ジャーナルJ』の秘密は完全には解けない性質のものだ。しかし破られたページの痕跡は、エマソンが息子の死をめぐってある種の分裂状態にあったことを、そう言ってよければある種の引き裂かれのようなものを、メタフォリックに示している。書いてしまったが、消し去りたくもあったものが、そこには存在していたのだろう。

二・「挽歌」の秘密

「挽歌」はウォルドーの死の悲しみを正面から扱った詩で、一八四六年の最初の詩集に収められた。ピーター・バラーム（Peter Balaam）によれば、エマソンはこの詩の最初の七つのスタンザ、息子の喪失を嘆く部分をウォルドーの死の直後に書き、未完のまま一年以上放っておいたと言う（Balaam 47）。それに続く残り三つのスタンザは息子の喪失体験を嘆く詩人に対して、「深い心（the deep Heart）」と呼ばれる神的な存在が世界の法を語りかけることで悲しみを癒そうとするパートに当たる。この詩を最も詳細に論じているキーンは、エマソンは当初からウォルドーへのエレジーを最終的に慰めと償いに向かわせることに決めていたが、その転換をなすには四年の歳月を要した、と指摘している（Keane 493）。創作過程も示すように、前半部と後半部、つまり父親の嘆きのパートと全体性を体現する「深い心」の慰めのパートの間には、亀裂が存在している。「挽歌」の秘密はこの亀裂にある。エマソンは「挽歌」を書くことでほんとうに悲しみを癒されたのか、むしろ両パートの継ぎ目のブランクの一行には、超えることのできない深淵が横たわっていたのではないか。

全部で十連からなるこの詩の最初の七つのスタンザでは、ウォルドーの生前の姿の回想が現れ、既に述べた日記でのウォルドーの思い出の記録が生かされている。また詩の草稿や書物の引用を記すための『小型版日記ノート』（*Journal Books Small*）と編集者によって名づけられた日記には、前半部の原型となる詩行の断片が幾つも書き付けられている。この詩は第三連に「数日前にはわたしにはできた／お前の足どりを見まもること、お前の居場所を知ることが」（*Collected Poems* 117）とあるように、子どもを失ってほんの数日後の詩人の状態が記されている。第二連の冒頭「いまは空っぽなわが家が見える／樹々が枝を整えているのが見える」（117）とか、第五連で「色が塗られた橇はかつてのままに置かれている／紐のついた杭のそばに犬小屋がある／壁の支えのために集められた小枝がある／雪が降れば建てるつもりの雪の塔の壁の支え／砂にあの子が掘った不吉に見える穴／そして建てられたり計画されたりした幼年期の城／あの子が毎日行った場所がわたしにはよく見分けられる――」（119）と言うように、いまやウォルドーが不在となった世界の状態が記述される。世界は変わらずにそこに在るのに、あの深い青い眼をした少年は去ってしまったと嘆かれるのだ。「あの水晶の岸辺で遊んでいる／数え切れない群れのなかの一人の天使も／降りてきてあのたった一人の子ども（that only child）を救えなかった」（120）という箇所から窺えるように、エマソンが嘆くのはウォルドーがただ一人のかけがえのない存在であったこと、その単独性である。同時にこの悲しみは「普遍的な望みは満たされたが／誰もが疑い手探りせねばならない」（120）ゆえに、みなが経験する普遍的な感情でもある。エマソンは

お前を持ち去った熱心な運命は
わたしの最大の部分を奪って行った
この喪失はほんとうに死に向かうことだ（121）

と記し、冒頭で紹介した「経験」のパッセージとは真逆の心情を語っている。

『小型版日記ノート』のこの詩の原型となる詩行のメモには、詩の断片の中間に、鉛筆書きで書かれてほとんどは消されてしまって読めない短い文章の痕跡が挟まっている。辛うじて読み得る部分は「わたしが彼を慰めると、ぼくのために悲しまないで、と彼は言った」となっており、編者は注で「死の床にあるウォルドーの回想か?」と疑問符とともに記している（*JMN* VIII 452）。はたして死にゆく五歳の少年がそういうことを言っただろうか、しかもこの部分はエマソンによって消されている、と考えると、むしろこの文は、死後のウォルドーの魂とエマソンとの間の会話、つまりエマソンが心中で想像した交流を記したものではないかと思われてくる（もし夢で見たとしたら彼は日記にそう書いただろう）。ウォルドーの霊が自分に現れて「ぼくのために悲しまないで」と告げたとエマソンは幻視・幻聴した、しかしそれはいわば空想であり、真実でないことを書き残すことになるので、彼はこの部分を消してしまったのではないか、とわたしは推測する。そうだとしても、その想いには、愛する死者に対する生存者の側の普遍的な態度が窺われるだろう。喜びを糧として生きた子どもが悲嘆に暮れる父親をよしとするはずはない、子どもの生前の喜びに値する自分でありたいと願う、そういう気持ちは深く頷けるものだからだ。

エッセイ『ネイチャー』以来のエマソンの主張において、死者の喪失を悲しみ続けることは、思想的には否定されねばならないことだった。それゆえ最愛の息子の死にさいしても、妻のリディアンが嘆き続けるのに対して、エマソンはなんとか前を向かなければと自らを鼓舞しようとしていたと思われる。息子の霊の幻影が「ぼくのために悲しまないで」と語りかけたとすれば、そしてそれを「挽歌」の詩の草稿の間にいったん書き付けたとすれば、この詩の最後の三連の「深い心」の語りかけに、彼の思想の大きなものが賭けられていたことになる。「深い心」は詩人の内部の奥深い声というよりも、個体の生死を決定できる、生殺与奪の権を持った創造主のごとき存在として登場する。「深い心」が告げることを整理して紹介すれば、それはエマソンのそれ以前のエッセイにも述べられていたような〈生成〉としての世界観を提示していると言える。そこでは個的生命に対して、全体としての生命が語られる。

光が光であるのは四方に放射されるから
血が血であるのは循環し続けるから
生命が生命であるのは新たに命を生み出すから
そして多数に見える生命はひとつだ――　(*Collected Poems* 123)

この生成やまない生命について「ほとばしる生命は自らの法則を忘れたりするだろうか?／〈運命〉の光耀く回転は停止したりするだろうか?」(123) と述べられるように、個体としてのウォルドーの生に固執することはむしろ命の法則を忘れ去ることであり、運命の回転の停止を望むことなのだと「深い心」は告げる。また最後の連では「創造主（Maker）」の世界の創造について、「先へと進む力と遂行する力によって造られ／し終えてしまった行為ではなく、いまおこなっている行為によって造られる」（124）と語られる。いま現に為されている運動によって世界は成っているというのは、たとえばエッセイ「自己信頼」で「いま生きているということだけが役に立つ。これまで生きたということではなく。……世間が唯一嫌悪すること、それは、魂は生成変化するということだ」（*CW* II 40）と語られていたことを想起させる。こうした法則は「ことばを超え、信仰を超えている／またそれは悲しみという冒瀆をも超えている／〈自然〉の中心の神秘なのだ」（*Collected Poems* 122）。

個別の生命現象をあくまでもいっときだけ生じる部分と見なし、全体としては増えも減りもしないもの、この詩の言葉で言えば「全なるものの霊」と呼ばれるものから世界を見るこのような視点が、締め括りの三つのスタンザにおける認識の基盤である。それが詩人に求める望ましい態度とは、「なんじの胸を〈自然〉の脈打つ胸に合わせよ」（*Collected Poems* 122）とあるように、自然の波動に同調することだ。詩人は「わたしはなんじに視る力を授けた――それはいまどこに在るのか？」（122）と問われ、「お前には世界が刻々変化するその美しいさまが受けとめられないのかと言われ、「なんじの心を開いて知ろうとはしないのか？／虹が教えるものを、夕陽が示すものを」（123）と告げられる。

「深い心」が詩人に与えるこうした助言は、やはり過酷なもの、あるいは暴力的なものだ。その暴力性はおそらく、突然に息子を病によって奪われた衝撃の暴力性を、その強度において反映するものだろう。もともと結末を償い（compensation）の方向へ至らせようと思い定めて書かれた無理が、この部分にはのしかかっており、それが書かれるのに何年間かを要したというのも、この無理を表している。最後のスタンザの「創造主を敬え。なんじの眼差しを上げて／造り主のやりかたを、また天空の作法を見よ」（*Collected Poems* 124）という命令は、もちろん創造主としてのキリスト教的な神を想定しているが、たとえば「呼ばれもしないのに、答えることのない〈運命〉を審問しようとするのか？　お喋りな者よ！」（123）と「深い心」が問いつめるとき、それは旧約聖書の「ヨブ記」を想起させずにはおかない。キーンもバラームもその類似性に気づいているが、或る意味でこの詩はエマソン版の「ヨブ記」であるとも言える。生殺与奪の権を持つ大いなるものは「〈思想〉の危険な渦巻きが押し寄せて／小さな汀が溢れてしまったときには／脆い〈自然〉にもはや持ち堪える力はなく／そのときには〈霊魂〉が時を打ち鳴らす／わが下僕たる〈死〉が解決のいとなみとして／有限のものを無限のものへと注ぎ入れるのだ」（123）と語るのだが、一個人の受容の限界を超える思想が押し寄せるときには、死を遣わして個人という有限のものを無限の中へと返す、と言われて、個人は、というよりエマソン自身が、その答えに納得できただろうか。

ここで重要なことは、個体の個別性ないしは単独性に固執しないようにと説く「深い心」の言葉の中に、次のような箇所があることだ。

わたしがなんじのもとへ来たのは友としてだ
そなたにわたしが遣わしたものは
教師ではなく歓び溢れる眼だ
空にも匹敵する無垢なもの
愛らしい頭髪、驚異のかたち
森林の遠雷のような豊かな笑い声だ（*Collected Poems* 122）

なぜ個体性への執着を棄てるようにと諭す存在が、ウォルドーの「愛らしい頭髪」という「驚異のかたち」を、また「森林の遠雷のような豊かな笑い声」を言上げする必要があったのだろう。おそらくここには、作者エマソンの油断とでもいうべきもの、つまり「深い心」の言葉を創作しながらも、制御しきれずに亡き子どもの面影が浮上してしまった、その痕跡が残っているのだと思える。つまり創造主のような「深い心」の言葉においても"that only child"の失いようのない交換不可能な姿が消えずにいるのだ。それ自体、エマソンが自ら考案した後半部の答えに説得され切らなかったことの証である。

わたしが「「挽歌」の秘密」と呼ぶ前半部と後半部の間の亀裂、深淵のみなもとがここにある。「ヨブ記」において、世を呪うヨブに対して現われ語りかける神の言葉を聴いて、ヨブは己れの傲慢さを悟り、深い納得の言葉を吐く。しかしこの詩において、それに対応するような詩人の応答は存在しない。応答の言葉を記さなかった点に、わたしはエマソンの誠実さを見るのだが、そのためにこの詩は、「人は愛する者の現前を見失っても悲しみに囚われるべきではない」という前向きの主張に、読者が深く頷くようにはできていない。大いなる存在の言葉を聴いて、語り手は何を感じ、どう思ったのか——そこが「挽歌」のどこまでも解き得ない秘密だ。それを生んだものは、息子ウォルドーという個体のかけがえのない存在だった。〈単独性〉という概念がいまだ存在していなかった時代、むしろ個人は何か普遍的なものの代表としてこそ価値を帯びるものと見なされていた十九世紀半ばにおいて、エマソンにこうした事柄が窺える事実は、それ自体彼の誠実さの証のように見える。

三・「経験」の秘密

息子の死の悲しみはなんらの傷も残さなかったという、冒頭に紹介した「経験」の一節はなぜ書かれたのか。もちろんそれは、「自分が存在しているというわれわれの発見は、とても不幸な、けれども変えるには遅すぎるような発見である」（*CW* III 43）と言われるような状況をポジティヴに捉え返すためであり、「新しい主張は、社会の様々な信仰だけではなく、懐疑主義をも含みこむものになるだろう。そして幾つもの不信仰の中から一つの信条が形づくられるだろう」（*CW*

III 43）と言われるように、疑いを乗り越えて新しい肯定に行き着くためだった。そのために、「挽歌」の後半部のメッセージと似たような生命の姿がより散文的に表現される。たとえば力をめぐる一節、「どこにもとどまらずたえず枝から枝へと飛び移る鳥のように、〈力〉はどの男や女にも滞留せず、一瞬の間この人間から言葉を発しては次の瞬間にはあの人間から語るものなのだ」（*CW* III 34）がその一例だ。また科学的な知識を利用した「新しい分子学は原子と原子の間に天文学的な隙間があることを示し、それによれば世界はすべて外部であって、内部というものはないことになる」（*CW* III 37）とか、「胚の生長において、たしかエヴァラード・ホーム卿は、進化は唯一の中心点から発するのではなく、三つかそれ以上の点から同時に働くものであることに気づいた。生命には記憶はない」（*CW* III 40）といった主張が表れるが、それは静止した存在たる個体への執着を、リアリティの側から否定するための根拠として提起されている。個体として存在する人間はおのおのの「主観のレンズ」を通してしか認識ができずに、ほんとうには無いものを在るものと見なして苦しむ。また、最愛の者を失えば、それ以降自分が生きていくことすら不可能だと思えるのに、実際には新たな世界の様相に喜びさえ感じることができる、その忘却の在りようについて、エマソンは人間の意識の構造上、現在というつかのまの時間を除いては、過去を憶い出すことも未来を期待することも必要以上にはさせないようになっているのだ、とも言おうとしている。日記の一節を引けば、「病と有機的法則はわれわれの限界である、というのもわれわれが個体で、〈宇宙〉ではないからだ」（*JMN* VIII 362）と語られるような問題意識が、このエッセイの方向性を示唆しているのだ。個体として在ることは「限界」である。それではこの限界を離れ去ること、すなわち個体性という条件を逃れることは可能かと言えば、もちろんそれが不可能なことはエマソン自身が承知していた。このエッセイは元々日記では「人生」（"Life"）と題される予定で構想されていたのだが、ウォルドーを亡くすという経験・体験によって、自分がそれまで練り上げてきた思想が、自らの人生において試されていたのである。

このエッセイを一読すれば明らかなように、エマソンは哲学的な意味では、個体が身に引き受ける難問を決して解決できなかった。それを端的に示すのは結びのセクションの言葉で、それまで述べてきた人生の特徴を列挙したあとでエマソンは言う。「わたしにそれらの順序を告げる能力があると言うつもりはない。わたしはそれらを道の途中で見つけたとおりに名づけただけだ。自分の描く絵が完璧であると主張するほど愚かではないつもりだ。わたしは断片である。そしてこの文章もわたしの一つの欠片である。」（CW III 47）エマソンはかつての『ネイチャー』のときとは異なり、何らかの体系だった哲学を構築することを諦めている。結び近くで彼は「わたしはたくさんの美しい光景を無駄に見てきたわけではない。わたしが過ごしたすばらしい時を。わたしは十四歳のときのような初心者ではないし、七年前のわたしでもない」（CW III 47）と言うが、一八四四年に仕上げられた「経験」の七年前とは一八三七年、「アメリカン・スカラー」の書かれた年であり、その前年に『ネイチャー』が刊行され、ウォルドーが生まれている。その間に彼が見てきたと語る「美しい光景」や過ごした「すばらしい時間」の中に、息子ウォルドーの記憶が含まれていないことはありえない。

哲学による懐疑の克服は挫折し、「経験」が代わりに示すのは、第二章で述べたように、「中間の世界」(*CW* III 37)と呼ばれるものである。「われわれの存在の中間の区域、それは温帯の地域である。確かにわれわれは純粋な幾何学や生気のない科学の、空気の薄い寒冷な領域へと登攀することはできるし、肉体の感覚の領域へと沈みこむこともできる。がその両極の間に、人生の、思索の、精神[霊]の、詩の赤道がある——それは細い帯だ」(*CW* III 36)と言われる、それは細い途中の道である。この中間性は、エッセイ冒頭の、頭上の行き先も足下の出発点も霧によって隠されて見えない長い階段のメタファーによっても、優れた詩的表現を与えられている。それは「ひとが歩かねばならない線は髪一本の幅しかない」(*CW* III 38-39)と言われるように、非常に危うい均衡の上にあるトポスであり、別の比喩表現では、スケートで滑ってゆく氷の表面のようなものとして提示されている。(「われわれは幾つもの表面のただなかで生きている。生きることのほんとうの技術とは、それらの上を上手に滑っていくことだ。」(*CW* III 35))あるいはそれは流砂として示される場所である。(「われわれは喜んで碇を下ろそうとする、ところが投錨地は流砂なのだ」(*CW* III 32))こうした表現は息子を亡くしたあとのエマソンの人生の感じとりかたをメタファーによって表現しているが、このエッセイの中では決してネガティヴな意味合いを与えられてはいない。先のスケートの箇所の続きを見れば、「最も古びた黴臭い慣例の下でも、生来の力を持ったひとはまっさらの世界の中と同じようにさかえることができる、物事に対処し遇する技術によって。彼はどんなところにも足場を持てる」(*CW* III 35) と述べられている。こうした生き方が肯定されるのは、「イメージすることはできるが、分割したり倍化したりはできない」(*CW* III 45) のが人生だという認識があったからだし、「われわれはこの貧しさにしっかり摑まっていなければならない、それがいかに外聞の悪い (scandalous) 状態であっても」(*CW* III 46) と言うように、たとえば息子の死のあとも自らは変わらずに生きており、その痛みの記憶さえ、時間とともにやわらいでしまうというスキャンダラスな事実、その人間の弱さ、「貧しさ」しか、拠って立つものはなかったからだ。エマソンは「経験」を書くことで追いつめられ、自らの個性が受けた暴力をはねかえそうとし、悲しむことと悲しみきれないこと両方の生の姿を見つめて、冒頭に引用したような暴力的な言葉をあえて綴らねばならなかった、と言うべきだろう。

四・エマソンの秘密

しかし、実は「経験」というエッセイの秘密はこれだけにとどまらない。日記とエッセイのテキストを詳細に比べて見ていくと、ある箇所でとても興味深い事実に気づく。エッセイには次のようにある。

……人生そのものは一つの泡、一つの疑いであり、眠りの中の眠りだ。そうならそうでいい、人々には言いたいように言わせておこう——けれどもお前、神の愛し子よ！　お前の内なる夢に耳を傾けるがいい。お前は蔑みや疑いの内に見失われることはない。そんなものはたくさんある。自分の部屋にとどまって働け。やがてはみんなが何をすべきかについて同意するまで。お前の病やお前のちっぽけな習慣は、彼らに言わせれば、お前にこれをしろとかするなとかと要求するだろう。だが知るがいい、お前の人生はつかのまの状態、一夜の宿りのための幕屋だということを。だからお前は、病であろうと健康であろうと、あてがわれた仕事をし終えるのだ。お前は病気だとしてもこれ以上悪くなることはない。そして宇宙はお前を大切に抱き、やがていっそうよきものになるのだ。（*CW* III 38）

この一節の後半部の元になった文章は、日記では一八四三年の七月八日の記載の直前、おそらく六月末から七月初めにかけての頃に書かれている。

……お前の病やお前のちっぽけな習慣は、彼らに言わせれば、お前にこれをしろとか、あれを避けろとかと要求するだろう。だが知るがいい、愛する者よ（Beloved）、お前の人生と存在（thy life & being）はつかのまの境遇、一夜の宿りのための幕屋だということを。だからお前は病であろうと健康であろうと、あてがわれた仕事をし終えるのだ。——お前は病気だとしてもこれ以上悪くなることはない。そしてお前とお前を大切に抱いている宇宙は、おお小さい子よ

(o small boy)、いっそうよきものになる。(*JMN* VIII 433)

エッセイで thou という二人称で語りかけられている者が誰なのかは不明で、ただ「神の愛し子」と言われているだけだが、日記の最後の文にある“o small boy”を見れば、ここでエマソンが、病で年若く亡くなったウォルドーのことを念頭に置いていたことは明らかだ。つまりエマソンはこのエッセイの中で、亡き息子に対して語りかけている。しかし他人には気づかれないようにその痕跡を消しているのである。

そう思ってエッセイを読めば、そこに子どもの影が出ていることが判ってくる。「子どもが尋ねる、「ママ、どうしてぼくはこのお話を、きのう話してくれたみたいに好きじゃないの?」ああ子どもよ、最も年老いた智天使でさえそうなのだ。だがこう言えば答えになるだろうか。それはお前が生まれたのは全体に対してであるのに、このお話は特殊だからだよ、と。」(*CW* III 33)この一節の原型は先の“o small boy”の直前の日記に見られるのだが、この子どももまたウォルドーの影ではないのか。たとえば生前の一八三八年十月の日記には、「「ねえパパお願い、お話を聞かせて」そう二歳の子どもが言う。いったい誰が、この小説は自然の内に基礎を持っていないのだと告げられるだろうか?」(*JMN* VII 113)とウォルドーのことが記されていて、このかつて自分に話をせがんだウォルドーの記憶が、エッセイで母親に話をせがんで文句を言う子どもの姿に重なっていたことは容易に想像できる。一つの話は特殊(particular)であるから飽きてしまい、人は全体（whole）のために生まれたのだという子どもへの返答は、そのまま個体に執着せず全体を見よという「挽歌」の後半のメッセージと呼応している。だとすればここでは、そうしたメッセージを他ならぬウォルドーその子に向けて語っているエマソンがいることになる。かけがえのない相手に対して、世界においてはかけがえのなさに執着すべきではないのだと、告げていることになる。

息子の死はなんらの痕も残さなかったと初めの方で語ったそのエッセイにおいて、実は死んだ息子は隠れ潜んでいる。しかもわたしの考えでは、それは子どもという状態を通じて、父であるエマソン自身と通じ合っているように思われる。『ジャーナルJ』のウォルドーが死んだ直後の記載で、「悲しみはわれわれみなをもう一度子どもにしてしまう　知的な差異を破壊する　最も知識ある者でさえ何も知らない」（*JMN* VIII 165）という文章が綴られている。息子を喪ったエマソンは悲しみによって子どもの状態になっている。エッセイにおいて「子どもの遊びは無意味だが、とても教育的な無意味なのだ」（*CW* III 34）と彼は書くが、元型となった日記では「〈祈り〉の習慣は哲学的なものではない――科学の眼から見ればそこには何か理屈に合わないばかげたものがある。それは子どもらしいことで、子どもの遊びと同じように、無意味だがとても有益で教育的な無意味なのだ」（*JMN* VIII 281）とあって、元々これは「祈り」について言われたことであったと判る。一八四二年六月十五日の日記に「わたしが何を言ったかでではなく、わたしが何を祈ったかによって、わたしを覚えておいてほしい」（*JMN* VIII 176）という言葉を記していたエマソンは、ウォルドーを亡くしてもちろん深く祈ったことだろう。とすれば、エッセイで出てくる子どもは、ウォルドーを喪った経験を経て、為すすべを知らず子どものようになった自分でもあるだろう。他にも何箇所かで子どものイメージは出てくるのだが、要するに、己れが「人生」で出会った難問について全力で取り組んだこのエッセイは、子どもとしての自分自身を説得するようにして書かれたものなのだ。そしてそこには死者ウォルドーが入りこんでいる。だから、最後の段落でエマソンが、

　だが、けちくさい経験主義によって法を速断するような絶望から、わたしが離れていられますように――なぜならそこには正しい試みはなかったのだから。それでもそれは功を奏してきた。耐えろ、耐えろ、(Patience and patience,) われわれは最後には打ちかつのだから。(*CW* III 48-49)

と励ましの言葉を発するとき、最初出てきた「わたし (me)」という単数の代名詞が次の文では「われわれ (we)」になるのだが、この“we”は、読者一般・人間一般であるだけでなく、エマソンとウォルドーのことでもあったと考えてよさそうだ。ウォルドーは半ばエマソンの内部に棲みついていた。彼の内側に内部化されながら、彼自身によっても対象化できない存在。それこそがエマソンにとって自分でも秘密とは気づくことができないような秘密だった。日記と「挽歌」と

「経験」の表現を促した死者ウォルドーは、不在のままに存在する。そこには人間の単独性が及ぼす、論理では解くことのできない謎が、裏返しの形で浮上している。秘密はエマソンが思っていた以上に深かったのだ。

第四部　自己から世界へ

第八章　もう一つの〈自己〉

〈キャラクター〉をうたう〈詩人〉

一・「自己信頼」から「経験」へ

エマソンにおける自己の問題を、西欧近代型の〈自我〉との差異・ずれから考え、その現代的な射程をうかがってみよう。たとえばポール・スタンディッシュ（Paul Standish）が「自己を超えて」と言うとき、彼の語る「慎み」のある生き方は「自己」という構え方、言上げのしかた、意識のしかた自体に疑問を投げかけるものである（スタンディッシュ、『自己を超えて』）。エマソンは自己という概念にいわば思想家として自覚的に関わる。だがそれも普通に言う「自己」を超えるためだと言える。エマソンの自己の在り方を論じるとき要になるテキストは一八四一年のエッセイ「自己信頼」だが、そこには一見すると二つの相反する自己が語られているように見える。ひとつは、いかにもアメリカ的なエゴを強固にするかのような言説であり、もうひとつは流動する主観性、運動そのものを本質とするような主体を語る言説である。前者が西欧近代のデカルト的なアトミスティックな自己像に符合するとすれば、後者はミスティックでディオニュソス的な、流れの中のつかのまの淀みのような在り方を打ち出している。

前者の印象を醸し出す言葉を引用しようとすれば、次々に挙がってくる。「自分を信じよ。あらゆる心はその鉄のような弦に触れて響く。」(*CW* II 28)「一人前の人間になりたいなら、誰でも非順応主義者にならねばならない。」(*CW* II 29)「自らのなすべきことをなせ、そうすればあなたは自分を力づけられるだろう。」(*CW* II 32)「スパルタの横笛の音を聴こう。」(*CW* II 35)「ならばひとには自らの価値を知らせよう、そして物事を彼の足もとに従わせよう。」(*CW* II 36)「自らを主張せよ、決して人真似はするな。」(*CW* II 47) ――こうした文の数々は、文脈から切り離して抜き出せば、あたかも他者や社会を無視してまでも自己の意志を貫けと言っているかのように響く。それは周囲の他者の言うことには耳を貸さず、世界を領土化していくことを肯定しているかのようだ。少なくとも拠って立つべき確固たるものとして「自己」(self) が何より重視されているとは言えるし、それが「自我」(ego) の表現であるように見えるのも確かだ。そこでは、男らしく真直ぐに、堂々と生きるスパルタ的なマスキュリニティが浮かび上がってくる。十九世紀中葉のアメリカ東部の文化において、そういう男性主体のモデルは望ましいものとして行き渡っていたし、エマソンにもそれを肯定している側面があった。

だがたとえば彼の男らしさが次のような形で表れるとき、その受けとめ方は変わってくる。既に本書で重視してきた一節だが、再度引用する。

いまひとはおずおずとして弁解がましく、もう、すっくと立っていない。ひとは勇気をもって「わたしは考える」、「わたしは在る」と言わないで、ただどこかの聖者か賢者の言葉を引用する。彼は一枚の草の葉、一輪の薔薇の花を前にして、恥ずかしい思いがする。いまわたしの窓の下で咲いているこれらの薔薇は、これまであった薔薇とも、よりきれいな薔薇とも、何の関わりも持っていない。それらはいまそうであるがままに存在している。今日、神とともに在る。それらには時間というものは消え去る。ただ、この薔薇があるだけなのだ。薔薇は、存在するあらゆる瞬間に、完全である。葉芽がほころび出るより前に、持てるすべての生命はもう働いていて、満開のときにそれ以上のものが増えているわけではないし、葉を落としたときの根に何かがそれ以下に減っているわけでもない。(*CW* II 38-39)

目の前の一枚の草の葉、ひとつの薔薇の花を前に恥を感じることが、ここですべての読者に求められている。目の前の薔薇は、たとえそれがどんな状態にあっても、他の薔薇や他の花との比較を欠いて、それ自体で充実して存在している(槇原敬之の「世界に一つだけの花」のメッセージのように)。自我を強めて、競争社会で負けないような人間(=男)になれというような思想の対極にエマソンは位置していて、これをマスキュリンな態度と呼ぶことはやはりできないだろう。そして「自己信頼」というエッセイの頂点は、拠って立つ自己を称揚しているかのような「自己信頼」という語をむしろ否定する（換骨奪胎する）エマソンの思考の動きにある。

> いま生きているということだけが役に立つ。これまで生きたということではなく。力は静止した瞬間に消えてしまう。それは、過去から新たな状態へと移り変わってゆく、移行の時に宿る。渦巻く川の淵をさっと乗り切ることに、的に向かって飛翔することに宿るのだ。世間が唯一嫌悪すること、それは、魂は生成変化するということだ。……だとすれば、なぜわれわれは自己に拠って立つなどということについて、あれこれ述べ立てるのか。魂がいまここに在るかぎり、存在する力はそれだけで独立したものではなく、なにかの橋渡しをするような種類のものなのだ。拠って立つということについて語るのは実は貧しい外面的な語り方である。語るならむしろ、それが働いていて存在するがゆえにこそ何かに拠って立つことのできるものについて語れ。（*CW* II 40）

世界はほんとうは固定していない（ゆえに自己もまた固定し得ない）。固定して止まっていると見えるのは、微細な運動のさまが人間の知覚にはキャッチできないからだ。理屈としても間違っているわけではないこうした言説の背後には、エマソンならではのミスティックな身体的な体験があった。それをよく語っているのは『ネイチャー』の、森の中で自己が「透明な眼球」になる有名な一節だが、その身体感覚に基づいたエマソンの表現は、発表当時から、認識の網の目の粗い近代主義者たちによって誤解され続けてきた。既に本書で述べてきたように、それは帝国主義的な領土化を目論む近代的な視覚の優位の問題では更々なくて、むしろ近代主義的な硬い自我をミスティックな感覚でいかに無化し武装解除するかの、エマソンなりの抵抗の表明だった。エマソンにおいて、自己は受動性に貫かれたものであり、外側に獲物を狩りにはいかない。「自己信頼」で「信頼＝拠って立つこと」を基礎づけるべき自己についてのエマソンの思考は、エゴとは対極の方向に向かう。

……われわれは広大な知的存在の膝の上に横たわっているが、それがわれわれをその真理の受け手とし、その活動の器官とする。われわれが正義を目にとめるとき、われわれが真理を目にとめるとき、われわれは自分からは何もしていない。ただその光が己れのうちを通過するのを許すだけである。もしこれがどこから発したのかを問おうとすれば、もしこれを生み出した根源たる魂を詮索しようとすれば、すべての哲学はそこで立ち往生してしまう。ただそれがいま在るか無いかということだけが、そのときわれわれにはっきり言えるすべてである。（*CW* II 37）

哲学がかりに世界に関するすべてに当てはまる体系を作る営みであるとすれば、エマソンは、それは必ず挫折すると言う。このスタンスは後期ウィトゲンシュタインの態度と通じ合い、スタンリー・カヴェルによれば同時に後期ハイデガーの態度でもあって、それこそが「哲学する」ことだということになる（Cavell, *Emerson's Transcendental Etudes* 133, 147, 168）。ともあれここに典型的に現れている、受動性こそが自己の本来とるべき姿勢であるという視点は、エマソンの自己を男性中心的でロゴス中心主義的な、領土征服型の存在から遠ざける。エマソンによれば自分の領土は、「自分の」と言える形では存在しない。「広大な知的存在」という言葉はキリスト教的な神のイメージを纏うことになるが、それが「膝の上に（in the lap of）」という表現に導かれるとき、むしろ大きな母性のイメージと重なってくる。ユニテリアン派の牧師から出発したエマソンは、牧師職を辞して思想家として独立して以降、思想的には人格神の概念を認めていなかったので、いずれにせよ「知的存在」は世界を表すイメージ的な比喩になる。エマソンにおいて世界は、〈法＝掟〉を上から下すアブラハム的な父なる神ではなく、どこにいても下に安全なネットをひろげている母のようなものに統べられているイメージを担っている。現代の読者は、彼が言うような個体すべてが分有している根源の在りようを、リアルには感じられないかもしれない。しかしエマソンが「魂」と仮に呼んでいるものを〈生命〉のことだと考えれば、その主張は現代的な説得力を持つだろう。生命現象としては人間の個体もみな通じ合っているからだ。

　エマソンにデカルト的な主体（自我）の概念がなかったわけではもちろんない。それはいわば近代に自己を思考する者にとって自明の前提であり、その前提の上でそれとの隔たり、違和、ずれを思考することがエマソンにとって問題だった（それゆえにカヴェルはエマソンの「自己信頼」のデカルト的コギトとの差異を論じることになる。（Cavell, "Being Odd, Getting Even (Descartes, Emerson, Poe)," *Emerson's Transcendental Etudes* 83-109））本然的には共通の生命を（生成する流れとして）個体の内に分ち持つとは言え、他者との関係、とりわけ、自己を肌理の粗い鋳型に嵌めて固定してくる社会の臆見に対しては、エマソン的自己は自己を防御する必要がある。それゆえ他者や社会との敵対関係は（原理的に）避けられないし、降りかかる火の粉を振り払う意味で、外に向けて自己は強い否定のふるまいを強いられることがある。その次元においては、エマソンの自己はヤンキー（アメリカ北部人）的な抜け目なさや他への批判を肯っている。ゆえにそこを見てエマソンは近代的な自我主義者ではないかと言いたくなる批評家があとを絶たないのだ。他者との交渉の中に在るときには個をある程度強め、他方で自己の内に他と共通する普遍なものを感じとることで自意識の限定を解除する。この二方向（「双極性」polarity）の自己の運動がエマソン的な主体のフットワークであり、実はそれは分裂しているわけではない。

「自己信頼」を書いたとき、彼は既に最初の妻エレンを肺結核で若くして失っていた。愛する者の死、あるいは愛する死者がエマソンの思考には随伴しており、彼の「自己」の内に棲んでいたことについては既に第五章で論じたとおりだ。ここに一八四二年一月末の幼い息子ウォルドーとの死別が加わる。エッセイ「経験」は約二年後に、その死別の衝撃、痛みを乗り越えるべく書かれたテキストであり、カヴェルを初めとして多くの評者がエマソン思想の要にあるものと位置づけている。エマソンはそこで一見すると息子の死でさえ自己に立ち直りの不可能な傷を与えなかったことを肯定しようとしているが、同時に第二章と第七章で論じたとおり、彼が提示する人間の生の在り方は、「自己信頼」の頃と違って、脆く危うい均衡の上に辛うじて支えられており、実はそこに息子を亡くした傷痕がある。「日常の生活という基準」（*CW* III 31）から法を語りたいと言うエマソンは、「われわれは喜んで錨を下ろそうとする、ところが投錨地は流砂なのだ」（*CW* III 32）と言う。この不確かさの感覚がエッセイ「経験」において独得の人生の象り方を生んだ。息子の死はそれまでエマソンが世に問うてきたすべての思想を試す試練、それを疑問に付す懐疑主義の矢じりとしてやって来た。読者にルサンチマンなしに前を向いて生きることを奨めてきたエマソンは「経験」において、以前にまして哲学がすべてを体系化することに異を唱える。（「わたしにそれらの順序を告げる能力があると言うつもりはない。わたしはそれらを未知の途中で見つけたとおりに名づけただけだ。自分の描く絵が完璧であると主張するほど愚かではないつもりだ。わたしは断片である。そしてこの文章もわたしの一つの欠片である。」（*CW* III 47））混沌として前も後ろも見通せない流砂の上で、一瞬でも表面を巧みに滑っていくこと、なんとかバランスをとって辛うじて生き続けることがよしとされる。（「われわれは幾つもの表面のただなかで生きている。生きることのほんとうの技術とは、それらの上を上手に滑ってゆくことだ。」（*CW* III 35））そこでは自己は対立者を強く否定するような確固たるものでないばかりか、きわめて危うく揺れている。本章では、一八四四年刊行の『エッセイ第二集』においてこのエッセイ「経験」

を挟む、その前後の二篇「詩人」（"The Poet"）と「キャラクター」（"Character"）を結びつけて論じるが、そこではエマソンの自己の震えは「自己信頼」よりいっそう激しい。わたしはそれを、エマソンに固有の思想的なふるまいであると考えている。

二・議論の枠組み

スタンディッシュは『自己を超えて』において、西欧近代的なマスキュリンな主体を批判するために、他者を簒奪しない、慎み深い人の生き方を模索している。そこでも参照されている、近代における自己像の変遷を扱った書物として、チャールズ・テイラー（Charles Taylor）の『自己の源泉』（*Sources of the Self*）があるが、テイラーもエマソン的な超絶主義について語っている。自己は本来的に関係の織りなす織物（web）に依存しているものだと言うテイラーは、十八世紀末以降のロマン主義について語る。

実際にわれわれは更に先に進み、自らを明らかにいかなる織物とも無関係な存在と定義することが可能になる。自己に関するある種のロマン主義の見方に従えば、自己は内なる自然と外なる自然の大いなる世界とから養分を摂ることで、この方向に向かっていく。それは現代の文化におけるその劣化した派生物にも見られる傾向である。そしてロマン主義に近い親類関係にあるのが、アメリカの超絶主義者たちの唱える自己である。それはある意味で宇宙を包含しつつ、しかし他者たちとの必要不可欠な関係を迂回してしまっている。(Taylor 39)

テイラーはエマソン個人と超絶主義者一般(というものがあるとして。実はそのようなものはないのだが)を混同しているし、「同時代の合衆国、および同様の趣旨を帯びた他の書物における人間の潜在力を唱える運動を考えれば、そこには一組の理想概念がある。それはロマン主義的な表現主義から発し、大部分は土着のアメリカのルーツ、すなわちエマソンと超絶主義、およびウォルト・ホイットマンを経由したものである」(Taylor 507)という一節を読めば、テイラーがエマソン自身のテキストを仔細に検討することなく、ホイットマンまで含めて一緒くたに扱っており、その理解はあまりにも大雑把であることが判る。もちろん大摑みで言えば、「ロマン主義が彼ら[科学主義に反対したヴィクトリアンたち]に遺した源泉としての自然という観念(しばしばコールリッジの影響を受けたエマソンやアーノルドのケースに窺えるもの)」(408)と言われるとき、啓蒙主義のロックやヒュームの打ち出した、客体として知解可能な自己像への反動として、ロマン主義の中にエマソンを捉える見方自体は間違っているわけではない。ロマン主義の「照応と意味深い秩序が作る宇宙観の再発明」(301)、「〈自然〉そのものを一個の大いなる〈主体〉の表現と見なす」傾向(301)、シェリングやヘーゲルやゲーテに見られる「一種の汎神論への傾斜」(371)、それらの流れの中にエマソンを位置づける視点は、常識化・通俗化したエマソン像と合致している。しかしそれは、初期のエッセイ『ネイチャー』のメッセージのある一つの側面のみをエマソン思想の中心と見なす考え方にすぎない。もしわれわれが、他の書き手には見られないエマソンの思想的営みを取り出そうとするなら、こうした俗流超絶主義への偏見は受け流さねばならない。

テイラーが西洋近代における自己像の変遷を語るとき、いわば仮想敵の位置にあるのは、デカルトから始まり、ロック、ヒュームにおいて頂点を迎える「時間厳守の［几帳面な］自己 (punctual self)」である。わたしが「西欧近代型の自己」と言うのもこれを念頭に置いている。テイラーは、デカルト的な「義務からの解放状態 (disengagement) と理性的なコントロールの主体」(Taylor 160) を更に先へと推し進めた思想家としてジョン・ロックを取り上げ、ロック的な自己像を「時間厳守の自己」と呼ぶ。それは知の対象・客体になり得る自己であり、「ロックにとって、自己は本質的に己れに露わになるという特性を持っている。その存在は自己認識と切り離すことができない。」「この自己は中立的な術語によって、あらゆる疑問の本質的な枠組みの外側で、定義される。」(49) この自己の問題点をテイラーはこう指摘する。「義務からの解放状態と客体化の哲学が生み出すのに寄与したものは、極限においてはある種の物質主義の形式において描かれ得る人間の像である。そこからは主観性の最後の痕跡さえも駆逐されてきたように見える。それは完全に三人称のパースペクティブから見られた人間の像なのである。」(175-76)

テイラーの指摘に俟つまでもなく、ロマン主義的な思潮自体が、そうしたコントロールの主体でもあり対象でもある自己の在り方への反発であったわけだが、それだけではエマソンを扱えない。わたしが着目する点は、エマソンのエッセイにある「キャラクター（人となり）」の概念である。それは個人がどういうわけか単独に担っている傾きの角度であり、これがエマソンの普遍主義に、（根源における同一性と別次元に成り立つ）多数性・複数性の原理を導入する。エマソンの震える主体が主要な働きをするのもそこだ。テイラーにも依拠しながら、ポール・スタンディッシュは、教育哲学の立場から、（ロマン主義も含めた）近代的な自己を「慎み深さ」を欠いた、超克すべきものとして提示し、そのさいハイデガーとウィトゲンシュタインをそうした自我の枠組みに対する批判者として参照している。エマソンを後期ハイデガーと後期ウィトゲンシュタインの思想に結びつけて論じたのがアメリカの思想家スタンリー・カヴェルであり、スタンディッシュも日本語版に付加された第三部においてエマソンの詩人論を、カヴェルを仲立ちにして、ポイエーシスを重視する後期ハイデガーの思想の先駆として取りこんでいる（スタンディッシュ 527-30）。わたしの論点から言えば、スタンディッシュのエマソン論はカヴェルの視点の革新性を引き継いでおらず、結局テイラーが批判的に捉えるロマン主義的な詩人論の枠組みに収まってしまっているように見える。エマソンが、経済的で計画的な、自己意識が自己を所有し管理できるというような自己のモデルに対して、批判的なスタンスをとり、それへのオルタナティヴを提示していることは確かだ。それをテイラーともスタンディッシュとも、またカヴェルとも違う視点で捉えてみる。

三・キャラクターと震える主体

カヴェルはエマソンの思想を、ハイデガーとウィトゲンシュタインのある意味での先駆として位置づけ、デカルトのコギトへの批判として捉えた。カヴェルにとどまらず、一九八〇年代以降のエマソン研究においては、従来のエゴの基礎づけをした人としてのエマソンの捉え方は、逆方向の捉え直しへと大きくシフトしてきた。カヴェルは西欧近代の自己が、対象を摑まえに行き把握することの暴力についてのハイデガーの思想に通じ合うものとして、エマソンの思想を位置づけている。「受け入れ（reception）としての思考」（Cavell, *Emerson's Transcendental Etudes* 16）の実践者としての態度をエマソンに見出し、「エマソンが自己放棄によって意味するもの」を「力（power）」との関わり方の答えと見なして（18）、セルフ・コントロールつまり〈はからい〉に対抗する思想家としてエマソンを捉えたのだ。別のところではこれを「受動性（passiveness）」（137）の態度だとカヴェルは規定している。カヴェルの影響を隠さないスーザン・L・フィールドはフェミニズム批評の立場からやはりエマソンの自己のあり方について、世界を自分の思考に従属させるデカルト的コギトではなく、自己と他者の間の「ロマンス」を欲望するものとして、自己だけで完結しない、他者のインパクトを受けとめてこそ成立するものとして、肯定的に捉えている。やはりカヴェルの流れを汲むものとして、アーシッチは、他者に先立たれるものとしてのエマソン的な自己のあり方を徹底的に論じきった、きわめて優れた研究を出した。そこでアーシッチはカヴェル以外の批評も含めて、八十年代以降のエマソン批評の変遷を「完全に閉じた自己中心的な個人性から、壊れやすいアイデンティティを持つ、あるいは実際にはアイデンティティを欠いた自己へ」の変化だと表現している（Arsić 9）。既に引用したものだが、エマソンの友情論を論じる次の箇所に、彼女のエマソン観がよく表われている。「多くの批評家がエマソンの友情を考える際の失敗と見なしてきたものは……実際は友情の価値ある倫理の核であり、それは自己拡大を否定し、次の信条に基礎を置いている、すなわち『占有するなかれ』。」（193）

しかし既に述べたとおり、自己を、行動する主体としてアトミズム的な存在と見なす見方もエマソンの思想には存在していたので、たとえば「自己信頼」の概念を中心としてトータルなエマソン論を書いた政治思想家ケイテブのように、アイデンティティの流動を想定する視点と「人はある種の自己中心的でない精神で自分の仕事に専心せねばならない」という視点の間に、「不一致」を見る捉え方も出てくる。「やむことのない運動の人生はたえまない自己発見と自己喪失の運動である。［一方で］適した職業［天職］に生きる人生は、一つのことを望むこと、一つのコミットメントに完全に忠実な人生である。」（Kateb 153）ケイテブは、最終的にエマソンは後者の天職に進む自己の方をより重んじていたと論じる。わたしの考えでは、ケイテブが不一致と見なす場所にあったのがキャラクターの概念であり、それは〈理論的な〈説明〉になっているかどうかは別として〉両者の乖離と見えたものをつなぐ、エマソンなりの模索であった。

『エッセイ第二集』で発表された二つのエッセイ「詩人」と「キャラクター」は、いわばそうしたエマソン思想の両極にそれぞれ関わっていると言える。「詩人」の冒頭で、「われわれは、まるで焰を持ち運ぶために平鍋の中に入れられたように、肉体の中に入れられている」（CW III 3）、人間は「焰の子どもで、それによって出来ていて、同じ神性が変形したもの」である（CW III 4）と言われるのは、所有を旨とする個人のエゴが乱立している現実に対して、共通の普遍的なものを分有した形としての個人のモデルを提示する必要があったからだ。共通なものをエマソンはときに「魂」とも「自然」とも「普遍的存在」とも表現した。実はそれは記号によっては言表不可能なものだったので、様々な場で便宜的にいろんな言葉を使ったのだ。この分有状態は、エッセイ「キャラクター」から引けば、「ひとは……他のものたちの生命を分ち持っていて、同じ法則の表現であるように見える」（CW III 54）ということになる。キャラクターの概念は、この〈普遍の分有の在りよう〉を示すもの、どういうわけか個人がそれぞれの個性を持って存在していい、という状態を言い当てるためのものだった。「キャラクターとは、モラルの本来の秩序を、個の性質という媒介から見たときの姿だ、……個人とは一つの囲いである。……宇宙はそこで一個の囲い地ないしは囲い場になっている」（CW III 56）と言うように、人はいっとき個体化を蒙ることによって、めいめいのしかたで（この〈しかた〉を名づける言葉が「キャラクター」である）、普遍を囲い込んだ状態にあると見なされている(1)。

しかしこの個体化は、現実の職業と重なるとしばしば一種の人格の〈適性〉の概念とニアミスを起こす。たとえばエッセイ「キャラクター」においてエマソンは、政治や商売に適した者がいることを肯定的に捉えている。「政治の選挙のときに、この要素がもし現れるならそれは最も粗雑な形態で現われるだけだが、それでもわれわれはその比類のない価値を充分に理解することができる。」（CW III 54）選挙民が政治家を選ぶとき、単なる目に見える能力や才能ではなく、それを他人に信じさせるだけの感じが決定的なのだと述べるエマソンは、商人についても、「生まれながらの商人を見るやいなや、あなたには自然が売買の商いを正当化しているように見えるだろう」（CW III 55）と書く。いずれの場合も揺るがぬ自信を持ち、周囲の人々を安心感ある魅力で惹きつける存在が肯定されているのだが、もしもこれが職業的適性の問題を扱っているとすれば、エマソンは結局のところ人間個々のパーソナリティ、対象化でき数量的・統計的に分析可能なアイテムとしての〈性格〉を語っていることになる。そうも受けとられるという点で、ここにはエマソン自身の側の思想的混同があるのだ。

しかしエマソンにとって真に問題だったのは逆に、知が数量化・対象化できない或る個人の他ならぬ〈そのひと性〉とでも言うべきものだった。この〈そのひと性〉は他者によって動かされない何かであり、これについてエマソンは、「キャラクターとは中心を持つことであり、取り替えたり覆したりできないということだ」（CW III 58）と言う。「自然は決して自分の子どもを使って韻を踏まないし、同じ人間を二人と作らない。偉大な人間を見たとき、われわれはかつての歴史上の人物との類似性をつい考えてしまい、その人の人柄と運命の成り行きを予測しがちだが、彼は必ずその結果について失望をもたらすことになる。誰もわれわれの偏見に従ってキャラクターの問題を解いてくれることはなく、ただその人ならではの気高い前代未聞のやり方でそうするのだ。」（*CW* III 63）つまりそれは今日の言葉で言えば〈特殊性〉（particularity）とは異なる〈単独性〉（singularity）の謂いなのである。そして、ある人のその人ならではの魅力は、外側から見れば既存の知の枠組みの中でカテゴリー化したくなるとしても、その分類をすり抜けるものだと言う。「引力と斥力との奇妙な入れ替わり！　キャラクターは知性をはねつけ、しかしそれをかきたてる。そしてキャラクターは思想へと替わり、外に表され、そのあと新たなモラルの真価の閃光を前にして恥ずかしくなる。」（*CW* III 61）一人の人の魅力は、いわく言いがたいもので、理性をはみ出す不可思議な作用として存在する。「人々は互いに同じような不可知な力を及ぼし合う。真の教師の影響はいかにしばしば魔法の物語のすべてを実現することか！」（*CW* III 55-56）そうした魅力として、普遍的なものは個体化されて現れると言うのである。

わたしが重視したいのは、この思想の内容そのもの以上に、その背後に、他者の魅力に対してきわめて敏感なエマソンの感受性が存在していたということである。エマソンが自分のように言論で社会に参与しているのではない、普通に社会の中で仕事をして生活をしている人々に対して、ある種のコンプレックス、引け目の感覚を持っていたのは事実だ。だがその引け目は、単に職業の問題ではなかった。どんな場所にあっても、他者を自分よりもどこかしら秀でたところを持つ者であるかのように感じてしまう、エマソン特有の主体の凹んだ態勢が決定的に重要なのだ。エッセイ「キャラクター」の中でエマソンは「かりにわたしが人の意見、いわゆる公衆の意見に、あるいは攻撃の脅しや侮辱や、嫌な隣人や、貧乏や、手足の切除や、あるいは革命や殺人の噂にひるむ［震える］としたら？　もしわたしが震えるとしても、ひるむ相手がなんだというのだろう」（*CW* III 58）と書いている。もちろんこれは、そんなものに震える必要はないのだという（男らしい）文脈で言われているのだが、それでも震えてしまうこの自己の主体の在り方が、エマソンの主張の背後に裏張りされているのである。エッセイ「キャラクター」の中で自分の体験談として「最近二人の人物――いと高き神のとても若い子どもたち――がわたしに考える機会を与えてくれた」（*CW* III 61）と語られる箇所がある。彼らにはなぜ深い魅力があるのかを自問したエマソンは、架空の対話において相手に、「わたしは自分のいなかの貧しさに満足でした」（*CW* III 62）と言わせているのだが、この素朴なとても若い二人組に率直に打たれることができるという事実の中に、エマソンの特質が存在している。「彼らが天使のようにずっと夢見続けられますように、そして比較することや世辞を言われることに目覚めませんように！」（*CW* III 62）と彼が願うとき、人間は他者の賞賛によって容易に自意識を拡張してしまい、それによって歪んだ脆い自己になる、というエマソンの認識がある。それは彼の自己認識でもあった。更にこれに続く箇所は大変興味深いものだ。

利発で気高い心の人たちが外国からアメリカに連れてこられたときに湧き起こった思いをわたしは憶い出す。それは「ここに連れてこられる間に君たちは犠牲者にされなかったか？」――あるいはそれ以前に、さあ言ってほしい、「君たちは犠牲にされ得る者なのか？」（‘Are you *victimizable?'*）ということだった。（*CW* III 62）

この部分で触れられている外国から連れてこられた人たちというのは、ハーヴァード版の全集の注によれば、一八四二年にブロンソン・オルコットがイギリスから連れてきたチャールズ・レインとヘンリー・ライトという名前の教え子であったらしく、エマソンは彼らをオルコットの現実離れした理想主義の「犠牲者」だと考えていたようだ（*CW* III 197）。「君たちは犠牲にされ得る者なのか？」というエマソンの問いかけは、彼の意図としては、他者の賞賛などによってそもそも自己の純粋さが傷つくようであってはならない、そもそもあなたはその程度の人でしかないのか、という意味だと受けとられる。しかし他方で「君たちは犠牲者にされなかったか？」とまず問いかけるその問いかけの内に、相手が傷つきやすさ（可傷性）を持っているという慮りがある。両方に受けとめられるという点でこの問いは、きわめてエマソン的な心の動きを代表しているのである。しかもここには、自分もまた相手を傷つける側にいるという、自己の加害性への自覚がある。エマソンによれば、ほんとうに他者のキャラクターを見てとった場合には、人は相手をそっとしておかなければならない。そして、この他者に感じとられる〈そのひと性〉を最大限に多く見てとり言い表すことが、詩人の務めだと考えられているのだ。

四・詩人の慎ましいふるまい

エマソンにおいて詩人は、誰よりも自己の個性を消し去り、普遍なものの多様な現われ方、個体化のしかた、その「形」(form) に敏感な存在だった。エッセイ「詩人」においてエマソンは「あらゆる形はキャラクターの効果だ」(*CW* III 8) と言う。目の前に単独な魅力を放つ個人がいるとき、そこに普遍なものがいっとき個体化した状態があり、つまり「形」があるのだが、それはとりもなおさず、そこにキャラクターがあることの印である。エマソンによれば「ひとはただ自分の半分であるにすぎず、あと半分はそのひとの表現である」(*CW* III 4)、つまり自己の内部から見られた自己は半分にすぎず、自分では気づけない現れとしての形があり、それはその人が表現したものだと見なされる。その意味でエマソンは、誰でもが自分では気づかぬままに詩人なのだと言う。重要な箇所はたとえば「いや、それだけなく、猟師も、農夫も、馬丁も、肉屋も、彼らが感情を表わすのが言葉の選択ではなく、それぞれの生活の選択によってであるとしても」(*CW* III 10) という部分である。ごく普通に生活を営んでいる人々がみなネイチャーの分有の姿をそれぞれに魅力的に発散しているとエマソンは感じていた。

それゆえ言葉を自覚的に用いる意味での詩人とは、エマソンにとっては、自分の手柄を狙ってコントロールを旨として何かを外にハントしに行くような人間の対極に位置する。「詩人の側の真の名づけの条件は、様々なかたちを通じて息づき、それらにつき従っている神聖な雰囲気［＝魅力＝霊気《オーラ》］に自らを委ねることだ。」(*CW* III 15) ここでは、各人の形を通して呼吸しているオーラとはキャラクターのことであり、それを知るには強い自我ではなく、自己放棄が必要だと言うのである。こうしてエマソンにおいて、他者の表現を〈詩〉として味わえる者が詩人であり、それがエマソンの自己像の一種の理想形だった。

現実には各人はばらばらに、所有を主張して対立している。だからエマソンは「わたしたちの話し方で「これはあなたので、これはわたしのだ」と言ったりするが、しかし詩人はそれが自分のものではないことをよく知っている、それがあなたにとってと同じく自分にとっても不思議で美しいということを」（*CW* III 22-23）と言う。それは、エゴの乱立による所有の衝突を解除しようとする論点なのだ。詩人にそれができるとしたら、自己の主観性をエゴではない状態に変化させねばならないとエマソンは考えていた。「あのよりよい知覚を通して、詩人は事物へと一歩近づいていく、そしてあの流動、あるいは変身を見る、思考が多様な形をしているのを知る」（*CW* III 12）と言うように、エマソンは流動したえず変化することこそが世界の不変のあり方だと観て、詩人の主観性をそのアスペクトにシンクロできる性質のものだと考える。わたしの考えでは、第二部で論じたように、こうした言葉の背後には知的な論理性の前にある、身体的な経験に基礎を置いた感覚の問題、講演「自然の方法」の言葉で言えば、「脱自（ecstasy）」の問題がある。それは〈制度としての宗教〉とは異なる、感覚としての〈宗教性〉、あるいは〈宗教性と呼ぶことも可能な感覚〉を重視するということだ。ブルームが『アゴーン』において、エマソンのグノーシス主義という独特の名づけ方で「アメリカ的宗教」として取り出したかったのもこれと関わっている（Bloom 145-78）。

このエマソン的な主観性の特徴は受動性である。エマソンはメタモルフォシスに通じる想像力は一種特殊な視・見ることの在り方であり、研究によっては得られないものだと言う。「自分が所有している意識的な知性の力の及ばぬところで、詩人は、事物の本性に向かって自己を捨て去ることによって……新しい力を用いる」（*CW* III 15）と言うように、それは自己放棄、あるいは、自己放下によってもたらされる。日本的な言い方で言えばそれは「はからいを捨てる」ということだ。（カヴェルの評価する「受け入れ」の態度である。）自己意識を捨てることをエマソンは次の美しい比喩で語っている。

> 道に迷った旅人が、手綱を馬の首に投げかけて、行くべき道をこの生き物の本能に任せる、それと同じようにして、われわれはこの世界を切り抜けるように自分を運んでくれる神聖な生き物を信ずる。（*CW* III 16）

散文におけるこうした比喩の出し方に、論理的言語以外の道筋を通るエマソンならでの、あえて言えばロゴス中心主義的な言葉のふるまいをずらすような表現が窺える。

エマソンにとっては、自分の用いる言語的なイメージが自然で慎ましいものになればなるほどよいものだった。「或る法が表される象徴が平凡なものであればあるほど、それはぴりっとしたものになり、人の記憶に永く残るものになる。ちょうど、要り用な道具を入れて運ぶとき、われわれが一番小さな箱やケースを選ぶように。」（*CW* III 11）この箇所にはきわめてエマソン的な価値観と感受性が見られる。小さいもの、さりげないものに思考を乗せること。たとえば一八四二年四月二日付の地元の新聞（*Christian Register and Boston Observer*）に無署名で載せた死亡記事（故人略伝）を読むと、全集版で正味一ページ半のテキストの中でエマソンは、老齢で亡くなったハンナ・ジョイ夫人という女性について「その人となり（キャラクター）のスケッチ」の試みをすると書いている。そこではこの地元でしか知られていなかったその女性について、「この人の上にはある種のふるまいの美が本性上漂っており、それは誰と一緒でも聖人の頭上に描かれた光輪のように彼女を聖なるものにしていた」（*CW* X 166）と語られる。「われわれはみな彼女の魂に借りを負っている、彼女はいまわれわれの本性の喪服を身に纏っている、威厳をもって、また信仰をもって。彼女のふるまいはとても魅力的だった」（*CW* X 167）とエマソンが記すとき、彼にとってこのハンナ・ジョイという女性が、普遍的な望ましいものを分有したキャラクターの現われであったことは明らかである。

自分の意志は周囲のみなに対する愛だと知っていたこの優しい魂は、話すときにつましさを用いた。また子どもたちや知人たちの行いに関して自分の望みを表すのに禁欲をもってそうしたので、最後には彼らから、彼ら自身の表現を引き出したのだった。（*CW* X 167）

こうした身近な無名の人、それも我意を押し付ける暴力の対極にある無口な普通の人への深い敬意に満ちた小さい書き物が、いわばエマソン的な詩人の作品になる。そこには独特のへりくだりの感じがある。エマソンはエッセイ「詩人」において「詩人の生きる習慣は、ありふれた作用にも喜びが感じられるほど、低い調子を帯びていなければならない。その明るさは陽光の贈り物でなければならない」(CW III 17)と言うのだが、たとえばハンナ・ジョイのありふれた、普通の作用を感じとれるということ、そうできることを自分の手柄ではなく贈り物(gift)と感じられるということが、他ならぬエマソン独自の態度なのだ。

五・斜めの関係

こうしたセルフの在りよう、魅力ある他者に対して自分を劣ったように感じるエマソンの主観性は、なぜそれが成立したかという伝記上の(精神分析学的な)詮索とは別に、自己と他者との非対称な関係を内側に繰りこみ、自己を揺るがぬものとは感じない点で、近代的な自我を思想的に相対化するのに寄与したと言うことができる。『エッセイ第二集』には、そうしたエマソンの特徴をよく示す短いエッセイ「贈り物」("Gifts")が収められている。贈り物をすること・されることをめぐるこの短い不思議なエッセイには、きわめて特徴的な感受性が垣間見られる。たとえば、贈り物をするとき「障害は何を選ぶかにある。もし、どんなときでも、わたしから誰かにプレゼントを贈るべきだという考えが浮かんだら、わたしは何を贈るべきか途方に暮れて、機会を逸してしまうことになる」(*CW* III 93)と記されているが、誰しもが人にプレゼントをするとき、こんなふうに悩むわけではない。エマソンが「われわれの敬意と愛情の印は、大抵の場合、野蛮なものだ。指輪や他の宝石類は贈り物と言うより、贈り物のための言い訳だ。唯一の贈り物とはあなたの一部分のことだ。あなたは相手のために血を流さねばならない」(*CW* III 94)と言うとき、贈り物を贈る側の主体が暴力的になる可能性、そして真の贈与の不可能性が語られている。これを貰う側から言えば、「贈り物を上手に貰うことのできる人はよき人だ。われわれは贈り物に対して喜びすぎたり、残念になりすぎたりして、どちらの感情も見苦しい。思うに、或る暴力が揮われるのだ……わたしが贈り物に喜んだり悲しんだりするときに」(*CW* III 95)ということになる。このエッセイでは貰う側と与える側両方において、「恥」の感覚が関わっている。そして次のような言葉こそ、エマソンならではのものである。

　あなたによって不運を与えられた相手から、傷ついたり心を燃やしたりすることなしに立ち去ることができたら、それは大きな幸福だ。(*CW* III 95)

自分が贈り物をする相手は「不運」を蒙っている、また与えた側も傷ついてしまうというのだ。

こうした思考においては、自己と他者とは非対称な関係にあり、決して等号で結ばれることはない。同時にエマソンは、誰しもが、他者との間にそのような落ち着かない関係を持つ点で共通の構造に入っていると考えており、そこがたとえば「われわれ」という思考の指標を決して導かないレヴィナスのような思想態度とは異なっている。「人間」という普遍の概念項を維持しながら、個々の主体の内側にある、他者への非対称な罅割れのような感覚を、本質的な在り方と見なす点に、エマソンならではの態度が窺われる。同じエッセイの「われわれは滅多に直接の打撃を打つことができず、斜めの打撃だけで満足しなければならない」（CW III 96）と言うこの「斜め」のあり方が、個体化された人間において、常なる在りようだとエマソンは感じていた。エマソンのフラジャイルな自己の震えこそ、近代的な所有し計画し管理する自己に対して、或る斜めの位置関係を、なんとか示唆することができる。弱さ自体を自覚的に肯定して開き直れば、それは強い男性的な物言いに戻ってしまう。そうではなく、強い自己であるべきだと考えながら、裏側に下地のように自己の弱さが潜み続けている態勢が、それを可能にしている。

エマソンは身体の次元でのミスティックな体験で感じとられた、流動する法としての普遍なものを、個体である自己を支える基礎とした。これを分有している人間は、肥大した我意を持ったエゴに妨げられなければ、どういうわけか他の誰でもないその人としての魅力、すなわちキャラクターを持つことができる。このキャラクターはエマソンにとって常に他者においてのみ見出されるもので、自己意識・自己規定によっては捉えられない性質のものだった。エッセイ「自己信頼」において、キャラクターの概念は既に理想的・理念的な「魂」の次元とアクチュアルな個体の次元との乖離を仲介するものとして現れていたが、エマソンはそれを、人間の同一性・共通性を支える根源から、ルクレティウスの原子論における「クリナーメン」のように、自己と他者の差異を生み出す原理として思考し続けた。一方で彼の震える主体の在り方は、自己と他者、また他者と他者の間に、埋めがたい距離やズレを感じさせ続けた。それが、誰もが同じであるはずにもかかわらず、なぜか違うという事実に敏感にさせる。「なぜか」を説明することはできないが、その違いをキャラクターとして尊重することはできる。エマソンは一八四〇年代半ばまでに、そのように思想を鍛えていったと思われる。それはスタンディッシュとは別の「自己を超えて」のしかた、あるいは「超えて」と言うより、斜めや横にずらすような、位置どりのしかたになっている。

注

(1) 歴史的・思想史的に見れば、エマソンの「キャラクター」概念は、彼が青年期に多大な影響を受けたウィリアム・エラリー・チャニングやヘンリー・ウェア・ジュニアに淵源を持つと考えられる。これを夙に指摘しているのはデイヴィッド・M・ロビンソンである。その著『文化の使徒——説教師と講演家としてのエマソン』において彼はたとえば「人生の修養においてキャラクターの形成に強勢を置くことは、チャニングの言葉で言えば「人間の本性を高貴にする」こと、かつ「完璧さの追求に向けてあらゆる励ましと助力を与えることが宗教の責務だということを意味していた」と述べている(*Apostle of Culture* 15)「自己修養(self-culture)」の概念と結びついていたこうした思想がエマソンに受け継がれたと見なすのがロビンソンのポイントである。

第九章　自己の美学と身体・力・普遍

前期エマソンの思想

一八三六年に『ネイチャー』で書き手として出発して以来、一八四四年の『エッセイ第二集』までの、「初期エマソン」ないし「前期エマソン」を思想的に考えるとき、いまでも有効と言える現代的な意義があるとすればどこにあるのか。ライブラリー・オブ・アメリカ版にして六〇〇頁ほどの散文テキストになるが、それをトータルに、なおかつ伝記的な参照の枠組みをすべて外して、あえて〈思想〉の側面にこだわって、わたしなりに考察しよう。本書でこれまで語ってきたことと重なる部分も多いが、その全体を逆側（おそらくは表側）から照射する試みになる。アメリカ史やアメリカ研究の枠を超えて、合衆国の外部である現代の世界（日本）から、エマソンの「アメリカン・スカラー」から「アメリカン」を抜き去り、ただの〈学ぶ者〉（Scholar）の思想を読みとりたいと思う。

一・自己への配慮にもとづく美学的な個の技法

エマソンの思想の過激さは、あらゆる集団性から読者を切断し、徹底的に個の側から、世界の見方や生の倫理や社会への参与など、すべてをやり直そうとするところにある(1)。このことはとりわけ思想の立ち位置をすべての人間の内部、すなわち〈自己〉にセットする点にあらわれている。エッセイ「経験」の冒頭の有名な文、「われわれはどこに居るのだろうか?(Where do we find ourselves?)」(*CW* III 27)が示すのは、「自分はどこに居るのか?」という問いを発する者として、「われわれ」はひとしいということだ。この点で前期エマソンのテキストはほとんどすべて現象学的である。わたしはかつて、エマソンの自己の捉え方に古代ギリシャ・ローマのストア派の思想の影響が強く見られることに着目して、それを晩年のミシェル・フーコーの著作、とりわけ一九八二年のコレージュ・ド・フランス講義(『主体の解釈学』)と結びつけて論じたことがあった(2)。要約すれば、ギリシャ・ローマにおいては自己の統治の形は「なんじ自身に気を配るべし」であったのに対し、キリスト教世界においてはそれが「なんじ自身を認識すべし」に変わる歴史的な変化にフーコーは着目した。それは「告白の宗教」としてのキリスト教の司牧的な権力の在り方とつながって、西洋の主体の在り方を決定する。デカルト的な自己検討の態度、自己を客体として見つめ、その真実の如何をチェックするような思想的伝統である。エマソンもボストンにおいてユニテリアン派の牧師として出発しながら、教会と訣別し、「罪」や「告白」の概念を否定して思索した。ストア派において知るべきだと要請されるのが「主体の、主体を取り巻くすべてのものへの関係」であったこと（フーコー 277）、「エートスを与え、制作するような」知の機能様式（280）、「自己の実践に哲学的にふさわしいような自然についての知の様態」（280）……こうしたフーコーの指摘は、そのままエマソンの知の在り方を言い当てたものとして読まれ得る。この点からわたしはエッセイ「自己信頼」にエマソン流の〈自己のテクネー〉を読みとったのだった(3)。

フーコーは十九世紀における「自己の倫理と自己の美学を再構成しようとする困難な試み」の例として、「シュティルナー、ショーペンハウアー、ニーチェ、ダンディズム、ボードレール、無政府主義や無政府思想など」を挙げている（フーコー 293）。この列にエマソンを加えることに、実は何の不思議もない。「自己信頼」で自己の genius に呼ばれたら他人に自分の行動を説明することなく門柱に「きまぐれ（Whim）」と書きつけて家を出ると言ったり（*CW* II 30）、「かりに過去の自分と矛盾するとして、だから何だというのか?」（*CW* II 33）と書くエマソン、エッセイ「円」において「わたしが自分の頭で考え自分の気まぐれに従うと言うとき、読者の誰をも誤解させせないように、わたしは単なるひとりの実験家でしかないことを確認しておきたい。わたしがすることに僅かでも価値を置かないでほしい、……わたしはあらゆる物事を固定した位置からずれさせる」（*CW* II 188）と言うエマソンには、道学者風の「コンコードの賢者」のイメージを破壊するラディカリズムが顕われている。「きみ自身の行動に従え、もしきみが何か妙なことや突飛なことをして、礼儀正しい時代の退屈をかき乱したら、自分を祝福せよ」（「ヒロイズム」

"Heroism" *CW* II 154)、「偉大な人間とは、群衆のただ中にあって完全な和やかさとともに孤独の持つ独立を持しているということだ」(「自己信頼」*CW* II 31) といったエマソンのメッセージは、ニーチェやボードレールに劣らず〈群衆からの切断〉を実行していて、読者に個として目覚めよと告げている。オラフ・ハンセン (Olaf Hansen) が言う通りエマソンには「独特のスタイル」(Hansen 103) があり、彼が強調したのは「理性と経験の歴史的かつ政治的な機能についての美学的な再構築だ」(108) という評言も正鵠を射ている。

同時にエマソンの自己論の要諦は、それがいわゆる西洋的な自我=エゴの強化とはまったく逆に、徹底した個人意識を解体・無化するところにある。自己一身の欲望・利害を優先するようなエゴイムズは、徹底的に無化されねばならない。宗教制度がもはやリアルには思われない時代に、個人がひとりでゼロになる修練を自らに課す点に、エマソンの〈自己の美学〉がある。エマソンにとってこの修練の階梯を示す経験のモデルが、『ネイチャー』におけるよく知られた「透明な眼球」になって「わたしは無だ、わたしはすべてを見る」（*CW* I 10) と観ずるミスティックな箇所だった。だがこうした自己の扱い方は、たとえばマルクス・アウレリウスらストア派のテキストを読めば、格別変わったこととは見えなくなるだろう。「自分の魂を大切にしましょう。……孤独の人生に自分の習慣を結びつけましょう。そうすれば内部の働きはすっきりと一杯までよみがえるでしょう、林の木々や野原の花のように」(「文学的倫理」"Literary Ethics" *CW* I 109) といった言葉で示されているのは、孤独 (ひとり) になるのは、自我を可愛がるためではなく、自己の内に在ると観ぜられる、誰のものでもない「魂」を愛するためだという事実だ。「未だ達せられていないが達することのできる自己」（「歴史」*CW* II 5）こそストア派が読者に描写するものだとエマソンが言うときの「自己」は、講演「超絶主義者」（"The Transcendentalist"）で言われている「わたし――わたしと呼ばれているこの思考――それは世界が溶かされた蠟のように流し入れられる型枠です。型枠自体は目に見えません、けれども世界はその型枠の作る形によって姿を現すのです」（*CW* II 204）ということと同じなのだ。

エマソンにおける自己は〈関係の結ぼれ〉として在る。「ひとは関係の束、ひげ根の結び目だ、その花と果実が世界なのだ。」（「歴史」*CW* II 20）森の中で「透明な眼球」になる『ネイチャー』の有名な一節の元になった日記の箇所では、「わたしは一つの透明な眼球になる」の代わりに「わたしは普遍的な関係の中で幸福になる」（*JMN* V 18）と言われていた。それは社会的な人間関係ではなく、世界を織り成している諸々の力のことを指していて、それが一時のあいだ生命体としての自己に結び目を作っている。別のイメージでエマソンはその事態を「個人とは囲いである。……宇宙はそこで一個の囲い地ないしは囲い場になっている」（「キャラクター」*CW* III 56）と言ったり、「われわれは……焔の子どもで、それによって出来ていて、同じ神性が変性したもの」（「詩人」*CW* III 4）と言ったりしている。エマソンは世界の現勢化されていない（見えない）諸力のことを端的に"soul"と呼ぶ。「あらゆる物事が示すのは、人間の内にある魂は器官ではなく、あらゆる器官に命を与えて動かすものだということだ。……それはわたしたちの存在の背景であり、その中で存在は安らっている。」（「オーバーソウル」*CW* II 161）プラトニズムからキリスト教を経由する「魂」の概念は、第二部で論じたようにエマソンの思想の配置においては、超越的かつ超感覚的な理念というより、感覚を研ぎ澄ませば身体で感じとられる、意味化できない「背景」、ないしは目に見える図とセットになった地のことである。それはテキストの中で“nature”とも“power”とも“life”とも呼ばれる。それはまた“whole”とも“One”とも呼ばれるものだが、地は認識の対象と化した瞬間に新たな図となり地でなくなるという点で、厳密に定義すれば「全体」でも「一なるもの」でもない。名指すことができないが感じることはできる性質のこの〈地〉、言語化できることと存在が同義ならば非在とも言え否定神学的な位相を持つ、この〈世界ではない世界〉を、エマソンは自己の身体によってリアルなものと見なす。

このさい主体の態勢において決定的に重要なのは受動性であり、「われわれが正義を目にとめるとき、われわれが真理を目にとめるとき、われわれは自分からは何もしていない。ただその光が己れのうちを通過するのを許すだけである」（「自己信頼」*CW* II 37）ということになる。決定的な一節は「詩人」の中にある。「個人としての私的な力の他に、大いなるパブリックな力があり、人は何があっても自分の人間のドア（his human doors）の鍵を開けて、自己の内にその天空の流れをうねらせ巡らせることで、そこから力を汲み出す。そのとき人は〈宇宙〉の生命の中に入りこんでいる。」（*CW* III 15-16）起こることを身に受けるという身体的な受動性が、ここで取り出すべきポイントである。シャーマイスターは「受容が意味するのは動かされる能力（affectability）であり、〈他者〉によって作用されることへの感受性である」(Shirmeister 61) と正しく指摘している。固着した自我の鎧を解除し、「世界」ないしは「生命」の流れを、自らもそこから現れ出たものとして善なるものと観じて、そこに向けて自らを開くこと、自ずと開かれるようになることが、エマソンの自己のテクネーの要諦である。「生の途は驚異に満ちている。それは放棄によって進む」(「円」*CW* II 190) と言うように、そのための技法ははからわないこととしての棄てることである。

この反エゴのテクネーは同時に反ルサンチマンのそれであり、目の前にある薔薇の花には何も欠けるところがないことを人間の在り方と比べる「自己信頼」の箇所を、代表として挙げることができる。そこで「人は自らもまたネイチャーとともに、時間をこえて、いまを生きるのでない限り、幸福で強くなれない」(*CW* II 39) と述べているように、持続した自意識の時間から切断された一瞬間の充溢の感覚を「幸福」のモデルとすることで、エマソンは怨恨感情から読者を解き放とうとする。「透明な眼球」の一節が描き出すのは「自己のアポカリプス」だと言うアラン・D・ホダーの指摘 (Hodder, *Emerson's Rhetoric of Revelation* 78) を受け継げば、他との比較に悩まずに済む、切断する瞬間の身体経験は、現実において世の終わりを望むような大きなアポカリプスに動かされないために、日々、身近にある世界に、その都度、小さなアポカリプスを見つけて手懐ける技である。それは断片として在るしかない自己が、断片のままに満たされる満たされ方を指し示そうとしている。エマソンは反 individualism のために individual を半ば開かれたセルフ＝

ソウルの接合体として捉える。

二・身体体験または宗教なき宗教性

エマソンには宗教的と見なされる側面が強く見られる。そのテキストはしばしばミスティカルな性質を帯び、それが多くの日米の研究者を弾いてきたことは事実だ(4)。わたし個人はどの制度的宗教にも与する者ではないし、あらゆる宗教組織に馴染むことができないが、〈宗教性〉と呼び得るような性質は重要なものだと考えている。エマソン論において、宗教的ないしはミスティカルな側面を避けて通らず、むしろ正面からその意義が考察される必要がある。わたしがこの側面で論じたいのは、エマソンの主体の開かれ方の形である。そこでは〈宗教〉とは異なる〈宗教性〉が問題になる。

たとえばペンギン版の神秘主義（mysticism）のアンソロジーに長い「研究」と題した序論を書いたF・C・ハポウルド（F. C. Happold）は、神秘主義を考えるうえで決定的なものは「体験（experience）」であると言う（Happold 25）。彼が「時代を超えた哲学」（20）と呼ぶ、東西の神秘主義的宗教知の特徴は、エマソンにも多く当てはまる。あるいは井筒俊彦の若き日の著作『神秘哲学』は「プラトン的イデアリズムは厳然たる体験の事実であって、けっしてたんに一つの思想的立場ではなかった」（井筒 235）と言い、古代ギリシャからプロティノスにいたる神秘主義思想について「この宇宙的覚存の現成は厳然たる体験の事実であって、体験そのものとしてはそれはもはやいかんともなし難い窮極事態というほかはない」(216) と述べている。エマソンにとってプラトンやプロティノスの著作は限りない霊感源だったが、井筒に即せば、プラトニズムやネオプラトニズムを「体験」の次元を顧慮せずに考えることは誤謬だということになる。このことはエマソンについても言える。言語化し遂せた宗教的なドグマは体験の結果として現れるが、それを絶対とすることを、何よりもエマソンは嫌った。あらゆる宗教制度の制度としての側面を批判し、体験として感得する個のヴィジョンの次元だけがリアルだと考えた(5)。

体験はすべて単独なものであり、個々の身体全体で受けとめる以外にあり得ないため、本来は共役不可能なものである。宗教はそれに文化ごとに形を与え、個の体験を超えた不動の真理に仕立て上げるが、エマソンからすれば、それは誰がやったとしても不遜で過ち多い営みであった。あらゆる個人はいかなる外の権威にも動かされずに、〈結果的に宗教的とカテゴライズされるような何か〉を感じとることができる。エマソンにおいてその中心にあるのは、身体の次元における開かれである。それは宗教の問題に見えるが身体の問題なのだ。講演「自然の方法」においてそれは脱自としての「エクスタシー」(*CW* II 132) と呼ばれ、「オーバーソウル」では「全的な憑依状態」(*CW* II 171) において受けとられるものだと言われる。後者においてエマソンは、それが「啓示 (*Revelation*)」と呼ばれてきたものの内実であり、「神的な精神のわたしたちの精神への流入」であるとキリスト教的なタームで描写しているが、続けて「新たな真理を受けとるとき、すべての人間の中に身震いが走る」（*CW* II 166）と語られるとき、それが身体感覚を指していることに疑問の余地はない。「神学部講演」の言葉、「信仰は朝日と夕陽に混じり合うものでなければならない、動く雲、歌う鳥、花の香りと一体でなければならない」（*CW* I 85）という表現は、視覚・聴覚・嗅覚が彼の言う「信仰」の性質を示す基準であることを伝えている。エッセイ「愛」では次のように言われる。「森の中のあの見事な狂人（the fine madman）を見よ！　彼はすばらしい音と眺めの宮殿である。彼はふくらむ。二倍の人間になる。両手を腰に当てて歩く。彼は独り言を言う。草と木々に話しかける。彼は菫とクローバーときんぽうげの血を自分の血管のうちに感じる。そして足を濡らす小川と語り合う。」（*CW* II 103）ここでは森の中で全身の感覚を開いたときの状態がエマソンならではの表現で示されている。『第二集』のエッセイ「自然」（"Nature"）では、自然界の音と光景が列挙されて「これらが最も古来の宗教の音楽と絵である」（*CW* III 101）と述べられるが、その直後、友人とボートで小川を漕ぎ出す経験について「わたしたちはこの信じられない美を体で貫いていく（We penetrate bodily this incredible beauty）。手をこの色づけられた元素に浸し、眼をこの光と形で洗う」（*CW* III 101）と書くエマソンにとって、美と貫流し合う身体は「最も古来の宗教」の核にあるものだった。こうした身体体験がエマソンの〈宗教性〉を支えている。

十九世紀の西洋にあってエマソンが身体を上位の概念として捉えることは完全に不可能だった。その上で、エマソンの今日的意義を考えるには、彼のプラトニズムを意図的に転倒しなければならない。「神学部講演」で「この法の中の法の知覚は、精神の中に、われわれが宗教的感情と呼ぶ感覚を喚び起こします。それこそがわれわれの最高の幸福を形作っているのです」(CW I 79)と言うとき、普遍的な「法則」としてのイデアが先に在るかのように言われているが、むしろ個が普遍的な法を深く諒解する順序は逆でなければならない。身体における「宗教的感情」の受容がまずあり、そのあとの名づけの営みとして「法」が言語化される。エッセイ「自然」では外なる自然は精神的なものの形態であると主張されるが、「自然は思考の受肉であり、再び思考に変わる、氷が水と気体になるように。世界は精神が凝結されたものであり、揮発性の成分はやむことなく再び形を逃れて自由な思考へと変わる」(CW III 113) という言葉から読みとれるのは、エマソンの意図としては「思想」や「精神」が先だったとしても、実際には「水と気体」のように、外界からの刺戟と内なる思想とはくるくると変換し合っており、その意味でどちらが先だと決めることは無意味だということだ。つまりわれわれはエマソンの思想を論じるとき、世界がまず在って、個が感覚の通路からそれを受け取り、イデアをつくる、と考えてもよい。『ネイチャー』第六章「観念論」から引けば、「誰でもが敬神の念や熱情によってあの領域へと上げられていく能力がある。……新しい魂のように、人は肉体を新たにする。わたしたちは身体的に敏捷になり身軽になる (We become physically nimble and lightsome)」(CW I 34-35) とエマソンが言うとき、「魂」と「肉体」は相互に切り離せず一体で、ヒエラルキーは意味をなさない。

心と体の統一体としての「魂」の nimble な動きこそエマソンが尊んだものだ。だがそれは決して特別な体質（たとえば憑依体質やシャーマン体質）を持った特別な人間の独占物ではない。エマソンによれば確かに「狂気に向かう一種の傾向が人間の中の宗教的な感覚の開かれに常に伴っている」（*CW* II 167）のだが、その直前に彼は「この熱狂の性格と持続の度合いは、個人の置かれた状態によって変わる。エクスタシーと恍惚と預言者的な霊感（その現れはとても珍しいものだが）から、道徳的な感情の最も微かな輝きにいたるまで。後者の形態においてこの熱狂は、家庭の暖炉のように、あらゆる家族や人々の集まりを暖めて、社会を可能なものにする」（「オーバーソウル」*CW* II 167）と言う。純正の神秘主義とは異なり、エマソンはこうした宗教的とも言える熱狂の感覚に、度合い・程度の階梯を想定していた。彼にはそれが道徳的な性格を帯びていると感じられたため、「社会」の紐帯をなすとされるのだが、善をなしたいという、普通に誰しもが抱くエゴを越えた「感情」もまた、「魂」の nimble な動きの一部だった。エッセイ「詩人」では「この愛情が内部に秘匿され不可思議なので、あらゆる階層の人々はそれを表す象徴を用いるようになる。……自分は詩が嫌いだと思っているが、その実誰しもがみな詩人であり神秘主義者なのだ！」（*CW* III 10）と言われているが、エマソンにとってそれは宗教的（「神秘主義者」）であると同時に芸術的（「詩人」）な問題であり、両者は置換可能だった。そのヴィジョンが道徳的だと観ぜられるのは、世界が在り、生命体が共存している事態を、（神とは無縁に）総体としては〈よきこと〉として肯定しなければ、ニヒリズムに陥るからだ。（世界が在ることを無意味と断じるのは、やはり個人の我意の押しつけではないだろうか。）

「詩人」の中でエマソンはイズムとしてのmysticismを、「偶然で個人的な」ものにすぎないシンボルを普遍的なものとして固定する点で、批判している（*CW* III 20）。個人が世界から感じとる神秘感（mystique）は、あくまでも断片として浮遊していなければならない。「自らを主張せよ、決して人真似はするな」（「自己信頼」*CW* II 47）という要請は、世界と自己が調和的にシンクロするために、上からのあらゆる強制は邪魔になるから必要なのだ。「われわれはキリスト教を教義問答の側から見ることはできない。牧場から、池に浮かべたボートから、森の鳥からであれば、それはたぶん可能だ。……人間の本能は……狂信者の信条主義に対して喜んで身を護る」（*CW* II 185-86）という「円」の言葉は、固定して教えこまれるべき教義を持つあらゆる宗教を、いわばやりすぎたものとして批判している。そこで目論まれているのは、個をエゴイストにせぬままに組織体から切断することだった。エマソンの宗教性は法・掟を発する人格神を否定する点でキリスト教教会と背馳する。また、いかなる他者に従うことをも否定する点で、自分だけがことを決定するように促す。このためエッセイ「円」では「わたしがすることに僅かでも価値を置かないでほしい」（*CW* II 188）と言い、自分自身の言葉が読者にとって権威になり得ないような仕掛けを、内部にセットしている。個が断片のままに自己一身の欲望を超えた共通なものに参与するポジションをとるために、宗教とは違う宗教性が、個の開かれとして求められている。

三・世界のリアリティとしてのpower

個が身体の次元で感じとるミスティカルな感覚は言語化を拒んでいるが、そこから言語による象りの場へ降りて、意識が世界を捉えようとするとき、エマソンはそれを、流動やまない生成の世界としてイメージした。「自己信頼」の有名な一節によればこうなる。「いま生きているということだけが役に立つ、これまで生きたということではなく。力（power）は静止した瞬間に消えてしまう。それは、過去から新たな状態へと移り変わっていく、移行のときに宿る。渦巻く川の淵をさっと乗り切ることに、的に向かって飛翔することに宿るのだ。世間が唯一嫌悪すること、それは、魂は生成変化するということだ。」（*CW* II 40）世界をたえず生成変化するものと捉え、流動する力の流れの相を、言語の網の目をすり抜ける実相と見なす考え方。ニーチェの「力」の概念がエマソンと通い合うのもこの〈生成〉という蝶番に基づいている。

こうした世界の様相をエマソンは至る所で語った。代表的な例として、「円」の「自然界にはいかなる固定もない。宇宙は流動して移ろう。永遠とは程度を示す言葉である」（*CW* II 179）を挙げよう。更に具体的なイメージとともに語られた例は講演「自然の方法」に見られる。「自然の方法、誰がそれを分析できるでしょう？　あの小川の急流は観察のために止まってくれません。われわれは決して自然を驚かせてコーナーに追いこむことはできません。決して紐の最後の先端を見出せません。決してどこに最初の石を置けばよいのかを語れません。鳥は卵をかえすために急ぎます。卵は鳥になろうと急ぎます。われわれが世界の秩序の中で讃える全体性は、数限りない分配散布の結果です。その滑らかさとは、瀑布の頂点が持つ滑らかさです。」（*CW* I 124）猛然と落ちていく瀑布の大量の水の表面のイメージ、そこには個物の輪郭が失われた世界像がある。しばしばこのように速度を伴うものとして描かれるにせよ、エマソンにとってのハーモニックな姿は、たとえばモネの睡蓮や大聖堂の絵画と似通っていると言ってみることもできる。あるいは、近視の目で見た朝焼けの景色。速度のイメージで言うなら、「多色に塗られた円盤は白に見えるためにきわめて速く回転しなければならない」（「経験」*CW* III 34）における、高速度で回転するときに現れる白のイメージが挙げられる。ここでは回転中に見える白こそが世界のリアルな相を示している。それは普段は潜在的な在り方をしている世界の姿である。「われわれは世界の秘密の前に立っている。そこでは〈存在〉は〈現れ〉となり、〈一〉は〈多〉となる」（「詩人」*CW* III 9）と言われるときの「存在」、「一」とは潜在性の世界の謂いであり、「現れ」や「多」が言語的に分節化されて認識の図となった世界、現勢化された世界の姿なのである。「生はイメージすることはできるが、分割したり倍加したりはできない」（「経験」*CW* III 45）と言われるゆえんだ。

自然に即して言い換えれば、『第二集』の「自然」においてエマソンはそれを、伝統的な哲学が言うところの「能産的自然」だと言ってみている。だがそれ以上に重要なのはその自然のイメージの提示のしかたである。「われわれはかの〈結果を生み出す自然〉すなわち能産的自然（*natura naturans*）への敬意を省かないようにしよう。あの素速い根源、その前ではあらゆる形態は風に舞う雪のように逃れ去り、その根源自体は隠されたまま、その産物は群れになり多数になりしてその前に吹き寄せられていく。……少しの熱、すなわち少しの運動が、多産な熱帯の気候と、剥き出しのまばゆく白い致命的に寒い極地との間に相違を生むすべてである。あらゆる変化は暴力なしに生じていく。」（CW III 104）ここでは世界は舞う雪片のように在る。対極的な差異を生み出すものはごく些細なものであり、そのことが根源的な暴力批判論になっている。このすぐあとで、「小川の表面で旋回する泡が、わたしたちに天空の力学の秘密を覗かせる。浜辺のあらゆる貝殻がそれを解く鍵になる。カップの中で回る少しの水がより単純な貝殻の形成を説明する」（CW III 105）とも言われるように、生成変化する世界の秘密が微小なものの中の微妙な差異である点に、エマソンならではの感受性がある。人間が概念図式によって作り上げた網の目とは別の「自然の方法」の例としてエマソンが挙げるのは、小さな生き物だ。「栗鼠は胡桃を集め、蜜蜂は蜜を貯める、自らのすることを知らぬままに。こうして彼らは我意も恥辱もなしに必要な備えを持つのです。」（「超絶主義者」CW I 206）栗鼠はエマソンにとって生命の発現のしかたをあらわす代表例であり、エッセイ「アート」（"Art"）では「栗鼠は枝から枝へと跳び移り、たのしみのために森を、一つながりの巨大な木に仕立て上げて、ライオンに劣らずわれわれの眼を惹きつける。美しく、自足して、そのときその場で自然を体現している」（CW II 211）と言われている。そこで重要なのは小ささと同時に速度なのだが、なぜなら、それが認識の網の目によって過剰に固定され動かなくなった世界をゆるがす衝撃力を持っているからだ。

敏捷に動く小さな生きものが示す、「力」の（本来の）在り方は、日常の、あるいは社会的政治的な場における「権力」とは正反対になっている。エッセイ「経験」の有名な一節によればこうだ。「どこにもとどまらず、たえず枝から枝へ飛び移る鳥のように、〈力〉はどの男や女にも滞留せず、一瞬の間この人間から言葉を発しては、次の瞬間にはあの人間から語るものなのだ。」（*CW* III 34）英語の“power”は文脈によって「権力」とも「力」とも訳されるが、エマソン的に言えば「権力」は誰それが所有して他者に作用を及ぼすもの、ルサンチマンを生む反動的なものとして斥けられる。彼にとってその根拠は、「力」には一所に常在する性質がなく、それが外的に現れるのは個に対してはいっときにすぎず、常に思いがけず顕われの場を移すものであるからだ。それを軽やかに飛び回る鳥、おそらくはコガラやハチドリのような小鳥の姿に象る点が、エマソンならではの特質なのだ。この「力」は「決して始まりはない、決して終わりはない、この神の織物の説きがたい持続には。あるのは常に自らに戻っていく循環する力だけだ」（「アメリカン・スカラー」*CW* I 54）のようにたえず流動して循環するものであり、「時間や空間に存する力ではなく、瞬時にして流入する原因を起こす力の行使」（『ネイチャー』*CW* I 43）のように、結果として特定の時間と空間に固定化されることのない、世界を世界足らしめるものである。それゆえに「力は選択と意志の通過する料金所とはまったく異なる道路を通る。すなわち、生の、地下の見えないトンネルと水路を通る」（「経験」*CW* III 39）ものなのだ。そのため人がpowerfulになるのは「斜めに（obliquely）」であって「直接の打撃によってではない。」（同 *CW* III 39）こうした観点は、第二セクションで指摘した身体における感受の感覚に基づいたときに、初めてリアルだと認識される。そこを押さえなければ、作り話だという的外れな誤解を生むだろう。

この世界像はいわゆる「現実」に対する批判として機能する。エマソンの周囲には権力・財産・金銭の所有による小さいものの圧殺が至る所に存在した(6)。「あるがままの人間たちは、きわめて自然に、金あるいは権力を求める。権力が金と同じほど有効だから。」個人の抱くこの傾向を「〈教養〉の概念(the idea of Culture)」による「革命(revolution)」で転換させせないといけないとエマソンは言う(「アメリカン・スカラー」*CW* I 65)。社会改良家といわれる人々は「まさしくわたしを彼らの大義に惹きつける力に拠って活動しません。愛に拠らず、原則に拠らず、彼らが拠って立つのは、人々の数、群衆、状況、金銭、党です。すなわちおそれと怒りとプライドです」(「時代についての講演」"Lecture on the Times" *CW* I 176)と言われるとき、われわれは確かに、現実の政治がブロック状の粗暴な力同士の闘争であることを見ない、エマソンの政治音痴を言いたくなる。しかし「おそれ」と「怒り」と「プライド」で世界が動いていていいのか、というより、「それでいいのだ」という強がったうそぶきに対して、わたしはどうしてもおぞましさを感じる。「アメリカ人はいま信仰を持っていない。彼らはドルの力に依存している」(「改革者としての人間」"Man the Reformer" *CW* I 56-57)と言うとき、「信仰」は既存の制度的な宗教の信仰ではない。個が自分なりに(自己流に)製錬・修練し続けていく思想のことだ。この思想はエマソンにおいて「所有財産への依存、それを保護する政府への依存を含めて、それは自己信頼の欠如なのだ」(「自己信頼」*CW* II 49)と言うように、所有概念の相対化と同時に政府の統治への批判を宿していた。「いつの時代にも強制力の政府（a government of force）が存在し、そこでは人は利己的である」ということが「自然の成行き」の一部であることは自覚されているが（「政治」"Politics" *CW* III 128）、彼が「強制力の政府」に対置させるものは「純粋に道徳的な力」（同 *CW* III 128）であり、それは government ではなく self-government の問題になる。彼が徹頭徹尾関わるのは自己の統治の問題であり、それが社会の現状を徹底的に批判する拠点を与える。

四・〈普遍〉の担い方

エマソンの思想において普遍的なもの（the universal）ないしは法、とりわけモラルの法（the moral Law）は中心を占める。この点が現代においてどう賦活され得るかが、畢竟エマソンを現代に生かすステップの要石になる。言い換えればそれは各人の共通性をどう見るかの問題である。この問題についてまず押さえるべきポイントは〈生命〉（life）の概念になる。この点でアーシッチの次の評言は核心を言い当てている。「エマソンが魂を生命と同一視し、それは存在する（リアルでアクチュアルだ）と主張するとき、私は文字通りに彼の言葉を受けとる。魂あるいは存在は、生命（不定で不特定で非人格的な生命）であり、それは、ただ人類にではなく、形成されそのように個体化されたあらゆるものによって、シェアされ体現されるものだ。」（93）「自己信頼」でエマソンは「われわれは最初に、それによって事物が存在するところの生命を、分ち合っている。そしてそのあとで、それらを自然の中の現象として見て、そもそもそれらの根源を共有していたことを忘れてしまう」(*CW* II 37) と言っているのだが、つまり各自の命はいわばいっときの借りものであり、もともと皆が共有している生命の分有体だと言っていることになる。「詩人」の冒頭近くで、「われわれは、まるで焔を持ち運ぶために平鍋の中に入れられたように、肉体の中に入れられている」と言い (*CW* III 3)、人間は「焔の子どもで、それによって出来ている」(*CW* III 4) と言うのもこの事態を指している。わたしはあえてこの「生命の共通性」を「脳と身体の共通性」と規定したいと思う。脳科学的には、人間の脳は人種や性別や文化の差異に関わらず、同型をなしている。ヒトという種の身体 (そして脳) の構造の共通性は、端的な事実として、エマソンの普遍的なものの概念を支えている。

その上で言えることとは、エマソンのテキストにおいて、〈普遍〉とは身体における〈効果〉のことである、ということだ。『ネイチャー』において、「物想いのとき、川を眺めていて、万物の流れを思い起こさない人がいるだろうか? 小川に石を投げ入れて、波紋が広がっていく様子は、あらゆる作用というものの美しい象徴だ。人は内部にある、または自分個人の生活の下にある普遍的な魂を自覚する」(*CW* I 18) と言われるとき、彼は普遍的な感覚の浮上について正確に記述している。同じくその第三章「美」で朝焼けに照らされた横雲を見ながら、「わたしはその刻々の変化をともにしているようだ。魅了する力は働いてわたしの肉体にまで届き、わたしは朝の風と一緒に膨張し呼吸する。自然はなんと乏しい安上がりな要素でわたしたちを神的にすることだろう！」（*CW* I 13）と言うときにも、身体から普遍への同様の感覚上の運動が見られる。エマソンの世界観の要とも言えるモラルの法の問題も、この延長線上で考察することができる。「このように宇宙は息づいている。あらゆる事物は道徳的だ。あの魂は、われわれの内部において感情であり、外部においては法なのである」（「償い」*CW* II 60）という表現には、内的な感覚としての「道徳的感情」が「法」へと転じる個の認識の手順が語られている。個体を越えた「法」は感覚の下支えによってのみリアルと化す。

あくまでも個の内部の感覚から発していかにして普遍に行き着くか。エマソンはそれを〈private が public に通じる〉という理路で捉えようとした。「自分のプライベートな思考においてなんらかの法をマスターした者は、その程度に応じて彼が同じ言葉を語るすべての人の精通者であり、また自分の言葉が翻訳される同じ言葉の持ち主すべての精通者でもある。……自己の最もプライベートで秘密の予感に深く潜っていけばいくほど、驚くことに、これは最も受け入れられ、最もパブリックで最も普遍的に真実であると感じることになる。」（「アメリカン・スカラー」*CW* I 63）「プライベートな誠実さの聖なる感覚」（「時代についての講演」*CW* I 177）を経由して初めて共通の public なものへの信頼が得られるというのがエマソンの構想だった。それはつまり、個を消すことはできないということだ。それゆえエマソンは「わたしは、人の孤島を不可侵なものにしておきたい（I would have the island of a man inviolate.）」（「マナーズ」"Manners" *CW* III 80）と言う。同時にそれは、個から普遍への道が、自ずと通じていることでもあった。「わたしがここに居るという事実がわたしに示すのは、魂がここに一個の器官を必要としたということだ」(「スピリットの法則」"Spiritual Laws" *CW* II 94) と言うとき、それはすべての人にとっての「わたし」であり、人が「わたし」という一人称を持つ構造の確認であり、その構造によってこそ普遍なものを搬び得るという認識である。「普遍的なものは個の中に住まうのでなければわれわれを惹きつけない。」(「自然の方法」*CW* I 127)

普遍的なものが個体の中に住まうやり方として、エマソンはむしろ個の矩を超えるような過剰な生命の感覚、既に論じた「エクスタシー」に着目した。自然界には一つの「上に横たわる傾向」があり、すべては「あの生命の余剰ないしは過剰に従う。それをわれわれは、意識を持つ存在においてはエクスタシーと呼ぶ」(「自然の方法」*CW* I 127) というエマソンの論点について、ジョナサン・レヴィン (Jonathan Levin) は正当に次のように言っている。「「エクスタシー」と「傾向」が想起させるのは、個体を包摂する (そして構成する) 能動的なプロセスである。エマソンは自然を一つの壮大な「傾向」として、すべてのものを満たす大きな進行中のプロセスとして描き出す。」(Levin 35) エマソンによれば、「このエクスタシーの状態は部分にではなく全体へと眼差しを向けるように見える。終局ではなく根源へ、行為ではなく傾向へと」(「自然の方法」*CW* I 131) となる。ここで言う「傾向」は、特定の人為的な産物に向かう質のものではなく、人間もその一種であるところの生命体をモデルにしていて、それは詩「マルハナバチ」("The Humble-Bee") におけるように、たとえば小さいマルハナバチのかたちをとる。それゆえに、個人は自分が示している傾向の先にある「全」が何かを知ることはない。そこでは個人は、生命体に共通の何かを指さす、矢印のような在り方をしている。「すべての人間は世界の中の職工ではなく、そうなるべきだという仄めかしとして存在する」(「円」CW II 181)という言葉はその在りようを示している。〈公共的な何かよいもの〉に向かう傾向は肯定される。しかし特定の〈公共のかたち〉はいつも暫定的なものにとどまらねばならない。

だが個はそれぞれに異なっていて、世界には多様で相反する個が共存しているではないか。この疑問へのエマソンの解答がキャラクターの概念であり、それは人間の複数性を担保するための蝶番のようなコンセプトである。各人の矢印はそれぞれに多方向を目指しているように見えるが、それらはいわば分担して「全体」を指している、そう考える思考である。「それぞれの人には自分の天命がある」と言うエマソンは続けて書く。「すべての世界がそこでだけ開けている一つの方向が彼にはある。……彼は川をゆく船のようなものだ。一方向を除いてはあらゆる側で障害物にぶつかる。その方向ではあらゆる障害物は取り去られていて、彼は深みになる水路でも静かに乗り切って無限の海へと進んでいく。」(「スピリットの法則」CW II 82)「自己信頼」ではこれを、「最良の船の航路は百もの上手回しをしたジグザグの線だ。その線を充分な遠さから見れば、それは真直ぐな平均的な傾向に見えてくるだろう」(CW II 34)とも表現している。この場合、エマソンの船は目的地を知らない。だがよい場所に辿り着けると知っていて、それで充分なのである。航路は自ずからその船ならではの一定の線を描く。その線が各人のキャラクターで、それは各人が生を生きてみて、事後的にのみ認められる傾向なのだ。

この線のイメージはエマソンにおいて、短さゆえに直線のように見えるが実際には途方もなく巨きい円弧の一部を成すはずの断片であった。「最小の暗示でもわれわれを一つのキャラクターの探索へと向かわせる。われわれの眼はとても法外なものなので、最も小さい弧線を見ても、その曲線を完成させせてしまう。本来の図表を隠していたと見えたカーテンが上がると、そこにはそれ以上の線はなく、初めに目にした弧線の断片だけしか見当たらないことが判って戸惑ってしまう。」（「名目論者と実在論者」"Nominalist and Realist" *CW* III 133）現実の政治的な結社についてネガティヴに言われた言葉だが、これをあえて個の在り方としてポジティヴに捉えてみよう。各人はそれぞれのキャラクターを（船の航路のように）実現しようとして生きるが、その達成の度合いはまちまちである。どこまで生きてもその線は断片・欠片にとどまるしかない。その線は巨きな円の外縁を示している矢印に見え、われわれはそこから潜在的にあり得るはずの円弧を想像するが、それは現実化されない。単に人生の時間が切れるからではない。エマソンによれば、個は常に過剰さゆえに的を逸してしまう存在なのだ。「自然が世界に生き物、人間を送り出すとき、必ずそこに本来の性質の小さな過剰を加えずにはいない。……あらゆる生物に自然は、それ本来の途に少しの方向の暴力（a little violence of direction）を加える。それが生物を先へと進めるための一押しなのだ。……この方向の暴力を男女かかわらずみな持っているのだが、それぬきでは、すなわち偏狭さと狂信のスパイスぬきには、どんな興奮もどんな効力も生まれない。われわれは的を射るために的を上に外して狙うのだ。」（「自然」*CW* III 107）各人の現実化されたキャラクターは円弧の線に当てはまる理想的なピースたり得ない。過剰は矢印の方向に加えられた暴力である。それを内包しつつ「偏狭」や「狂信」に陥らぬようにその暴力を手懐けて、理念的にしか存在しない巨きな円弧を目指す断片として在り、かつすべての断片を集めたとき巨きな円弧が描かれるような、そうした個を考えること。〈すべて〉は現実化できないものであり、あくまでも想像上つかのま浮かび上がるマークとしてのみ存在する。「あらゆる人々は社会にとって美か役立ちの何か輝く特徴によって存在する。それを彼らは持っているのだ。われわれはその一つのすばらしい特徴からその人の全体の均整を借りて考え、肖像画を釣り合いのとれたものとして完成する。しかし実際にはそれは間違えたものになる」（「名目論者と実在論者」*CW* III 134）と言うように、理想のプロポーションをした人間像は現実には描き得ない。エマソンはそれでいいと言う。「普遍的なものをめざそう。磁石の針ではなく磁気を。人間の生と個々人は貧しい経験的な見せかけである。」（同 *CW* III 135）個々の矢印は磁石の針だ。針そのものではなく、針が指している北を見よ。「あらゆる約束は実行の結果を凌いでいる。」（「自然」*CW* III 110）だから、「約束」の方を見よ。カヴェルがエマソンの「完全論（perfectionism）」という言い方で名指そうとしているのは、この問題である（Cavell, *This New Yet Unapproachable America*）。個々人や多数の集団をそのままシームレスに糊付けする思想はない。だが個が断片の矢印として、共通なものへ向かうことはできる。そのとき巨きな円弧はイマジナリーな境位を保ったままで、現実に働く力となっている。この円は人間の主観が作り出すオプティカル・イリュージョンなのか（そうだと認めた上でそれを必要な神話として求めるべきだという当為があるのか）、それとも人間にそのようなイリュージョンを見させることの中に、世界のリアルは潜在しているのか。前者の懐疑論的な構えに対して、エマソンは後者の思想を抱こうとしていた。

身体・力・普遍に関してエマソンは自分だけのスタイルで概念を創造した。それらは畢竟、個の心がけをめぐる思想であり、「何かができる」ことを価値基準にせずに個を肯定する思想である。たとえ彼が（とりわけ後期において）奴隷制反対論を含めた政治運動にコミットし、社会制度について言論活動をしたとしても、それは決して政治思想ではない。むしろそれは、個をある種のやり方で目覚めさせて、政治もその一部をなす生へと、動かしていく思想である。すべての個がその人なりのネイチャー＝ソウルを実現して結果的にスタイルを持つために、エマソンが最重要だと見なしたのは教育だった。「世界はそれぞれの人の教育のために存在する。」（「歴史」*CW* II 5）それは各自が「未だ達せられていないが達することのできる自己」（同 *CW* II 5）を目指すために、「自然との対話の習慣」（同 *CW* II 18）によってなされる。だがそこでいう「自然」は、続けて「固定を揺るがす音楽の力、詩の力」（同 *CW* II 18）と言われるように、アートなど人間の表現によって現れた「自然」でもある。エマソンにおいて「教育」は「教養」とほぼ交換可能な概念だが、それは現実の人間の世界に「革命」を起こすようなものだった。「この革命がなされるとしたらそれは教養という概念のゆるやかな手懐けによってである」(「アメリカン・スカラー」*CW* I 65)と言うように、それは長いプロセスを要する「力」の転換の営みである。「われわれは本性上観察者であり、それゆえに学ぶ者(learners)である。それがわれわれの永遠の状態なのだ」(「愛」*CW* II 109)と言うとおり、人は「学ぶ者」として在り、エマソンが「スカラー」と言うのも同義だが、この学びは「魂の前進」(同 *CW* II 110)として、現世で身につけたものを解きほどくプロセスを求める。それゆえにエマソンは「われわれが身につけた世間の知恵を忘れよう(Let us unlearn our wisdom of the world.)」(「スピリットの法則」*CW* II 93)と言わねばならなかった。人が世間知によってサバイブするための成長は、ある意味でナチュラルな過程である。とすれば、エマソンの unlearn する学びとは、それ自体実は自然に反する特性を持っているとも言える。エマソンの「自然」はその意味では反・自然である。だがそれ故に、その反・自然の教育にはまだ汲み尽くせない深い意味がある。

注

(1) たとえばニール・ドーランのように、エマソンの思想を「啓蒙主義-プラトニズムの価値のヒエラルキー」の伝統に連なるものと見なし、彼が受けた教育において主流を占めていた「真に理性的な良心の厳しい命令への制御された従属」を重視したと指摘できる面があるとしても(Dolan 15)、わたしの主張は、エマソンは既にある様々な(伝統的かつ経験論的な、あるいはロマン主義的な、あるいは観念論的な)ものの見方を組み合わせながら、あくまでも個のクリエーションとしてすべてを新たに組み直し、作り直したという点にある。

（2）堀内正規、「エマソンの“Self”とホイットマンの“Myself”」（『英文学』第九五号、早稲田大学英文学会、二〇〇九年、1-13）

（3）直接的にエマソンの自己論とつなげて論じてはいないが、ジェイムズ・S・ハンス（James S. Hans）はエマソンを主要な考察対象の一部とした書物において、フーコーの「自己のテクネー」に注目している（*The Site of Our Lives: The Self and the Subject from Emerson to Foucault*）。

（4）主要なエマソン研究史において、近年エマソンの宗教の問題を比較的前向きに扱っているのは、ローレンス・ビュエルとジョージ・ケイテブとデイヴィッド・M・ロビンソンである。

（5）スティーヴン・ブッシュ（Stephen S. Bush）が過去の宗教学の変遷を見渡して語るように（*Visions of Religion*）、ここでわたしが事例として出しているハポウルドも井筒も、十九世紀前半のシュライアーマッハー（Schleiermacher）に端を発し、ウィリアム・ジェイムズ、ルドルフ・オットー（Rudolf Otto）を経てミルチャ・エリアーデ（Mircea Eliade）に至るような、宗教の核心を「体験」に見出す宗教学の系譜に連なる。ブッシュの言うように、その後の宗教学がそのウェイトを言語の網の目によって言説化された「意味」、更にはその後制度的な側面を重視した「権力」にシフトして二十一世紀の今日に至るとしても、ブッシュ自身が言うように、「体験」として個の側から（いわば現象学的に）宗教を見ることの妥当性そのものが（ブッシュは人類共通の普遍性としてそれを捉えることは現代では不可能だとしているが）完全に失効しているわけではない。本論はもちろん宗教学研究の一部として書かれているのではなく、あくまでもエマソンにおける個の生き方の問題をどう考えるかという観点から宗教学的知見を援用しており、その限りではこの論じ方も無意味ではないと考えている（それでも普遍主義的だという批判は当然あるだろうが）。

（6）たとえば、ケイトンは十九世紀前半の、ジャクソニアン・デモクラシーの急速な発達の時代のニューイングランドの社会的・経済的・政治的な変化のコンテクストの内部に、エマソンの精神的な成長を位置づける優れた研究において、「エマソンは自分の手で大ざっぱではあっても新しい秩序が抱く根本的なジレンマを明瞭にする必要に迫られた。すなわち、自己敗北的でとても狭量に限定された自己利益ばかりに人の目を向けさせるような文化の中で、個人の道徳的な独立はいかに達成されるのか、という問題である。」（Cayton 45）と言っている。ケイトンは同時に、エマソンの思想が彼の意図に反して、結果的に当時のボストンの市場経済の在りように対応するようなものになったことを指摘している。(「一般化されて抽象的になった自然の法を道徳と人間の幸福への道だとして信頼するエマソンの考えは、彼自身には明瞭ではなかった形で、実は一般化されて抽象的になった交換と商品の法則を人間関係形成の道だとして信頼した新たな経済秩序の見方を、鏡のように映し出していたのだ。」(78)これも優れた指摘であり、本稿でわたしが主張するような意味での〈身体〉の体験の次元をはずして、経済的な観点のみから見たとき、エマソンの思想がどう見なされるかの典型的な例だと言える。

初出一覧

「自己信頼」における運命のかたち——エマソン、ウィリアム・ジェイムズ、ニーチェ」(「セルフ・リライアンス」における運命のかたち——エマソン、ウィリアム・ジェイムズ、ニーチェ」改題)『ほらいずん』第二九号、早稲田大学英米文学研究会、一九九七年。

中間の場所——エマソンのエッセイ「経験」を読む——『早稲田大学大学院文学研究科紀要』第四九輯、早稲田大学大学院文学研究科、二〇〇三年。

エマソンと身体——「神学部講演」を読み直す(「Emerson と身体(上)——"Divinity School Address" を読み直す」、「Emerson と身体(下)——"Divinity School Address" を読み直す」改題)『英語青年』、研究社、二〇〇六年二月号、同三月号。

エマソンの〈自然〉——岩田慶治の〈アニミズム〉の視点から『ソローとアメリカ精神』、金星堂、二〇一二年。

死者の痕跡――エマソンの説教におけるエレンの存在――（「死者の痕跡――Emerson の説教における Ellen の存在――」改題）『早稲田大学大学院文学研究科紀要』第五二輯、早稲田大学大学院文学研究科、二〇〇七年。

「君の友を君自身から守れ」――エッセイ「友情」と震える主体　『早稲田大学大学院文学研究科紀要』第五六輯、早稲田大学大学院文学研究科、二〇一一年。

エマソンの秘密――息子の死と「経験」、日記、「挽歌」（「Emerson の秘密――息子の死と "Experience," Journals, "Threnody"」改題）『英文学』第九六号、早稲田大学英文学会、二〇一〇年。

もう一つの〈自己〉――〈キャラクター〉をうたう〈詩人〉（「エマソンの震える主体――もう一つの「自己を超えて」」改題）『哲学のサブジェクト転換』、東京大学出版会、未刊行。

自己の美学と身体・力・普遍――前期エマソンの思想　『早稲田大学大学院文学研究科紀要』第六一輯、早稲田大学大学院文学研究科、二〇一六年。

エマソン略年譜

一八〇三年　五月二十五日ボストンに生まれる。父ウィリアムはボストン第一教会の教区牧師。母ルース・ハスキンズ・エマソン。八人兄弟の四番目の子どもだった。長女、長男と最後の妹は早世したため、実質的には、すぐ上の兄ウィリアム（一八〇一年生まれ）、弟エドワード（一八〇五年）、バークリー（一八〇七年）、チャールズ（一八〇八年）の五人兄弟と言える。祖父ウィリアムもコンコードの牧師であり、後に新婚のホーソーンも住むことになる「旧牧師館（the Old Manse）」と名づけられる家を建て、独立戦争時、有名なノース・ブリッジの戦いで活躍した。父方の先祖は十七世紀半ばにイングランドから入植。ラルフ・ウォルドー・エマソンは六代目に当たる。叔母（父の妹）に生涯独身を通しエマソン家に尽くしたメアリー・ムーディ・エマソンがおり、カルヴィニズム的な教義を信奉しながら強い神秘主義的な傾向を持ち、エマソンに大きな影響を与えた。祖母フィービーは祖父の死後、コンコードの教区を担当した牧師エズラ・リプリーと再婚し、後にウォルサムの牧師となりホーソーンが去ったあと旧牧師館に住んだサミュエル・リプリーを生むが、この人も若いエマソンに強い影響を及ぼした。父はリベラルな志向を持つユニテリアン派の牧師だったが、エマソンが七歳のとき（一八一一年）に四二歳で亡くなる。母は西インド諸島の貿易で潤った裕福な家庭で生まれ、一八五三年に亡くなるまで、基本的にウォルドーとともに住んだ。弟バークリーはいわゆる「知恵遅れ」で、地元の農家に間借りして雑用仕事をこなしながら五九年に亡くなる。その他の兄弟はみなハーヴァード大学に通い、学費と家族の生活費のために教師をしながら学んだ（父の死後家計が困窮したため）。兄のウィリアムは一八二三年に神学を学ぶため、当時の聖書研究のメッカだったドイツ・ゲッティンゲンに留学、一八二五年に帰国後、宗教的な懐疑にとらわれて牧師の道を諦め、法律の世界に身を投ずる。エドワードとチャールズも法曹界に入るものの若くして結核で亡くなる。チャールズは一八三〇年代半ば、エマソンの近くにいて、彼に大きな影響を与えた。

一八一一年　五月十二日、父ウィリアム胃の腫瘍で死去。子どもたちは未亡人と叔母のメアリー・ムーディ・エマソンの手で育てられることになった。

一八一三年　ボストンのパブリック・ラテン・スクール入学、詩を書き始めた。

一八一七年―二一年　ハーヴァード・カレッジ入学。学生宿舎で給仕などの仕事をし、休暇時期には教師をして家計を助ける。ソクラテスと倫理哲学についてのエッセイで賞を与えられた。在学中から日記をつけ始め、その習慣は生涯に及ぶ。卒業後兄ウィリアムがやっていたボストンの若い女性向けの学校で教え始める。

一八二三年　ウィリアムがドイツ留学に出たため一人で学校を運営する。将来に悲観する。

一八二五年　学校を閉め、ハーヴァード神学校（Harvard Divinity School）に入る。目の痛みに悩み始める。

一八二六―二七年　説教師としてスタートを切ろうとするが、肺のコンディションが悪くなり、静養のためにサウス・カロライナのチャールストンに旅し、フロリダのセント・オーガスティンに船旅。二七年春にボストンに戻り、説教をし始めた。十二月、仕事でニューハンプシャーのコンコードにいた折に、エレン・ルイザ・タッカーに出会う。

一八二八年　十二月、エレン・タッカーと婚約。エレンの実父は一八二〇年に亡くなっていた。義父はコンコード（ニュー・ハンプシャー）で最初のユニテリアン派の会衆を組織した人で、エマソンはその初代教区牧師の有力な候補だった。エマソンは主に手紙を通じてエレンに求婚。

一八二九年　エレン、結核のため健康状態が悪化。三月、ボストン第二教会の牧師に任命される。九月コンコード（N・H）でエレンと結婚。

一八三一年　二月八日、エレン、十九歳で逝去。エレンの墓への毎日の散歩始まる。チャールズ、健康を害してプエルト・リコへ。

一八三二年　教会の儀式や牧師の役割に疑問を感じ、九月に有名な「主の晩餐」の説教を行い、ボストン第二教会の牧師職を辞す。十二月十五日、ヨーロッパ旅行に旅立つ。

一八三三年　マルタ島、ローマ、パリ、ロンドン、スコットランド。パリでは植物園において一種の神秘的な体験をし、博物学者（naturalist）になろうと決意をする。ロンドンではジョン・スチュワート・ミル、コールリッジ、ワーズワースと、スコットランドではカーライルと面会。カーライルとは書簡を通じて生涯の友情を培うことになる。九月帰国。十一月講演者としてのキャリアをスタートさせる（連続講演の題は「博物学の効用」）。

一八三四年　エレンが成年に達したときに相続するはずだった実父からの遺産の内、半分（一万千六百ドル）を受け取る。十月、ボストンから母とともにコンコード（「旧牧師館」）に移り住む。エドワード、プエルト・リコで死去。

一八三五年　九月、プリマスのリディア・ジャクソン（結婚後にリディアンと改名）と結婚。新居に移転。リディアンは信仰深く知性的な女性で、エレンに対するエマソンの追慕の情を理解した上で結婚したが、夫を尊敬しながらも、夫婦の情愛という面で不満を抱えながら生きた。ブロンソン・オルコット、エリザベス・パーマー・ピーボディらと知り合う。

一八三六年　五月チャールズが結核で逝去。大きなショックを受ける。七月、マーガレット・フラーがエマソン家を訪ねる。九月八日、いわゆる「超絶クラブ」と呼ばれることになるインフォーマルな集いが初めて持たれる。（フレデリック・ヘッジ、ジョージ・パトナム、ジョージ・リプリー、フラー、オレステス・ブラウンソン、セオドア・パーカー、オルコット、ジェイムズ・フリーマン・クラーク、ウィリアム・H・チャニングらがメンバーに加わっていった。）この集まりは一八四三年まで続いた。同じ月、処女作『ネイチャー』が匿名で出版される。費用を自己負担してカーライルの『衣服哲学』のアメリカ版を出版。十月三十日、長男ウォルドー誕生。

一八三七年　経済恐慌。講演活動を続ける。エレン所有になっている土地からの遺産の残りを受け取る（二万三千ドル、以降毎年千二百ドルの収入が見こまれることになった）。八月、講演「アメリカン・スカラー」。
一八三八年　四月、チェロキー・インディアンの立ち退きに関して大統領ヴァン・ビューレンに宛てた公開書簡を書く。七月「神学部講演」。背信と見なされ物議を醸す。神がかり的な状態でキリスト教的な詩を爆発的な勢いで書いていたジョーンズ・ヴェリーと知り合う。ソローとの親交・友情が始まる。
一八三九年　二月二十四日、長女エレン誕生。『エッセイ集』の構想を練り始める。ジョーンズ・ヴェリーの『エッセイと詩』を編集する。
一八四〇年　四月、フラーと共に雑誌『ダイアル』第一号を発刊（フラーが編集長）。ジョージ・リプリーから社会改良のための実験的コミュニティ、ブルック・ファームへの参加を求められるも断る。
一八四一年　三月、最初の『エッセイ集』、刊行。十一月二十二日、次女イーディス誕生。
一八四二年　一月二十七日　長男ウォルドーが猩紅熱で突然逝去。三月、ニューヨークで「詩人」についての講演をし、これをウォルト・ホイットマンが聴いていた。同月『ダイアル』の編集をフラーから引き継ぐ。
一八四三年　『ダイアル』編集で疲弊。当時ニューヨーク州の判事になっていた兄ウィリアムの子どもたちの個人教師としてソローを推し、スターテン島に送る。『エッセイ第二集』の準備。
一八四四年　四月『ダイアル』終刊。七月十日、次男エドワード・ウォルドー誕生。ウォールデン・ポンド湖畔の土地を購入。翌年ソローがこの地に小屋を建てて住み始める。八月一日、合衆国政府のテキサス併合とメキシコ戦争に反対し、奴隷制反対論に与する演説（「西インド諸島の奴隷解放」）を行なう。十月『エッセイ第二集』刊行。
一八四六年　前年冬から「代表的人間」の連続講演。七月、ソローが人頭税支払い拒否のため一日留置場に入る。エマソンはこれをよしとしなかった。十二月『詩集』刊行。

一八四七年　十月、『エッセイ第一集』改訂版刊行。同月、イギリスへ講演旅行に旅立つ（リバプール、マンチェスター、ノッティンガム、バーミンガムなど）。イギリスの「物質的優位」に強い印象を受ける。ソロー、ウォールデン・ポンドを離れエマソン家に。

一八四八年　イギリス滞在。この滞在でエマソンはカーライル、ワーズワース、ハリエット・マティノー、テニソンらと会う。五月、革命で揺れるパリに赴く。アレクシス・ド・トックヴィルと会う。六月イギリスに戻る。カーライルと共にストーンヘンジへ。七月、帰国。

一八四九年　九月、『ネイチャー、演説、講演』刊行。『ネイチャー』は初版版から若干改訂。年末に『代表的人間』刊行。

一八五〇年　講演旅行の地域、広がる。奴隷州であったケンタッキー、ミズーリにも赴いた。七月、ヨーロッパから帰国途中、船の難破でマーガレット・フラー死去。九月「逃亡奴隷法」制定。

一八五一年　四月、マサチューセッツ州で逃亡奴隷トマス・シムズが捕われ、主席裁判官レミュエル・ショー（メルヴィルの岳父）が逃亡奴隷法に基づき南部へと強制送還する判断を下す。青年期のヒーローだったダニエル・ウェブスターが南部との妥協的な姿勢を打ち出したことに幻滅。五月、マサチューセッツ州の奴隷制への加担を弾劾する演説を行なう。

一八五三年　十一月、母ルース、八十五歳で逝去。

一八五四年　カンザス－ネブラスカ法の議論噴出。三月、ニューヨーク反奴隷制協会にて「逃亡奴隷法」に関する講演。八月、ソロー、『ウォールデン』刊行。

一八五五年　ボストン、ニューヨーク、フィラデルフィアで反奴隷制の講演。七月、ホイットマンの『草の葉』初版への賛辞の手紙を送る。九月、ボストンで女性権利会議にて講演。

一八五六年　八月、『イギリスの特徴』刊行。

一八五七年　三月、奴隷制反対論の急先鋒ジョン・ブラウンのコンコードでの演説に強い印象を受ける。ソローにブラウンを紹介される。五月、ボストンの「マガジン・クラブ」に参加、十一月の雑誌『アトランティック・マンスリー』発刊につながり、エマソンの詩やエッセイをレギュラーに発表する場となっていく。
一八五九年　奴隷制反対論者セオドア・パーカーに共感し、頻繁にボストンのミュージック・ホールでの「パーカー・フラタニティ」の集会で講演する。五月、弟バークリー、四十二歳で逝去。七月、以後長引くことになる足首の痛み、始まる。十月、ジョン・ブラウン捕えられる。ソロー、「ジョン・ブラウンのための弁護」。十二月、ブラウン処刑。エマソンは一連のできごとへの怒りを公けにする。
一八六〇年　三月、ボストンでホイットマンと会う。「性的な要素」(「アダムの子ども」連作の一部など)を『草の葉』から削除することを勧めた。十一月、リンカーン、大統領選当選、エマソンはこれについて「崇高な」ものと述べた。十二月、『人生のふるまい方』、刊行。
一八六一年　一月、二月、健康状態を悪化させたソロー、エマソン家に滞在。四月、南北戦争勃発、エマソンは「切断は癌を放置するより望ましい」と述べた。
一八六二年　二月、リンカーン大統領に会う。五月六日、ソロー、四十四歳で逝去。追悼エッセイ「ソロー」。ソローの遺稿を世に出すために尽力していく。九月、リンカーン、「奴隷解放宣言」。十一月、『アトランティック・マンスリー』に「大統領の宣言」掲載。
一八六三年　五月一日、叔母メアリー・ムーディ・エマソン、八十九歳で逝去。
一八六五年　四月、リー将軍、降伏、南北戦争終結へ。同月十四日、リンカーン、暗殺される。依然として精力的に各地で講演、この年を代表する連続講演のタイトルは「アメリカにおける社会的目的」。
一八六七年　四月、詩集『メイ・デイその他の詩』刊行。

一八六八年　九月十三日、兄ウィリアム、ニューヨークで逝去。
一八七〇年　三月、『社会と孤独』刊行。
一八七一年　四月、健康を害したため、療養の意味で友人や家族たちとカリフォルニア旅行（シカゴ、ソルト・レーク、サン・フランシスコ）。途中ブリガム・ヤングと、ヨセミテ峡谷でジョン・ミュアと会う。六月初旬に帰宅。
一八七二年　七月、自宅が火災に遭う。友人たちのはからいで、ヨーロッパ旅行が計画される。十月下旬、娘のエレンの付き添いでニューヨークからリバプールへと出港。この旅でのカーライルとの面会が最後の対面となった。パリ、リヨン、マルセイユからニース、イタリア・ピサ、フィレンツェ、ローマ、ナポリを経て、年末にはエジプト。アレクサンドリアを経てカイロへ。翌年五月に帰国。
一八七五年　日記の執筆を止める。二月と三月に一回ずつ講演。三月のフィラデルフィアの講演では、三千人の聴衆にエマソンの声は明瞭に聴き取れなかった。十二月、『書簡と社会の目標』、娘エレンとジェイムズ・エリオット・カボットの助力で原稿編集を行なって刊行される。
一八七六年　講演は少し行なうものの、公けの訪問や執筆を実質的にしなくなる。ブローカ失語症に罹っていたと言われている。十月末、『選詩集』刊行。
一八八〇年　エレンはエマソンの原稿を更に公けにしたがったが、カボットはそれがエマソンの名声をかえって傷つけるとして反対した。
一八八二年　四月二十七日、エマソン、肺炎のため逝去。

＊本年譜は Albert J. von Frank の *An Emerson Chronology* と Joel Porte 編集の *Emerson: Essays and Lectures*（The Library of America）所収の巻末年譜の記述を元に作られた。

あとがき

打ち明け話になってしまうのをお許しいただきたい。わたしは学部でポーを卒論の対象にし、大学院では一貫してメルヴィルに自分なりに打ちこんだ。当時わたしにとってエマソンはむしろ〈敵〉というか、人生の暗部に潜む真実に目を閉ざした、楽天的でプラトニックな、いわば〈お目出度い〉書き手と映っていた。ドクター在籍中、早稲田大学も博士論文を出す機運になってきたので取り組まないかと、当時の専修主任でいらした林昭夫先生から私的な会話で打診されたこともあり、『白鯨』を読み抜こうとした時期がわたしにはある。一九八〇年代終盤の頃のことだ。その後教員になりたての年に、西南学院大学でおこなわれた日本英文学会全国大会で『ピエール』に関する発表をした帰り、学会会場でたまたま買ったジョエル・ポーティの *In Respect to Egotism*（一九九一年）を新幹線で読み始めたことがきっかけで、卒然と、まるで啓示のように、唐突にエマソンについての〈転回〉が車中の自分に生じた。その本のエマソンを論じた章に引用されていたエッセイ「円」のテキストに深く揺さぶられたのだ。この点ではわたしは、ポーティのエマソン観にはズレを感じるとしても、彼に学恩があることになる。その後も研究の中心はメルヴィルだったが、いつしかエマソンの偉大さに素直に自らが開かれていったように思う。だからわたしは、メルヴィルやホーソーンの専門家たちがエマソンを批判的に眼差す気持ちがよくわかる。また同時にこの経歴（？）は、結果的にメルヴィルとエマソンという対極的な書き手双方の専門家（というのは烏滸がましいが）という、日本では珍しい状態にわたしを置くことになった（アメリカではハリソン・ヘイフォード（Harrison Hayford）のように、双方の専門家がいることは不思議ではないが、日本では、二人ともを愛し、そのよきところを肯定するような学者はきわめて珍しい）。ひとは変わる、という真理をわたしは自分の身をもって識った。

それでも一九九九年から二〇〇四年秋まで、六年半の間、わたしは勤め先の英文学会の会誌『英文学』に、年二回のペースでひたすら『白鯨』論を書き続けた。当時この雑誌を年二回刊行として、ずっと編集長として見守ってくださったのは、同僚だった村田薫先生だった。この点だけでなく、わたしはあらゆる点で先生の御恩を受けた。早稲田大学の英文科には、昔から、小説や批評など、日本語で日本の一般読者のために物を書くことを何より大切にする気風があった。わたしの大学院の指導教授だった松原正先生は、福田恆存に私淑した一番弟子であり、小林秀雄を深く尊敬する方だった。その直接的な影響、というわけでは必ずしもないのだが、当時わたしは小林の『本居宣長』のように、書きたいものをとことん自由に追求したいという身の程知らずの願望があり、それが十三回にわたる連載の『白鯨』論になったのだった。後に語るようにわたしは大学院で、永らく非常勤で教えておられた大橋健三郎先生の定年（七十歳）までの最後の五年間の教え子になるのだが、東大時代の大橋ゼミのお弟子さんにあたる平石貴樹先生は、そのご縁でわたしの研究にコメントを下さっていて、『白鯨』論の連載を始めたときには、もっとポレミカルな書き方をしなければならないと、ある意味で正当なお叱りの言葉を下さったものだ。

自分なりに『白鯨』論に区切りをつけて、わたしはようやくエマソン研究に本格的に打ちこむ気持ちになった。すでに二〇〇三年からエマソン論に着手していたのだが（本書の第二章）、二〇〇四年度に在外研究でプロヴィデンスにあるブラウン大学に身を寄せていたとき、大学にはほとんど顔を出さないで図書館とコンコードを行き来（？）するような生活をしていたのだが、やっとエマソンと深くまじわるような時間を持つことができたと思う。二〇〇四年晩秋から二〇〇五年の二月半ばまで、ひとり暮らしのプロヴィデンスのアパートでエマソンの厖大な日記を読んでいると、自分がエマソンの魂と静かに対話をしているような気になったものだ。

たまたま二〇〇三年度に早稲田大学の政経学部で、高橋世織先生が詩人の吉増剛造さんを非常勤講師に招かれて、わたしも飛び入りでまぜていただいていたのだが、その関係がこのアメリカの一年でも続き、ちょうど出たばかりの『ごろごろ』を送っていただいて、長い感想を綴った手紙を出した。この年九月には、吉増さんはアイオワ大学の国際創作科に何度目かの〈里帰り〉をされて、アイオワでお目にかかり、また二〇〇五年三月にはわたしがいたブラウン大学にも、詩人フォレスト・ガンダーさんの招きで来られて、そこでもご一緒させていただくことになった。（亡くなられたガンダーさんの奥さんの詩人C・D・ライトさんともども、吉増さんご夫妻と一緒にわたしたち夫婦も家に招いていただいた。）このあたりからわたしは自分がかたや〈アメリカ文学者〉としてはエマソンを、そしてかたやそれとは別に吉増剛造論を中心とする現代詩を、最も主要な考察・読解の対象として考えるようになった。現在、本書のほかに、思潮社から『吉増剛造とアメリカ』を上梓する準備をしているのは偶然のめぐりあわせだが、二冊はそこから十年ほどの、わたしが生きたあかしであるとも言える。

わたしには考究する対象をいつまでも可能性の中に留めて楽しんでいたいという弱いところがある。いま感じるのは、自分の限界ばかりだ。冒頭に置いた論文は別として、「経験」論が二〇〇三年、以降十二年ほどでこれだけか、と失望まじりに思わなくもない。不備を挙げれば果てしがない。果てのない不明の海に幾つかの小さい浮島を仮説したようなものだ。繰り返しになるが、この時期はちょうど吉増剛造さんと知り合って、大学の授業その他で同道させていただいた時期と重なっている。二〇〇六年度から三年間、早稲田大学第一文学部で、吉増さんと共同で一つの授業をしたが、わたしは大学教師としてこの三年間で徹底的に鍛えられた。教室でのご縁ということもあるが、吉増さんは実際にわが師にあたると思っている。古いアメリカ文学、メルヴィルやエマソン（北村透谷も経由している）に若い頃から深く関心を持ち続けてこられた吉増さんとのお付き合いは、当然のことながら、本書所収の諸論文にも深い影響を及ぼしている。あらためてここで深い謝意を表したい。吉増さんの詩の中に「開かれ小石」という印象的な造語が登場するのだが、ある意味でこの本は、エマソンから「開かれ小石」としての個の生き方を学び取ろうとするものであると言える。

感謝申し上げるべき方々は多い。大学院時代にアメリカ文学研究の道で励ましてくださったいまは亡き大橋健三郎先生、祖父と孫のような年齢の差があったが、先生はわたしには慈愛とパッションに満ちた若々しい励ましの人だった。外の学会とほとんど没交渉だった早稲田大学の英文科にあって、大橋先生こそが、わたしを外へと連れ出し、様々な研究のネットワークの中へと導いてくださった方である。早稲田大学大学院の指導教授松原正先生も、昨年初夏に逝去された。思考法や文体にまで影響を受けた多くのお弟子さんたちに比べてわたしは先生の不肖の弟子だった。だが「連帯の快を貪らず」孤高の書き手の立場を貫かれた先生の背中を、わたしはずっと意識して育ったのだ。大橋ゼミ卒業生のお一人、牧野有通先生は、明治大学メルヴィル研究会の頃から、生意気なわたしに声をかけて励ましてくださった。これは実は稀有なことなのである。シンポジウムや英文の共著などに参加できたのも牧野先生のおかげであり、先生の軽井沢の別荘での「メル研合宿」では思いがけずいろんな方々と友人にならせていただいた。詩人・フランス文学者の清水茂先生はずっとわたしにとって灯台の灯のような存在で、常に温かくわたしの歩みを見てくださった。先生が編集長をなさっていた同人誌『同時代』にアメリカ文学についてエッセイを幾つも書かせていただいたが、狭い専門性に閉じこもらず、大切なことをいかに書くか、その指針を与えていただいたと思っている。職場の同僚のみなさん、交流のある研究者のみなさん、日本ソロー学会の先生方や、誰にもオープンに開かれているすばらしいアメリカ詩の研究者のみなさん、それに、自分の教え子を含めて、わたしに胸襟を開いて接してくれた後輩（必ずしも早稲田の出身者ではない）の研究者のみなさんにも、感謝しなければならない。自分が少なくとも半分くらいはアカデミズムに足を漬けて生きてこられたのも、これらのみなさんのおかげである。まだ〈無名〉だった（いまでもそうだが）自分に、最初は（アメリカにいたために実現しなかった）八木敏雄先生の『白鯨』訳の書評を、ついで亀井俊介先生の東大退官に合わせて出た論文集『アメリカ』の書評を依頼してくださり、その後も、本書所収の論文を二回に分けて載せていただいた『英語青年』の当時の編集長、津田正さんは、いわば書き手としてのわたしを見出してくださった恩人である。本書は南雲堂から出る。大橋先生を初めとして、わたしが尊敬する先達の方々が南雲堂から著作を出されている。編集を引き受けてくださったのはそれらの編集者として名高い原信雄さんである。アメリカ文学者として「夢がかなった」と表現しても大げさではない。そして最後に、月並みに響くかもしれないが、ここまでわたしと同行し、互いの浮き沈みをシェアしてきた妻の香織に、ありがとう。

凡例

※本書におけるエマソンのテキストの引用は以下の版に拠り、括弧内に以下の省略形で書名を記している。

CW——*The Collected Works of Ralph Waldo Emerson*. Ed. Alfred R. Ferguson et al. 10 vols. Cambridge: Belknap P of Harvard UP, 1971-2013.

JMN——*The Journals and Miscellaneous Notebooks of Ralph Waldo Emerson*. Ed. William H. Gilman et al. 16 vols. Cambridge: Belknap P of Harvard UP, 1960-82.

CS——*The Complete Sermons of Ralph Waldo Emerson*. Ed. Albert J. von Frank et al. 4 vols. Columbia: U of Missouri P, 1989-92.

引用文献

Allen, Gay Wilson. *Waldo Emerson: A Biography*. New York: The Viking P, 1981.

Anderson, John Q. *The Liberating Gods: Emerson on Poets and Poetry*. Coral Gables: U of Miami P, 1971.

Arsić, Branka. *On Leaving: A Reading in Emerson*. Cambridge: Harvard UP, 2010.

Baker, Carlos. *Emerson Among the Eccentrics: A Group Portrait*. New York: Penguin Books, 1996.

Balaam, Peter. *Misery's Mathematics: Mourning, Compensation, and Reality in Antebellum American Literature*. New York: Routledge, 2009.

Barish, Evelyn. *Emerson: The Roots of Prophecy*. Princeton: Princeton UP, 1989.

Bishop, Jonathan. *Emerson on the Soul*. Cambridge: Harvard UP, 1964.

Bloom, Harold. *Agon: Towards a Theory of Revisioninsm*. Oxford: Oxford UP, 1982.

Brown, Lee Rust. *The Emerson Museum: Practical Romanticism and the Pursuit of the Whole*. Cambridge: Harvard UP, 1997.

Buell, Lawrence. *Emerson*. Cambridge: The Belknap P of Harvard UP, 2003.

———. *Literary Transcendentalism: Style and Vision in the American Renaissance*. Ithaca: Cornell UP, 1973.

Bush, Stephen S. *Visions of Religion: Experience, Meaning. and Power.* Oxford: Oxford UP, 2014.

Cameron, Sharon. *Impersonality: Seven Essays*. Chicago: The U of Chicago P, 2007.

Cavell, Stanley. *Conditions Handsome and Unhandsome: The Constitution of Emersonian Perfectionism*. Chicago: The U of Chicago P, 1990.

———. *Emerson's Transcendental Etudes*. Ed. David Justin Hodge. Stanford: Stanford UP, 2003.

———. *This New Yet Unapproachable America: Lectures after Emerson after Wittgenstein*. Albuqurgue: Living

Batch P, 1989.

Cayton, Mary Kupiec. *Emerson's Emergence: Self and Society in the Tranformation of New England, 1800-1845*. Chapel Hill: The U of North Carolina P, 1989.

Cromphout, Gustaaf Van. *Emerson's Ethics*. Columbia: U of Missouri P, 1999.

Dewey, John. *Art as Experience*. New York: The Berkley Publishing Group, 1980.

Dolan, Neal. *Emerson's Liberalism*. Madison: The U of Wisconsin P, 2009.

Ellison, Julie. *Emerson's Romantic Style*. Princeton: Princeton UP, 1984.

Emerson, Ralph Waldo. *The Early Lectures of Ralph Waldo Emerson*. Ed. Stephen E. Whicher et al. 3 vols. Cambridge: Belknap P of Havard UP, 1959-72.

———. *The Letters of Ralph Waldo Emerson*, 10 Vols. Ed. Ralph L. Rusk and Eleanor M. Tilton. New York: Columbia UP, 1939, 1990-1995.

———. *Young Emerson Speaks: Unpublished Discourses on Many Subjects*. Ed. Arthur C. McGiffert, Jr. Boston: Houghton Mifflin, 1938.

Emerson, Ralph Waldo, and Thomas Carlyle. *The Corresspondence of Emerson and Carlyle*. Ed. Joseph Slater. New York: Columbia UP, 1964.

Field, Susan L. *The Romance of Desire: Emerson's Commitment to Incompletion*. Madison: Fairleigh Dickinson U P, 1997.

Firkins, O. W. *Ralph Waldo Emerson*. Boston: Houghton Mifflin & Co., 1915.

Grossman, Richard. Ed. *The Tao of Emerson: The Wisdom of the Tao Te Ching as Found in the Words of Ralph Waldo Emerson*. New York: Random House, Inc., 2007.

Gura, Philip F. *American Transcendentalism: A History*. New York: Hill and Wang, 2007.

Hans, James S. *The Site of Our Lives: The Self and the Subject from Emerson to Foucault*. New York: State U of New York P, 1995.

Hansen, Olaf. *Aesthetic Individualism and Practical Intellect: American Allegory in Emerson, Thoreau, Adams, and James*. Princeton: Princeton UP, 1990.

Happold, F. C. *Mysticism: A Study and An Anthology*. New York: Penguin Books, 1990.

Harris, Kenneth Marc. *Carlyle and Emerson: Their Long Dabate*. Cambridge: Harvard UP, 1978.

Hodder, Alan D. *Emerson's Rhetoric of Revelation:* Nature, *the Reader, and the Apocalypse Within*. University Park: The Pennsylvania State UP, 1989.

———. *Thoreau's Ecstatic Witness*. New Haven: Yale UP, 2001.

Hughes, Gertrude R. *Emerson's Demanding Optimism*. Baton Rouge: Louisiana State UP, 1984.

Jacobson, David. *Emerson's Pragmatic Vision: The Dance of the Eye*. University Park: Pennsylvania State UP, 1993.

James, William. *The Varieties of Religious Experience*. New York: Penguin Books.（引用は邦訳，枡田啓三郎訳，

『宗教的経験の諸相（上）（下）』、岩波文庫から）

Kateb, George. *Emerson and Self-Reliance. New Edition*. Lanham: Rowan & Littlefield Publishers INC., 2002.

Keane, Patrick J. *Emerson, Romanticism, and Intuitive Reason: The Transatlantic "Light of All Our Day."* Columbia: U of Missouri P, 2005.

Lakoff, George, and Mark Johnson. *Philosophy in the Flesh: The Embodied Mind and its Challenge to Western Thought*. New York: Basic Books, A Member of the Perseus Books Group, 1999.（引用は一部を除いて邦訳、計見一雄訳、『肉中の哲学』、哲学書房から）

Levin, Jonathan. *The Poetics of Transition: Emerson, Pragmatism, & American Literary Modernism*. Durham: Duke UP, 1999.

McAleer, John. *Ralph Waldo Emerson: Days of Encounter*. Boston: Little, Brown and Company, 1984.

Mott, Wesley T. *"The Strains of Eloquence": Emerson and His Sermons*. University Park: The Pennsylvania State UP, 1989.

Newfield, Christopher. *The Emerson Effect: Individualism and Submission in America*. Chicago: The U of Chicago P, 1996.

Packer, Barbara L. *Emerson's Fall: A New Interpretation of the Major Essays*. New York: Continuum, 1982.

Paul, Sherman. *Emerson's Angle of Vision: Man and Nature in American Experience*. Cambridge: Harvard UP, 1952.

Poirier, Richard. *Poetry and Pragmatism*. Cambridge: Harvard UP, 1992.

Pommer, Henry F. *Emerson's First Marriage*. Carbondale: Southern Illinois UP, 1967.

Porte, Joel. *Emerson and Thoreau: Transcendentalists in Conflict*. Middletown, Connecticut: Wesleyan UP, 1966.

———. *In Respect to Egotism: Studies in American Romantic Writing*. Cambridge: Cambridge UP, 1991.

Richardson Jr., Robert D. *Emerson: The Mind on Fire*. Berkeley: U of California P, 1995.

Roberson, Susan L. *Emerson in His Sermons: A Man-Made Self*. Columbia: U of Missouri P, 1995.

Robinson, David M. *Apostle of Culture: Emerson as Preacher and Lecturer*. Philadelphia: U of Pennsylvania P, 1982.

———. *Natural Life: Thoreau's Worldly Transcendentalism*. Ithaca: Cornell UP, 2004.

Rosenwald, Lawrence. *Emerson and the Art of the Diary*. New York: Oxford UP, 1988.

Rusk Ralph L. *The Life of Ralph Waldo Emerson*. New York: Charles Scribner's Sons, 1949.

Schirmeister, Pamela J. *Less Legible Meanings: Between Poetry and Philosophy in the Work of Emerson*. Stanford: Stanford UP, 1999.

Slovic, Scott. *Seeking Awareness in American Nature Writing*. Salt Lake City: U of Utah P, 1992.

Stack, George J. *Nietzsche and Emerson: An Elective Affinity*. Athens: Ohio UP, 1992.

Steele, Jeffrey. "Transcendental Friendship: Emerson, Fuller, and Thoreau." *The Cambridge Companion to Ralph Waldo Emerson*. Ed. Joel Porte and Saundra Morris. Cambridge: Cambridge UP, 1999, 121-39.

Tanner, Tony. *The American Mystery.* Cambridge: Cambridge UP, 2000.

Taylor, Charles. *Sources of the Self: The Making of the Modern Identity*. Cambridge: Harvard UP, 1989.

Toulouse, Teresa. *The Art of Prophesying: New England Sermons and the Shaping of Belief*. Athens: The U of Georgia P, 1987.

Von Frank, Albert J. *An Emerson Chronology*. New York: G. K. Hall & Co., 1994.

Waggoner, Hyatt H. *Emerson as Poet*. Princeton: Princeton UP, 1974.

Walls, Laura Dassow. *Emerson's Life in Science: The Culture of Truth*. Ithaca: Cornell UP, 2003.

Whicher, Stephen E. *Freedom and Fate: An Inner Life of Ralph Waldo Emerson*. Philadelphia: U of Pennsylvania P, 1953.

Yoder, R. A. *Emerson and the Orphic Poet in America*. Berkeley: U of California P, 1978.

スタンディッシュ、ポール。『自己を超えて――ウィトゲンシュタイン、ハイデガー、レヴィナスと言語の限界』。齋藤直子訳、法政大学出版局、二〇一二年。

ニーチェ、フリードリッヒ。『ギリシャ人の悲劇時代における哲学』。西尾幹二訳、『ニーチェ全集・第二巻（第Ｉ期）』、白水社、一九八〇年。

――――『遺された断想（一八八一年春―八二年夏）』。三島憲一訳、『ニーチェ全集・第十二巻（第Ｉ期）』、白水社、一九八一年。

――――『遺された断想（一八八五年秋―八七秋）』。三島憲一訳、『ニーチェ全集・第九巻（第Ⅱ期）』、白水社、一九八四年。

――『華やぐ知慧』。氷上英廣訳、『ニーチェ全集・第十巻（第Ⅰ期）』、白水社、一九八〇年。

――『この人を見よ』。西尾幹二訳、『ニーチェ全集・第四巻（第Ⅱ期）』、白水社、一九八七年。

フーコー、ミシェル。『主体の解釈学――コレージュ・ド・フランス講義 1981-1982年度 ミシェル・フーコー講義集成11』。廣瀬浩司・原和之訳、筑摩書房、二〇〇四年。

井筒俊彦。『井筒俊彦著作集1 神秘哲学』。中央公論社、一九九一年。

岩田慶治。『草木虫魚の人類学』。講談社学術文庫、一九九一年。

――『道元との対話――人類学の立場から』。講談社学術文庫、二〇〇〇年。

――『カミと神――アニミズム宇宙の旅』。講談社学術文庫、一九八九年。

木村　敏。『生命のかたち／かたちの生命 新版』。青土社、一九九五年。

河野哲也。『境界の現象学――始原の海から流体の存在論へ』。筑摩選書、二〇一四年。

志村正雄。『神秘主義とアメリカ――自然・虚心・共感』。研究社出版、一九九八年。

山尾三省。『カミを詠んだ一茶の俳句――希望としてのアニミズム』。地湧社、二〇〇〇年。

索　引

オ

カ

キ

ク

ケ

コ

サ

シ

ス

セ

ソ

タ

チ

テ

ト

ナ

ニ

ネ

ノ

ハ

ヒ

フ

へ

ホ

マ

ヨ

ラ

リ

ル

レ

ロ

ワ

著者について

堀内正規（ほりうち・まさき）

一九六二年生まれ。早稲田大学文学学術院教授。一九世紀アメリカ文学、アメリカ詩、ボブ・ディラン、吉増剛造を中心とした日本の現代詩などについて論文・エッセイ多数。著書として*Melville and the Modern Age*（共著、南雲堂、二〇一〇年）、『ソローとアメリカ精神』（共著、金星堂、二〇一二年）、『震災後に読む文学』（共著・編著、早稲田大学出版部、二〇一三年）、『シリーズもっと読みたい名作の世界⑪　白鯨』（共著、ミネルヴァ書房、二〇一四年）など。翻訳として『しみじみ読むアメリカ文学』（共訳、松柏社、二〇〇七年）、マシーセン、『アメリカン・ルネサンス』（共訳、上智大学出版、二〇一一年）など。

エマソン　自己から世界へ

二〇一七年十月十一日　第一刷発行

著　者　堀内正規
発行者　南雲一範
装幀者　岡孝治
発行所　株式会社南雲堂
東京都新宿区山吹町三六一　郵便番号一六二-〇八〇一
電話　東京（〇三）三二六八-二三八四
振替口座　〇〇一六〇-〇-四六八六三
ファクシミリ（〇三）三二六〇-五四二五
印刷所　株式会社ディグ
製本所　長山製本

乱丁・落丁本は御面倒ですが、小社通販係宛御送付下さい。送料小社負担にて御取替え致します。
〈1B-330〉〈検印廃止〉

ISBN978-4-523-29330-9　C3098